Jette Hansen

Inselluft

Montlake

Das Buch

Postbotin Sarah zieht wegen ihrer Pollenallergie nach Föhr und hofft darauf, mit ihrem Jobwechsel mehr als nur den Heuschnupfen hinter sich zu lassen. Die frische Seeluft und die neuen Begegnungen tun ihr gut und Sarah fühlt sich, als wäre sie schon lange auf der Insel zu Hause. Gleich zwei Männer treten in ihr Leben, der fürsorgliche Tierarzt Marten und der schwer zu fassende Künstler Sven. Doch wie die Wellen, die zurück an den malerischen Sandstrand schlagen, holen Sarah die Schatten der Vergangenheit ein. Während Sarah ihrer schwangeren Freundin Fee hilft, wird ihr klar, dass sie sich dem, was geschehen ist, stellen muss, um wirklich neu anzufangen.

Die Autorin

Jette Hansen, 1981 in Ostfriesland geboren, lebt heute mit Mann, zwei Kindern und einem Mischlingshund in der Nähe von Bremen. Neben dem täglichen Feilen an Romanmanuskripten arbeitet sie halbtags als Eventmanagerin. Der nächste Roman ist bereits in Arbeit.

JETTE HANSEN

Inselluft

ROMAN

Montlake

Deutsche Erstveröffentlichung bei
Montlake, Amazon Media EU S.à r.l.
38, avenue John F. Kennedy, L-1855 Luxembourg
Juni 2022

Umschlaggestaltung: bürosüd° München, www.buerosued.de
Umschlagmotiv: © Jette Hansen; © Evgeny Karandaev / Shutterstock;
© alexandre zveiger / Shutterstock
1. Lektorat: Ute Köhler
2. Lektorat & Korrektorat: Rotkel Textwerkstatt
Gedruckt durch:
Amazon Distribution GmbH, Amazonstraße 1, 04347 Leipzig /
Canon Deutschland Business Services GmbH, Ferdinand-Jühlke-Str. 7,
99095 Erfurt /
CPI books GmbH, Birkstraße 10, 25917 Leck

ISBN: 978-2-49670-945-2

www.montlake.de

Kapitel 1

Sarah betrat das Außendeck der *Uthlande*. Ein frischer Wind blies ihr ins Gesicht und zerzauste das schulterlange Haar. Sie strich sich eine braune Strähne aus der Stirn, zog die Kapuze ihrer dünnen Frühlingsjacke über den Kopf und setzte sich auf eine freie Bank. Hier draußen auf der Nordsee war es kühler als erwartet. Sie schloss die Jacke bis unters Kinn, hob den Kopf und atmete tief durch. Der salzige Geschmack auf der Zunge gefiel ihr. Er schmeckte nach etwas Neuem, nach Veränderung.

Ihre Mitreisenden schienen die frische Brise ebenfalls zu genießen. Fast alle Bänke auf dem Außendeck der Fähre von Dagebüll nach Wyk waren besetzt. Und das, obwohl es auf dem Innendeck mit Restaurant reichlich Sitzgelegenheiten gab.

Sarah legte den Kopf in den Nacken und betrachtete das Wolkenspiel am Himmel. Überhaupt gab es hier draußen einiges zu entdecken. Zum Beispiel die Seehunde auf ihren Sandbänken und die Silhouette einer lang gestreckten Insel, die sich am Horizont abzeichnete. Jetzt fiel es ihr wieder ein, das musste die Hallig Langeneß sein.

Sarah warf einen Blick in die Runde. Ein Pärchen kuschelte sich in seinen Windjacken aneinander und blickte auf die schäumende See hinaus, während eine Familie auf der Bank gegenüber belegte Brote auspackte. Überall an Deck steckten Menschen die Köpfe zusammen und unterhielten sich. Beinahe schien es so, als wäre Sarah die einzige Alleinreisende. Diese Erkenntnis versetzte ihr einen kleinen Stich. Sie seufzte leise und richtete sich auf. Sie hatte sich nun mal für den Job und die Insel entschieden. Und das war gut so.

Ein etwa achtjähriger Junge kletterte wenige Meter von ihrer Bank entfernt auf die unterste Sprosse der Reling und beugte sich gefährlich weit über das Geländer. »Schau mal, Mama! Seehunde!« Er deutete auf eine Sandbank, an der die *Uthlande* gerade vorbeizog.

Sarah überlegte schon, ob sie eingreifen sollte, doch die Mutter des Jungen reagierte schneller. Sanft fasste sie ihren Sohn an der Schulter, zog ihn ein Stück zurück und zückte ihr Handy. »Möchtest du ein Foto machen oder soll ich?«

»Ich.« Strahlend nahm der Junge das Smartphone entgegen und fotografierte die Meeressäuger. Seine Mutter sah ihm lächelnd dabei zu.

Hastig wandte Sarah sich ab. Heute wollte sie nach vorne schauen. Sie kramte ihren nagelneuen Föhr-Reiseführer aus der Handtasche und schlug ihn auf.

Das Foto auf der linken Seite zeigte ein typisches Friesenhaus, wie es seit Jahrhunderten auf der Insel gebaut wurde. Das Markanteste an dem Gebäude war der hohe Friesengiebel, der sich weit bis in das reetgedeckte Dach hinaufzog. Die grau-weiß gestrichene Friesentür wurde von weißen Kletterrosen eingerahmt, die an jahrhundertealten roten Backsteinen emporrankten. Über der Tür stand in riesigen geschmiedeten Ziffern die Jahreszahl der Erbauung: *1867*.

Andächtig strich Sarah über die Fotografie. Dieses Haus musste viel erlebt haben und sah dennoch so schön und einladend aus, dass sie am liebsten gleich eingezogen wäre. Leider waren Menschen nicht so robust wie Gebäude. Sie selbst fühlte sich gerade ziemlich angeschlagen. Ihre Augen brannten und die Nase lief immer noch. So schlimm wie in diesem Jahr hatte die Pollenallergie sie noch nie erwischt. Sie konnte es kaum erwarten, die pollenbestäubte Kleidung zu wechseln und ihr Haar zu waschen, damit der Niesreiz endlich aufhörte.

Auf der Suche nach Taschentüchern durchwühlte Sarah ihre Handtasche, förderte aber nur eine leere Packung zutage.

»Kann ich aushelfen?«

Sarah hob den Kopf. Vor ihr stand ein Mann mit einer großen Umhängetasche. Er griff hinein und zog eine volle Packung Taschentücher hervor, die er ihr anbot.

»Danke.« Sie griff danach und für einen winzigen Moment berührten sich ihre Fingerspitzen.

»Ist hier noch frei?« Er deutete auf das unbesetzte Stück Bank neben ihr.

»Ja, natürlich.« Sie rückte zur Seite.

»Nicht nötig. So breit bin ich nun auch wieder nicht.« Der Mann, den Sarah auf Mitte dreißig schätzte, lächelte sie an. Mit seinem blonden Vollbart, der sonnengebräunten Haut und dem Goldring im Ohr sah er ein wenig wie ein Freibeuter aus.

Sarah betupfte ihre Nase. »Ich habe das eher wegen meines Schnupfens gemeint. Aber der ist nicht ansteckend. Ich habe nur eine Allergie.«

»Dann gibt es doch gar keinen Grund, so viel Abstand zu halten.« Er zwinkerte ihr zu, nahm Platz und linste auf den Reiseführer. »Machst du zum ersten Mal Urlaub auf Föhr?«

Sarah stutzte kurz. Wieso duzte dieser Mann sie? War das hier so üblich? Aber warum nicht? Im Moment kam es ihr richtig vor und das zählte. Sie lächelte zurück. »Es ist mein erster Besuch auf der Insel. Aber ich komme zum Arbeiten her.«

»Du bleibst also länger? Wie schön.« Er musterte sie aus dunkelbraunen Augen. »Ich wohne auch auf Föhr. Wenn du mich fragst, gibt es keinen besseren Ort zum Leben.«

»Ich bleibe nur für ein halbes Jahr.« Das Stellenangebot für eine befristete Schwangerschaftsvertretung war genau zum richtigen Zeitpunkt gekommen. Auch wenn Isabel das vermutlich anders sehen würde. Noch ahnte ihre beste Freundin aber nichts von ihrer kleinen Flucht. Es war alles zu schnell gegangen und ein wenig hatte Sarah auch der Mut gefehlt, es ihr zu erzählen.

»Abwarten«, sagte ihr Sitznachbar. »Die meisten ändern ihre Meinung, wenn sie nicht gerade der Inselkoller überkommt.« Er öffnete seine Umhängetasche und zog einen Zeichenblock und eine Packung Grafitstifte heraus. Während er zu einer freien Seite blätterte, erhaschte Sarah einen flüchtigen Blick auf seine bisherigen Zeichnungen: hauptsächlich Landschaften, die aus sparsam eingesetzten Strichen bestanden und trotzdem alles Wesentliche eingefangen hatten.

»Du bist Künstler?«, fragte sie.

Sein rechter Mundwinkel zuckte. Amüsierte ihre Frage ihn etwa?

»Manche würden mich wohl so bezeichnen. Aber ich denke nicht in Schubladen.«

Sarah schwieg. Der Mann mochte Talent besitzen, doch er wirkte auch ein wenig abgehoben.

»Mama, guck doch!«, rief der Junge an der Reling.

Neugierig wandte Sarah den Kopf um. Was hatte den Jungen derartig begeistert?

Ihr Sitznachbar folgte ihrem Blick. »Kinder sind schon was Besonderes. Ich meine, sie denken nicht groß darüber nach, was sie tun. Sie handeln einfach aus dem Bauch heraus. Das haben die meisten von uns verlernt.«

»Schon möglich.« Sarahs Hals fühlte sich schlagartig enger an. »Aber so ein Kind bedeutet auch eine enorme Verantwortung.«

»Absolut! Zwar hab ich im Leben schon einiges ausprobiert, aber diese Erfahrung werde ich wohl nicht persönlich machen.«

»Ja, das ist sicher nicht immer leicht mit einem kleinen Kind.« Sie bemühte sich um einen unbeschwerten Tonfall, aber die Lust auf eine Unterhaltung war ihr schlagartig vergangen. Dabei ärgerte sie sich, dass ihr das Thema immer noch so naheging. Es wurde höchste Zeit, dass sie sich ein dickeres Fell zulegte.

Demonstrativ beugte Sarah sich über ihren Reiseführer, doch sie konnte sich nicht auf den Text konzentrieren. Stattdessen sah sie immer wieder verstohlen auf den Skizzenblock ihres Sitznachbarn. Die gezeichneten Seehunde wirkten so lebensecht, obwohl er sie nur mit wenigen schwarzen Strichen eingefangen hatte.

Noch eindrucksvoller als seine Skizzen war allerdings die Nordsee, die sie umgab. Gischt spritzte auf, wo die Fähre durch die graublauen Wellen pflügte. Möwen kreisten über dem Schiff und stießen gellende Schreie aus. Diese Meeresvögel hörten sich völlig anders an als die Blesshühner und Gänse, die es in Sarahs Heimat am Rhein gab.

Eine blecherne Lautsprecher-Durchsage riss sie aus ihren Gedanken. »Wir erreichen in wenigen Minuten Wyk auf Föhr. Bitte begeben Sie sich zu Ihren Fahrzeugen.«

»Na, dann.« Zögernd stand Sarah auf. »Ich glaube, man sagt hier *moin* zum Abschied, nicht wahr?« Ein wenig wurmte es sie, dass der Mann neben ihr sie zwar einfach geduzt, sich aber nicht einmal mit Namen vorgestellt hatte.

»Nein, das ist eine Begrüßung. Es bedeutet *schön.*« Er klopfte sich mit einem Grafitstift gegen das bärtige Kinn. »Ich bin sowieso ein Zugezogener und von kultureller Anpassung halte ich auch nicht viel. Mach's gut. Man sieht sich.« Mit diesen Worten verstaute er seine Zeichenutensilien in der Umhängetasche und marschierte in Richtung Treppe davon.

Verdutzt sah Sarah ihm hinterher. Den letzten Satz konnte der Mann mit dem Ohrring nicht ernst gemeint haben. Föhr mochte nicht besonders groß sein, aber auch bei nur achttausend Einwohnern schienen die Chancen gering, dass sie sich erneut über den Weg laufen würden.

Auch der Junge und seine Mutter verließen Hand in Hand das Außendeck. Der Junge hopste dabei und schwenkte wild den freien Arm. Er wirkte glücklich. Genauso wie seine Mutter, die sich lächelnd zu ihm hinunterbeugte.

Sarah sah den beiden hinterher, schloss kurz die Augen und atmete einmal tief durch. Sie machte sich auf den Weg zum Autodeck im Bauch der Fähre. Ihr weißer Polo stand eingequetscht zwischen einem Milchlaster und einem Baufahrzeug. Vorsichtig öffnete sie die Fahrertür zwei Handbreit und zwängte sich durch den Spalt. Freiwillig hätte sie nie so eng eingeparkt, doch der Einweiser hatte immer weiter gewunken, bis Sarah schon fürchtete, am Nachbarfahrzeug anzustoßen. Dabei gab es nun jede Menge freie Fläche auf dem Deck.

Sie verstaute ihre Handtasche auf dem Beifahrersitz und schnallte sich an. Der blau gestrichene Aufbau des Anlegers am Wyker Hafen kam bereits in Sicht. *Willkommen auf Föhr* stand dort in großen weißen Buchstaben. Dieser Gruß an alle Neuankömmlinge entlockte ihr ein Lächeln.

Noch bevor die *Uthlande* den Anleger ganz erreicht hatte, öffneten zwei Männer in Rettungswesten die Bugklappe für die Fahrzeuge. Sarahs Befürchtung, dass dadurch ein Fahrzeug über Bord gehen könnte, erfüllte sich zum Glück nicht. Die Fähre dockte an und die Fußgänger verließen das Schiff direkt über eine separate Brücke. Sarah hingegen musste warten, bis sie von einem freundlich lächelnden Mann der Dampfschiffs-Reederei herausgewunken wurde.

Langsam fuhr sie über die Rampe auf die Insel. Das Ruckeln fühlte sich so an, als würde sie eine unsichtbare Grenze überschreiten. Als sie endlich wieder festen Boden unter den Reifen hatte, atmete sie erleichtert auf. Der Anfang war gemacht und alles andere würde sie auf sich zukommen lassen.

Das Navigationsgerät zeigte ihr fünf Minuten Fahrzeit bis zu ihrer Unterkunft in Wyk an. Mehr als ein WG-Zimmer gab ihr Budget leider nicht her, doch dafür lag die Wohnung in unmittelbarer Nähe zum Strand.

Und in einer Fußgängerzone direkt an der Strandpromenade, wie Sarah verspätet feststellte. Aber zu ihrem Glück fand sie schon nach kurzer Suche einen Parkplatz, auf dem sie ihren Wagen auch über Nacht abstellen konnte. Sie hievte ihren größten Rollkoffer aus dem Kofferraum und zog ihn über das Pflaster hinter sich her. Dabei navigierte sie mit ihrem Smartphone, das ihr zwei verpasste Nachrichten von Isabel anzeigte. Ihre Gewissensbisse ignorierte sie. Um Isabel würde sie sich später kümmern. Sehr viel später.

Ein kräftiger Niesanfall zwang Sarah, stehen zu bleiben und sich die Nase zu putzen. Durch den ständigen Heuschnupfen fühlte sich ihre Haut dort empfindlich wund an, obwohl sie regelmäßig Creme auftrug. Hoffentlich brachte das Reizklima der Insel tatsächlich etwas Linderung. Damit wäre sie wenigstens eine ihrer Sorgen los.

Sarah schüttelte die trüben Gedanken ab und blickte sich neugierig um. Obwohl es erst Ende April war, herrschte auf dem Sandwall, wo ihre künftige Wohnung lag, bereits reges Treiben. Vor den Cafés standen trotz des kühlen Wetters Tische und Stühle im Freien. Einige Besucher spazierten auf der Promenade entlang, andere saßen direkt am Wasser in einem der windgeschützten Strandkörbe. Vor der Eisdiele verteilte eine Bedienung Wolldecken an die Gäste.

Die Navi-App führte Sarah zu einem weiß verputzten Stadthaus mit drei Etagen. Unter einer weiß-blau gestreiften Markise stand ein Kleiderständer, an dem farbenfrohe T-Shirts und Sommerkleider hingen. Diese Auslagen gehörten zu einem

Modegeschäft im Erdgeschoss. Doch wie sollte sie in die oberen Stockwerke gelangen?

Sarah umrundete das Gebäude und fand einen Seiteneingang. Ein wenig aufgeregt wählte sie die Nummer von Miriam, ihrer neuen Mitbewohnerin, die sie hoffentlich gleich kennenlernen würde.

»Hallo?« Miriam hatte beim ersten Klingeln das Gespräch angenommen. Sie schien schon auf ihren Anruf gewartet zu haben.

Sarah nieste. Schon wieder kam der verdammte Heuschnupfen ihr in die Quere.

»Gesundheit!«

»Danke. Hallo, Miriam. Ich bin's, Sarah. Ich stehe unten vor der Haustür.«

»Oh, das habe ich befürchtet. In fünf Minuten bin ich bei dir. Nicht weglaufen!« Im nächsten Moment war die Verbindung unterbrochen.

Sarah wartete. Etwas anderes blieb ihr ohnehin nicht übrig. Sie tropfte sich künstliche Tränenflüssigkeit in die gereizten Augen. Als sie das Fläschchen mit den Tropfen zurück in die Tasche steckte, fiel ihr das Allergiespray in die Hände. Nur zu gern hätte sie jetzt schon einen weiteren Sprühstoß genommen, aber damit musste sie sich noch bis zum Abend gedulden. Sie ahnte, welchem Stress sie diesen starken Allergieschub verdankte. Doch ließ der sich mit einem Umzug tatsächlich abschütteln?

Eine Frau joggte um die Ecke und blieb direkt vor Sarah stehen. Sie war etwa Mitte dreißig und trug ihr silberblond gefärbtes Haar in einem Pixie-Cut. »Hi! Ich bin Miri. Tut mir leid, dass du warten musstest, aber ich konnte nicht eher aus der Strandbar weg. Meine Ablösung hat sich verspätet.«

»Kein Problem. Ich bin ja auch gerade erst angekommen.« Sarah ergriff ihren Koffer. »Du hast wirklich nicht zu viel versprochen. Die Lage ist ein Traum.«

»Das stimmt.« Miriam lächelte sie an. »Bei Flut kannst du jederzeit zum Schwimmen vor die Tür gehen. Vorausgesetzt, du bist nicht so kälteempfindlich wie ich.«

»Ich fürchte doch. Aber ich freue mich auf die Strandspaziergänge. Ich habe noch nie am Meer gewohnt.« Sie folgte Miri mit ihrem Koffer ins Innere des Hauses. Das Treppenhaus wirkte hell und sauber und duftete nach Zitronenreiniger.

»Der sieht schwer aus.« Miriam fasste mit an. Gemeinsam trugen sie den Koffer in den zweiten Stock.

Dort zog ihre künftige Mitbewohnerin einen Schlüsselbund mit zwei Schlüsseln aus ihrer Tasche und reichte ihn Sarah. »Der eckige ist für die Eingangstür unten und der runde für hier oben.«

»Danke.« Mit ihrem neuen Schlüssel öffnete Sarah die Wohnungstür und betrat einen winzigen Flur ohne Fenster. Zwei Jacken hingen an Garderobenhaken und drei Paar Schuhe – darunter rote Gummistiefel – standen nebeneinander auf dem schmuddeligen Fußboden. Nicht gerade einladend. Sarah schluckte ihre Enttäuschung herunter.

Miriam folgte ihrem Blick. »Wie du siehst, habe ich nicht viele Sachen. Du kannst dich im Gemeinschaftsbereich also nach Lust und Laune ausbreiten.«

»Wie kommt das?« Sarah zog ihre Sneakers aus und stellte sie neben Miriams Gummistiefel.

»Besitz ist nur Ballast. Ich bin wohl das, was man eine digitale Nomadin nennt. Das Sommerhalbjahr über arbeite ich hier auf Föhr und im Winter reise ich um die Welt. Dann verdiene ich mir mein Geld mit Online-Sprachkursen oder Gelegenheitsjobs.«

Miriam öffnete die erste Tür, die in ein kleines, weiß gefliestes Badezimmer führte. Unter der Dachschräge befand sich eine Badewanne, deren Porzellan einen Sprung hatte. Eine Dusche fehlte. »Bei deinen Arbeitszeiten glaube ich nicht, dass wir uns hier in die Quere kommen«, sagte sie. »Wenn du einverstanden bist, machen wir einfach nur einen Putzplan.«

»Ist mir recht.« Sarah ließ ihren Koffer im Flur stehen.

Ihre neue Mitbewohnerin zeigte ihr die offene Wohnküche. »Nicht gerade chic, aber praktisch.« Tatsächlich wirkte die blaue Couch ein wenig zerschlissen, der Esstisch aus Kiefernholz hatte Kratzer und die Vorhänge waren verblichen.

Sarah öffnete probehalber den Geschirrschrank, der ein buntes Sammelsurium verschiedenster Service beherbergte. Kaum ein Teil passte zu den anderen. »Kommst du jedes Jahr wieder her?«

»Nach Föhr ja. Aber die Wohnungen wechseln. Je nachdem, wo gerade etwas frei ist.« Miriam verließ das Wohnzimmer und deutete auf die verschlossene Tür direkt daneben. »Das ist mein Reich. Und das da …« Sie ging zur nächsten Tür und öffnete sie: »… ist deins.«

Sarahs Zimmer war ein schmaler Schlauch, in den gerade ein Kiefernholzbett und ein Kleiderschrank passten. Zu ihrer Enttäuschung sah sie von ihrem Fenster aus nicht auf das Meer, sondern nur auf das Haus gegenüber.

Miriam stellte sich neben sie. »Das Gebäude ist leider hellhörig. Da ich oft lange arbeite und du sehr früh aufstehst, müssen wir ein wenig Rücksicht aufeinander nehmen. Aber ich denke, das sollte klappen.« Sie musterte Sarah prüfend und runzelte die Stirn. »Die Allergie, von der du mir geschrieben hast, scheint echt heftig zu sein. Gibt es etwas, auf das ich achten sollte?«

»Solange du hier drinnen keine Bäume oder Gräser anpflanzt, ist alles gut.« Sarah putzte sich die Nase. »Eigentlich hoffe ich darauf, dass die Beschwerden bald nachlassen. Seeluft soll ja helfen. Deswegen bin ich überhaupt hergekommen. Ein halbes Jahr Erholung für mein Immunsystem und dann zurück in die Heimat.« Nachdenklich musterte sie das möblierte Zimmer. »Fehlt dir das eigentlich nicht?«

»Was meinst du?«

»Eine Heimat und ein richtiges Zuhause. Für sechs Monate ist diese Unterkunft in Ordnung. Aber ich könnte mir nicht vorstellen, auf Dauer aus einem Koffer zu leben.«

Miri lächelte sie an. »Mir gefällt's. Es ist sehr befreiend. Und seien wir mal ehrlich. Für immer wäre diese Insel einfach zu klein.«

»Das sehe ich genauso«, stimmte Sarah zu. »Ein Sommer hier reicht völlig aus.«

Kapitel 2

Der Neubau der Post befand sich in Wyk an einem Kreisverkehr direkt neben einer Tankstelle. Sarah meldete sich wie vereinbart um sieben Uhr morgens am Gebäude und wurde von einem ihrer neuen Kollegen in den Postsortierraum geführt. Dort waren rund ein Dutzend Männer und Frauen schon damit beschäftigt, die Briefe in die richtigen Fächer einzusortieren.

»Moin!«, grüßte Sarahs Begleiter. »Ich möchte euch jemanden vorstellen. Das hier ist Sarah. Sie kommt als Ersatz für Fee.«

Eine Frau in den Sechzigern, die ihr Haar in einem kinnlangen rotbraunen Bob trug, ging lächelnd auf sie zu. »Herzlich willkommen bei uns! Ich bin Gretje. Heute zeig ich dir alles und wir machen deine Tour zusammen. Einverstanden?«

»Ja, sehr gern«, erwiderte Sarah. »Ich habe schon gehört, dass es hier ein wenig anders zugeht.«

»So anders nun auch wieder nicht. Reine Fahrradrouten gibt es nur in Wyk und Wrixum. Auf den Dorfrouten nehmen wir auch die Pakete mit. Du bekommst Fees Stammroute mit Oldsum und Süderende. Wir sind hier allerdings ein kleines Team von zwanzig Leuten. Mach dich also besser darauf gefasst, auch mal woanders einzuspringen.«

»Kein Problem.« Sarah sah sich in dem Sortierraum um. Die einzelnen Brieffächer – geordnet nach Straßen und Hausnummern – gaben ihr gleich ein vertrautes Gefühl. »Was ist deine Tour?«

»Die Hälfte von Wyk«, erwiderte Gretje. »In meinem Alter schleppt man nicht mehr so ohne Weiteres Dreißig-Kilo-Pakete.«

»Natürlich nicht.« Darauf hätte Sarah eigentlich auch von selbst kommen können.

»Heute übernimmt allerdings Hannes meinen Bereich.« Gretje nickte in Richtung eines Mannes mit rotem Haar und Sommersprossen. »Und wir fahren zusammen deine neue Route ab.« Sie reichte Sarah eine Kiste mit Post. »Sortierst du bitte die Langhölzer ein? Dann kümmere ich mich um die Kurzbriefe.«

»Natürlich.« Sarah griff sich einen Stapel Umschläge und stutzte gleich bei der ersten Adresse. »Hier fehlt der Straßenname.«

»Das hat schon seine Richtigkeit«, erklärte Gretje. »In Oldsum gibt es keine Straßennamen, sondern nur Hausnummern.« Sie zeigte auf eine Reihe von Fächern, die ausschließlich mit Nummern beschriftet waren. »Das hier sind die entsprechenden Straßen.«

Schweigend arbeiteten sie Seite an Seite. Das Sortiersystem der Post war überall das Gleiche, deswegen brauchte Sarah nicht lange, um sich einzufinden. Für jede Straße gab es mehrere Fächer, in denen jeweils die Post für einige Hausnummern zusammengefasst wurde. Die Groß- und Maxibriefe, die Sarah sortierte, passten dort allerdings nicht hinein und landeten in separaten Fächern.

»Wo kommst du eigentlich her?«, fragte Gretje.

»Aus Königswinter. Das liegt in der Nähe von Bonn.«

»Der Name sagt mir was. Gibt es da nicht einen bekannten Berg?«

»Ja, den Drachenfelsen.« Der Berg fehlte ihr – ebenso wie ihre Freunde. Ganz besonders Isabel. Dennoch gab es einen Teil von ihr, der erleichtert war, all das hinter sich zu lassen.

Sarah griff nach einem weiteren Stapel Briefe. Die wenigen gelben Kunststoffboxen mit der unsortierten Post leerten sich in Rekordgeschwindigkeit. Bei ihrer alten Stelle hatte sie deutlich länger gebraucht, um die Briefe zu sortieren. »Ist heute ein Tag mit Schwachlast?«

»Wir haben Vorsaison«, erwiderte Gretje. »Warte nur bis Juni, wenn die Insel voller Touristen ist. Dann geht es hier nicht mehr so gemütlich zu.« Trotz ihrer Worte legte Sarahs neue Kollegin auch jetzt schon ein beachtliches Tempo vor. Die Briefe flogen nur so in die Fächer. »Bist du schon mal einen Elektrotransporter gefahren?«

»Nicht oft. Aber ich habe ein wenig geübt, nachdem klar war, dass ich die Stelle hier bekomme.«

Gretje räumte die nach der Route geordnete Post in zwei Boxen und drückte Sarah eine davon in die Hände. »Komm mit. Ich zeig dir deinen neuen Wagen.«

Gemeinsam betraten sie den gepflasterten Hof. Dort parkten drei gelbe DHL-Transporter. Bisher hatte Sarah ausschließlich Briefe mit dem Fahrrad zugestellt und die Aussicht, künftig jeden Tag einen Transporter zu fahren, machte sie ein wenig nervös.

Gretje stellte ihre Kiste neben einem der Transporter ab und kramte einen Autoschlüssel hervor, an dem ein Plüschseehund baumelte. Sie schloss das Fahrzeug auf und verschwand in der benachbarten Halle. Kurz darauf kehrte sie zurück – ein Rollregal hinter sich herziehend. Darauf stapelten sich Päckchen und Pakete.

Sarah wollte nicht untätig danebenstehen und öffnete die seitliche Schiebetür, um dann Gretje dabei zu helfen, die Pakete in den Regalen im Wageninneren zu verstauen. Gemeinsam ging ihnen die Arbeit schnell von der Hand.

Als sie fertig waren, überreichte Gretje ihr den Schlüssel. »Setz du dich hinters Steuer. So lernst du die Wege am schnellsten.«

»Danke.« Sarah nahm auf dem Fahrersitz Platz und startete den Motor. Aus reiner Gewohnheit wollte sie sich vor Beginn der Fahrt noch einmal die Nase putzen, merkte aber, dass es gar nicht notwendig war. »Was gebe ich ins Navi ein?«, fragte sie.

Gretje lächelte sie vom Beifahrersitz aus an. »Du brauchst hier kein Navi. Die Insel ist ziemlich klein.«

Die ältere Kollegin dirigierte Sarah aus Wyk heraus auf eine Landstraße, die an Maisfeldern und Kuhweiden vorbeiführte. »Rechts von uns liegen die Inseldörfer Oevenum und Midlum, links Alkersum, Nieblum und Borgsum. Aber wir müssen noch weiter in Richtung Nordwesten. Um nach Oldsum und Süderende zu kommen, fahren wir einmal quer über die Insel. Das sind allerdings auch nur zwölf Kilometer.«

Sarah schmunzelte. »Ich schätze, dann werde ich die Insel bald in- und auswendig kennen.«

»Mach dir da mal keine Sorgen. Ich lebe hier seit meiner Geburt und manchmal entdecke ich immer noch etwas Neues. Langweilig wird es hier jedenfalls nicht.« Gretje musterte sie. »Was hat dich eigentlich auf die Insel verschlagen?«

»Mein Heuschnupfen.« Das stimmte nur zur Hälfte, doch über den anderen Grund wollte Sarah nicht sprechen. »Aber ich bleibe bloß für ein halbes Jahr. Die Stelle ist schließlich befristet.«

»Ich weiß. Fee scheint ja wild entschlossen, nach der Geburt so schnell wie möglich zurückzukehren. Warten wir erst mal ab, was sie sagt, wenn das Baby tatsächlich da ist«, erwiderte Gretje. »Das hier ist übrigens die L 214. Sie gabelt sich gleich. Links geht es nach Süderende und rechts nach Oldsum.«

»Und wo fahren wir zuerst hin?«

»Nach Oldsum. In Zukunft kannst du dir deine Route natürlich so legen, wie du möchtest.«

Sarah setzte den Blinker und bog ab. Vor ihnen tauchte ein gelbes Ortsschild auf. Unter dem Namen *Oldsum* stand noch ein weiteres Wort, das sie nicht kannte. »Was bedeutet *Olersem*?«

»Das ist Altfriesisch und heißt *Ulfheris Siedlung*«, erwiderte Gretje. »Wir Einheimischen sprechen noch Fering, das Föhrer Friesisch.«

»Ist das schwer zu verstehen?«

»Und wie! Das kannst du nicht mit einem Dialekt vergleichen. Es ist eine eigene Sprache. Aber hier spricht auch jeder Hochdeutsch.«

Sie fuhren in eine schmale Straße mit Kopfsteinpflaster. Zu beiden Seiten standen alte, reetgedeckte Friesenhäuser, die Sarah das Gefühl gaben, in die Vergangenheit zu reisen. Vermutlich hatte es hier zu Zeiten der Walfänger schon ganz ähnlich ausgesehen. Nur die parkenden Autos in den Einfahrten passten nicht ins Bild.

»Halt bitte an«, sagte Gretje. Kaum stand der Wagen, stieg sie auch schon flink wie ein junges Mädchen aus dem Fahrzeug.

Sarah tat es ihr nach und öffnete die Schiebetür des Transporters. »Welche Kiste brauchen wir?«

»Die ganz links im Regal.« Gretje stieg die beiden Stufen hinauf und griff in eine der gelben Kisten. Sie holte einen Stapel Briefe heraus, nahm zwei kleinere Pakete aus dem Regal und reichte diese an Sarah weiter. »Lass uns gleich die Post für alle zehn Häuser mitnehmen. So viel ist das nicht.«

Sarah nickte und half Gretje dabei, die Briefe zu verteilen. In dieser ländlichen Idylle brachte die Arbeit gleich doppelt so viel Spaß. Der kühle Wind vom Vortag hatte sich gelegt und die Aprilsonne wärmte Sarahs Nacken.

Die alten Friesenhäuser erinnerten sie an eine der Skizzen, die der Mann auf der Fähre gezeichnet hatte. »Gibt es eigentlich viele Künstler auf der Insel?«, fragte sie betont beiläufig.

Gretje schob zwei Umschläge durch einen Briefkastenschlitz. »Doch, da kommen schon einige zusammen. Wir haben hier Fotografen, Musiker, Maler, Dichter und Autoren. Nicht mal ich kenne die alle. Es gibt hier eine Menge kultureller Veranstaltungen. Einige Künstler verkaufen ihre Werke auch auf dem Kreativmarkt und dem Kunsthandwerkermarkt.«

»Das klingt wirklich nach einer Menge.« Es schien ihr nun noch unwahrscheinlicher, dass sie ihrer Zufallsbekanntschaft erneut begegnen würde. Ein ganz klein wenig bedauerte sie das. Es wäre schön, schnell den einen oder anderen netten Menschen auf der Insel kennenzulernen, auch wenn sie nur für ein halbes Jahr hier sein würde. Nur im Kollegenkreis zu verkehren war auf Dauer ermüdend und hatte sie schon einmal in eine Sackgasse geführt. Sie schüttelte die aufziehenden trüben Gedanken ab und konzentrierte sich darauf, sich möglichst viele Einzelheiten ihrer neuen Route einzuprägen.

Sarah schätzte sich glücklich, dass sie ausgerechnet in diesem wunderschönen Inseldorf die Post verteilen durfte. In den Gärten blühten Tulpen und Osterglocken. Die meisten Grundstücke wurden nicht von Zäunen umgeben, sondern von Friesenwällen, die aus Findlingen bestanden und mit Rosen bepflanzt wurden. Die Mehrzahl der Friesenhäuser war sehr alt und besaß Reetdächer, die im Laufe der Jahre zu einem satten Braun nachgedunkelt waren.

»Sieht es hier überall so aus wie auf einer Postkarte?«, fragte Sarah, während sie mit einem Paket im Arm an einer Haustür klingelte.

»Nicht ganz.« Gretje lächelte ihr zu. »Aber Föhr hat eine Menge schöner Ecken.«

Niemand öffnete ihnen. Sarah stellte das Paket vor sich auf dem Boden ab und zückte einen Block mit Benachrichtigungszetteln. »Das müssen wir wohl leider wieder mitnehmen.«

»Nicht nötig. Ich weiß, wo die Eltern der Frau wohnen. Da kommen wir gleich auf unserer Route durch Süderende noch vorbei.« Schwungvoll marschierte Gretje zum Transporter und sah dabei über die Schulter zurück zu Sarah. »Bist du eigentlich allein oder mit Familie auf die Insel gezogen?«

»Allein.« Ein bitterer Geschmack breitete sich auf Sarahs Zunge aus. Nicht, weil sie sich von Christopher getrennt hatte – das lag immerhin schon ein knappes Jahr zurück –, sondern weil sie ahnte, dass es auch mit keinem anderen in einer ernsthaften Beziehung gut gehen würde. Zumindest nicht, wenn der Mann sich eine Familie wünschte.

Etwas von Sarahs Gedanken musste sich wohl auf ihrem Gesicht widergespiegelt haben, denn Gretje runzelte die Stirn. »Tut mir leid. Ich wollte dir nicht zu nahe treten.«

»Kein Problem«, behauptete Sarah. »Mir geht's gut. Ich hab das alles hinter mir gelassen. Föhr ist für mich ein Zwischenstopp, bevor ich noch mal neu anfange.«

Gretje nickte nur, erwiderte aber nichts.

Während der weiteren Tour blieb sie zwar freundlich, sprach jedoch nur das Nötigste. Auf Sarah wirkte es so, als hätte sie Angst davor, noch einmal ein falsches Thema anzuschneiden.

Inzwischen bedauerte Sarah, dass sie nicht gelassener auf Gretjes Frage reagiert hatte. Auf einmal gab es diese Distanz zwischen ihnen, von der Sarah hoffte, dass sie sich schnell wieder verflüchtigen würde. *Lass dir einfach Zeit*, sagte sie sich und konzentrierte sich auf die Arbeit.

Nachdem Gretje und Sarah sämtliche Post in Oldsum verteilt hatten, fuhren sie über den Sütjerstigh nach Süderende. Der schmale Weg führte durch Raps- und Maisfelder und sah sehr malerisch aus. Sarah beschloss, die Route demnächst einmal mit dem Fahrrad zu erkunden.

»Halt an!«, rief Gretje plötzlich.

Mit wild klopfendem Herzen trat Sarah auf die Bremse. »Was ist denn los?«

»Hast du den verletzten Vogel nicht gesehen?« Für ihr Alter erstaunlich gelenkig sprang Gretje aus dem Fahrzeug und lief auf dem Feldweg ein Stück zurück.

Sarah holte auf den Schrecken erst einmal tief Luft und schaltete dann den Warnblinker ein. So ein Zwischenfall gleich an ihrem ersten Arbeitstag hatte ihr gerade noch gefehlt. Zögernd folgte sie ihrer neuen Kollegin.

Tatsächlich. Am Rande des Feldweges hockte ein großer brauner Vogel und flatterte mit den Flügeln. Trotz seiner Bemühungen schaffte er es nicht, wegzufliegen.

Gretje kniete sich neben das verängstigte Tier. »Den muss jemand angefahren haben. Sieht aus, als wäre ein Flügel gebrochen.«

»Denkst du, man kann ihm helfen?«, fragte Sarah.

»Wir nicht. Aber Dr. Jacobsen schon.« Sie zückte ihr Handy. »Er ist unser Tierarzt und behandelt verletzte Wildtiere ehrenamtlich.«

Besorgt musterte Sarah abwechselnd den verletzten Vogel und die Straße. So, wie der Wagen momentan stand, war er ein Verkehrshindernis. Wenigstens gab es keine Kurve, die die Sicht behinderte. »Ich fahr mal eben den Wagen weg«, sagte sie.

Auf Gretjes Nicken hin kehrte Sarah zum Fahrzeug zurück und parkte den Wagen halb auf einer nicht eingezäunten Wiese, damit er weniger in die Straße hineinragte.

Sie überlegte. Wenn Gretje und sie den Vogel transportieren wollten, brauchten sie eine Plane oder – besser noch – eine Decke, um ihn darin einzuwickeln. Sarah suchte im hinteren Teil des Transporters, fand aber nichts Geeignetes. Schließlich ergriff sie den Erste-Hilfe-Koffer und kehrte damit zu Gretje zurück.

Die verstaute gerade ihr Smartphone in der Jackentasche. »Wir sollen den Fasan für den Transport möglichst wenig bewegen und wir dürfen ihn nur mit Handschuhen anfassen.«

»Das habe ich mir schon gedacht.« Hastig öffnete Sarah den Erste-Hilfe-Koffer und streifte ein Paar Latexhandschuhe über. »Ich bin davon ausgegangen, dass da auch eine Decke drin ist.«

Gretje schüttelte den Kopf. »Nur so ein dünnes Foliending, das vermutlich gleich einreißen würde.«

»Dann nehmen wir meine Jacke.« Sarah zog ihre gelb-rot-schwarze DHL-Jacke aus und ging neben dem verletzten Fasan in die Hocke. »Ganz ruhig. Ich will dir nichts tun.« Vorsichtig legte sie die Jacke über den Vogel. Doch der versuchte, mit seinem Schnabel nach ihrem Arm zu hacken. Vor Schreck zuckte Sarah zusammen.

»Pass auf!«, warnte Gretje. »Sonst erwischt sie dich noch.«

»Sie?«

»Es ist ein Weibchen. Die Männchen sind bunter.«

»Wieder was dazugelernt.« Sarah schlug ihre Jacke um den Vogel und hob das Bündel hoch. Für so ein großes Tier wog das Fasanenweibchen erstaunlich wenig. Dennoch wollte Sarah ihre Last so schnell wie möglich wieder loswerden. »Wohin mit dem Vogel?«

»Warte. Ich mach dir Platz.« Gretje überholte Sarah, stieg in den Ladebereich des Kleintransporters und räumte einige Pakete aus dem Weg. »Komm jetzt langsam hoch.«

Vorsichtig erklomm Sarah mit dem Fasan die kleine Treppe. Der Vogel befreite ein Bein aus der Decke und erwischte Sarah mit den Krallen schmerzhaft am Arm. Hastig legte sie das wehrhafte Tier auf dem Boden des Transporters ab und rieb sich den brennenden Kratzer. Ganz so turbulent hatte sie sich ihren ersten Arbeitstag wirklich nicht vorgestellt.

Da Sarah den Weg zur Tierarztpraxis nicht kannte, übernahm Gretje das Steuer. Sie fuhr zurück nach Wyk – allerdings nicht in Richtung Innenstadt, sondern zum Südstrand. Dort parkte sie vor einem Friesenhaus neueren Datums und drückte mehrfach auf die Hupe.

Kurz darauf wurde die Haustür geöffnet. Ein jüngerer Mann und eine ältere Frau kamen zu ihnen heraus. Die beiden trugen weiße Kleidung und Gesundheitsschuhe.

Gretje sprang aus dem Wagen und begrüßte die beiden überschwänglich wie alte Bekannte.

Nach kurzem Zögern stieg auch Sarah aus. Von dem Kontakt mit dem Vogel war ihr Arm zerkratzt und auf ihrem Shirt prangte ein Schmutzfleck. So trat sie nur ungern zwei Fremden gegenüber, die wirkten, als hätten sie ihre blitzsaubere Kleidung vor fünf Minuten frisch angezogen.

»Der Fasan ist hinten im Laderaum«, sagte Gretje und öffnete die Schiebetür. »Wegfliegen konnte er nicht mehr, aber sonst hat er einen ziemlich munteren Eindruck auf mich gemacht.«

»Das klingt doch vielversprechend«, erwiderte der Mann, bei dem es sich dem Namensschild nach um Dr. Jacobsen handelte. »Gut, dass ihr gleich angerufen habt.« Er bedachte Gretje mit einem flüchtigen Lächeln, das auch Sarah einschloss.

Schon im nächsten Augenblick galt seine ganze Aufmerksamkeit wieder dem verletzten Tier. Äußerst behutsam hob er den in Sarahs Jacke eingewickelten Vogel hoch und trug ihn zur Praxis. Seine Mitarbeiterin folgte ihm ins Innere des Gebäudes.

Gretje, die mit Sarah beim Transporter stehen blieb, seufzte tief auf. »Das wäre geschafft. Hoffen wir, dass der Vogel durchkommt.«

»Hast du schon öfter Tiere gerettet?«, fragte Sarah.

»Ja, und nicht nur die. In unserem Job kriegst du halt einiges mit, und wegsehen liegt mir nicht.«

»Das ist doch was Gutes.« Sarah scharrte mit ihren Schuhspitzen über den Gehweg. Nur zu deutlich erinnerte sie sich an einige unschöne Szenen, die sie selbst während ihrer Arbeit miterlebt hatte. Zwar hatten diese Erfahrungen sie belastet, doch eingeschritten war sie nie. Vielleicht war es an der Zeit, endlich etwas mutiger zu werden, dachte sie und seufzte leise.

Die Haustür wurde ein weiteres Mal geöffnet und Dr. Jacobsen gesellte sich zu ihnen. Über seinem Arm hing Sarahs Jacke, an der nun einige braune Federn klebten. »Ich glaube, die gehört Ihnen.« Er klopfte das Kleidungsstück aus und reichte es ihr.

»Danke.«

Ihre Hände streiften sich. Der Tierarzt trug keinen Ehering. Er war etwa so alt wie sie – Anfang dreißig – und sah mit seinen meerblauen Augen und dem weißblonden Haar wie ein typischer Friese aus. Sein offenes Lächeln gefiel ihr.

Früher einmal wäre er durchaus ihr Typ gewesen. Doch seit Christopher wusste sie es besser. Sie zog die Hand zurück und brachte etwas Abstand zwischen sich und den Tierarzt.

»Wann war Ihre letzte Tetanusimpfung?«, fragte er.

»Wie bitte?« Sie starrte ihn an.

»Wenn sie länger als fünf Jahre her ist, würde ich den Schutz unbedingt auffrischen lassen.« Er deutete auf ihren zerkratzten Arm. »Das sollten Sie desinfizieren.« Er wandte sich an Gretje. »Habt ihr was im Wagen dabei?«

Sie schüttelte den Kopf. »Leider nicht. Aber du kannst uns doch bestimmt aushelfen.«

»Ja, natürlich.« Er machte eine einladende Geste. »Kommt bitte mit rein.«

Sarahs Neugier war geweckt. Nur zu gern begleitete sie Gretje und Dr. Jacobsen ins Innere der Praxis.

Und die konnte sich sehen lassen. Der Empfangsbereich mit einem weiß lackierten Tresen wirkte hell und freundlich und in der Luft hing ein leichter Tiergeruch, den Sarah sogar als angenehm empfand. Sie lugte um die Ecke ins Wartezimmer. Dort saßen zwei Männer mit ihren Hunden und eine Frau, die eine Transportbox samt Kaninchen auf dem Schoß festhielt.

Dr. Jacobsen beugte sich über den Tresen zu seiner Mitarbeiterin hinüber. »Hast du einmal Wundspray für uns?«

»Hier, bitte.« Sie reichte ihm eine kleine Sprühflasche.

»Danke.« Der Tierarzt wandte sich wieder an Sarah. »Das könnte gleich ein wenig brennen.« Er drückte auf den Zerstäuber und sprühte das Mittel auf ihren Arm.

Sarah wappnete sich für den Schmerz, doch der blieb aus. Das Spray fühlte sich ein wenig kühl, aber durchaus angenehm an. »Vielen Dank.«

»Keine Ursache«, sagte Dr. Jacobsen. »Ich muss mich jetzt wieder um meine Patienten kümmern. Gute Besserung für Ihren Arm!«

»Bis bald!«, sagte Gretje. »Und grüß Fee von mir.«

»Ich werde es ihr ausrichten.« Im Vorbeigehen lächelte Dr. Jacobsen ihnen noch einmal zu, dann verschwand er durch eine Tür im Behandlungszimmer.

Sarah musterte ihren Arm. »Fee ist doch die Kollegin im Mutterschutz, nicht wahr?«

»Ja, und die Schwester von Dr. Jacobsen. Die beiden wohnen zusammen hier über der Praxis.«

Das kam Sarah ein wenig seltsam vor, doch sie wollte auch nicht gleich neugierig nachfragen.

Gretje hielt ihr die Haustür auf. »Bringen wir unsere Tour zu Ende.«

Kapitel 3

Nach einem Besuch beim Arzt, der ihre Tetanusimpfung aufgefrischt hatte, brauchte Sarah dringend eine Auszeit. Sie bummelte durch die Wyker Innenstadt, kaufte sich im Fischladen ein Brötchen mit Krabben und aß es im Gehen. An einem Ständer vor einem Geschäft entdeckte sie eine blau-weiße Umhängetasche für den Strand, die sie sich spontan gönnte. Passend dazu fand sie violette Latschen und ein Badetuch mit dem Aufdruck *Ich schwör: Nichts geht über Föhr.*

Der kleine Einkaufsbummel gab ihr das Gefühl, sie wäre als Touristin auf der Insel. Ein Teil des Stresses, der sie schon so lange begleitete, fiel endlich von ihr ab. Der Ärger an ihrem alten Arbeitsplatz schien auf einmal weit weg und selbst ihr Heuschnupfen gab ausnahmsweise Ruhe.

Sarah zog die Badelatschen an und verstaute ihre Schuhe und das Liegetuch in der Tasche. Ausgestattet mit ihrem E-Reader und einer Tüte Fruchtgummis als Reiseproviant wanderte sie über den Strand. Dabei suchte sie nach der besten Stelle, um ihr Badetuch auszubreiten.

Der Sand kitzelte sie zwischen den Zehen und die Luft roch salzig und nach frischem Tang. Um sie herum standen weiße, blaue und grüne Strandkörbe. Die meisten waren noch verschlossen, doch einige waren von älteren Paaren oder Familien mit kleinen Kindern belegt.

Sarah wich einem etwa sechsjährigen Mädchen aus, das mit einer Schaufel kleine Hügel aufhäufte und sie mit Muscheln verzierte. Das Mädchen lächelte Sarah an und wie von selbst lächelte sie zurück. Den winzigen Stich in ihrer Brust ignorierte sie. Ihre Entscheidung vor all den Jahren war richtig gewesen.

Sie suchte sich eine windgeschützte Stelle zwischen zwei unbenutzten Strandkörben und streckte sich bäuchlings auf ihrem Handtuch aus. Eine Weile betrachtete Sarah das Meer. Der Anblick der Wellen, die rhythmisch an den Strand spülten, besaß etwas Beruhigendes. Schließlich holte sie ihren Reader aus der Tasche, schob sich ein Fruchtgummi mit Kirschgeschmack in den Mund und vertiefte sich in einen Krimi.

Der Roman hielt Sarah gefangen und ließ sie eine Weile vergessen, wovor sie aus Königswinter geflüchtet war. Erst das Klingeln ihres Handys holte sie zurück ins Hier und Jetzt. Schon wieder rief Isabel an. Kurz rang Sarah mit sich, ob sie das Gespräch annehmen sollte, entschied sich aber dagegen. Die Unterhaltung mit Isabel würde schwierig werden und gerade fehlten ihr die Nerven für eine Konfrontation. Lange konnte sie ihre beste Freundin allerdings nicht mehr ignorieren – auch das war ihr bewusst.

Sarah schaltete ihr Handy auf lautlos und verstaute es zuunterst in ihrer Strandtasche. Der Reader folgte. Die Lust aufs Lesen war ihr vergangen. Selbst das monotone Rauschen des Meeres verfehlte nun seine beruhigende Wirkung. Enttäuscht klopfte sie den Sand aus dem Badetuch und packte zusammen. Ihre kleine Auszeit hätte ruhig noch etwas länger dauern dürfen.

Auf dem Weg zurück fiel Sarah ein, dass sie noch ihre leere Kühlschrankhälfte auffüllen musste. Sie stieg die kleine Treppe zur Strandpromenade hinauf und wandte sich nach rechts, doch dann zögerte sie. Bis zu Dr. Jacobsens Praxis am Südstrand wäre es nur ein Spaziergang von einer Viertelstunde. Sie wollte wissen, ob der Fasan durchkommen würde. Immerhin hatten Gretje und sie ihn gerettet. Da war es nur natürlich, dass sie sich für sein weiteres Schicksal interessierte.

Kurz entschlossen drehte sie um und ging nach links. Der Weg verlief parallel zum Strand und erlaubte ihr freie Sicht auf das Meer. Zu ihrer Rechten lagen ein Hallenbad und ein Fitnesscenter. Beides gute Alternativen für einen Schlechtwettertag. Doch heute schien die Sonne.

Sarah lief an einer Holzbank vorbei, auf der ein Rentnerpaar eine Rast einlegte. Da die Badelatschen auf dem harten Untergrund zu unbequem wurden, setzte sie sich auf eine freie Kante und wechselte zurück in ihre Turnschuhe.

Aus purer Gewohnheit putzte sie sich die Nase, merkte aber, dass diese völlig trocken war. Zufrieden steckte sie das Taschentuch wieder ein. Die frische Brise, die ihr um die Ohren wehte, schien tatsächlich die meisten der lästigen Pollen wegzupusten. Hoffentlich verhalf die Brise ihr auch zu einem klareren Kopf, um ihr viel zu schnell drehendes Gedankenkarussell ein wenig drosseln zu können. Bisher hatte sie es nie geschafft, die Vergangenheit einfach hinter sich zu lassen. Vielleicht war die Insel der Ort, der ihr dabei helfen würde.

Das letzte Stück des Weges ließ Sarah sich von der Navi-App auf ihrem Smartphone leiten. Die Meldung über den verpassten Anruf von Isabel löschte sie vom Display, um sie nicht die ganze Zeit ansehen zu müssen. Es würde später noch genug Zeit für unangenehme Dinge bleiben.

Früher als erwartet stand sie wieder vor dem modernen Friesenhaus mit den anthrazitfarben gestrichenen Sprossenfenstern, in dem sich die Tierarztpraxis befand. Laut der Öffnungszeiten auf dem Schild sollte sie in zwanzig Minuten schließen. Vermutlich war es der perfekte Zeitpunkt, um kurz vorbeizusehen.

Sarah zögerte. War es wirklich eine kluge Idee, hier erneut aufzutauchen? Und ging es hier dabei tatsächlich um das verletzte Fasanenweibchen oder machte sie sich nur etwas vor? Denn Dr. Jacobsens warme Stimme und seine meerblauen Augen waren kein Grund, hier noch einmal zu erscheinen – ganz im Gegenteil.

Ein Mann, der mit seiner schwangeren Schwester zusammenlebte, fiel mit Sicherheit in die gleiche Kategorie wie Christopher. Allein deshalb sollte sie ihn auf Abstand halten.

Sarah zuckte mit den Schultern. Hatte sie nicht noch vor wenigen Minuten darüber nachgedacht, die Vergangenheit hinter sich zu lassen? Sie war hier, um sich nach dem Vogel zu erkundigen. Nicht mehr und nicht weniger. Sie atmete tief durch, öffnete die aufwendig verzierte Tür und trat ein.

Hinter dem Tresen am Empfang saß noch dieselbe Mitarbeiterin wie am Vormittag, eine Frau Anfang fünfzig mit einem blonden Dutt. Sie lächelte Sarah freundlich an. »Hallo. Waren Sie nicht vorhin schon einmal hier?«

»Ja, ich war die mit dem Vogel. Also mit dem Fasan, der verletzt am Straßenrand lag. Ich wollte nur kurz fragen, ob er durchkommt.«

»Da sprechen Sie am besten mit Dr. Jacobsen persönlich. Er hat gerade noch seinen letzten Patienten. Nehmen Sie doch im Wartezimmer Platz. Ich rufe Sie gleich auf. Wie heißen Sie bitte?«

»Sarah Niehoff.« Es war ihr etwas unangenehm, dass ihretwegen so ein Aufwand betrieben wurde. Eine einfache Auskunft hätte ihr genügt.

Kaum hatte Sarah in dem leeren Wartezimmer ihren Reader aus der Tasche gekramt, wurde sie auch schon ins Behandlungszimmer gerufen.

»Moin, Frau Niehoff!« Dr. Jacobsen begrüßte sie vom Waschbecken aus, wo er sich gerade die Hände wusch. Seine Finger waren lang und gepflegt wie die eines Künstlers. Allerdings verlief eine rote Narbe quer über seinen rechten Handrücken, die diesen Eindruck etwas störte. »Wie geht es Ihrem Arm?«

»Damit ist alles in Ordnung.« Sie strich über das Pflaster, das den tiefsten Kratzer auf ihrem linken Unterarm bedeckte. »Und ich habe auch meinen Tetanusschutz auffrischen lassen. Danke für den Tipp.«

»Keine Ursache.« Er trocknete sich die Hände ab. »Was kann ich für Sie tun?«

Sarah zögerte. War es doch eine blöde Idee gewesen, hier ungefragt noch einmal aufzukreuzen? Sie hätte auf ihr Bauchgefühl hören und umkehren sollen. Aber dafür war es jetzt zu spät. Sie reckte das Kinn und erwiderte seinen Blick. »Wie geht es dem Fasanenweibchen? Wird es wieder gesund?«

»Oh ja, da kann ich Sie beruhigen. Das war ein glatter Bruch. Ich musste nicht mal operieren, sondern nur den Flügel fixieren. In drei bis vier Wochen kann der Vogel zurück in die Freiheit entlassen werden. Bis dahin bleibt er auf der Tierrettungsstation.«

»Danke. Das beruhigt mich tatsächlich. Ich will Sie auch nicht weiter stören.«

»Wollen wir uns nicht duzen?«, fragte er und trat näher. »Ich bin Marten. Meine Schwester Fee möchte dich unbedingt zum Essen einladen, da wäre es mit dem Siezen doch komisch.«

»Fee? Aber sie kennt mich doch gar nicht.« Sarah wusste nicht, ob sie sich über so viel Gastfreundschaft freute oder eher ein wenig bedrängt fühlte.

»Sie ist dir einfach dankbar …« Er hielt kurz inne. »Ich hoffe jetzt mal, dass das Du in Ordnung ist.« Als Sarah nickte, fuhr er fort. »Fee möchte sich bedanken, weil du sie im Mutterschutz vertrittst. Es war gar nicht so einfach, jemanden für die Stelle zu finden.«

»Ist es tatsächlich so schwer gewesen? Hat der Job einen Haken, von dem ich noch nichts weiß?« Zwar fragte Sarah halb im Scherz, doch insgeheim graute ihr vor der Antwort. Sie hatte nicht die eine Jobhölle verlassen, um in der nächsten zu landen.

»Nein, keine Sorge.« Marten lächelte. Er hatte ein Grübchen im Kinn, das ihr vorhin gar nicht aufgefallen war. »Hier bei uns herrscht Vollbeschäftigung. Arbeitslosigkeit gibt es nur auf dem Festland. Gleichzeitig ist der Wohnraum dermaßen teuer und knapp, dass kaum jemand herzieht. Das macht es so schwierig. Du bist also ein echter Glücksfall.«

Unwillkürlich erwiderte sie sein Lächeln. »Na, in diesem Fall muss ich wohl Ja sagen.« Sie schob den Gedanken zur Seite, dass sie ihre Entscheidung womöglich bereuen könnte. Ein paar neue Kontakte auf der Insel würden ihr guttun.

»Unbedingt. Und nachdem du das getan hast, sollte ich noch eine Warnung aussprechen.« Er zupfte an dem Papierstreifen, mit dem das Polster des Behandlungstisches abgedeckt war. »Fee kann leider überhaupt nicht kochen.«

Sarah schmunzelte. »Etwas zu spät, oder?«

Marten Jacobsen gab sich gespielt zerknirscht. »Ich wollte nicht riskieren, dass du ablehnst. Außerdem verspreche ich dir, dass ich sie in der Küche unterstütze, um das Schlimmste zu verhindern.«

Der warme Tonfall seiner Stimme gefiel ihr fast noch besser als seine meerblauen Augen. In ihrem Magen ziepte es. Sie sollte bei diesem Mann vorsichtig sein. Denn er könnte in ihr eine Hoffnung wecken, die sich niemals erfüllen würde.

Sie lächelte ihren Schmerz weg. »Ich nehme dich beim Wort.«

* * *

Die untergehende Sonne färbte das Meer und den Himmel orangerot. Sarah lehnte sich auf ihrem Stuhl zurück, bewunderte das Naturschauspiel und vergrub die nackten Zehen im Sand. Sie nippte an ihrer kühlen Bionade mit Holundergeschmack. So ließ es sich aushalten.

»Ist hier noch frei?« Der Mann von der Fähre stand wieder vor ihr. Dieses Mal hatte er keinen Skizzenblock dabei, dafür baumelte eine Kamera um seinen Hals.

Sarah schmunzelte. »Kennst du wirklich nur diese eine Masche, um Frauen anzusprechen?«

»Es hat schließlich schon beim ersten Mal gut funktioniert.« Er zwinkerte ihr zu, legte seine Kamera auf einem unbesetzten Stuhl ab und nahm ihr gegenüber Platz. »Ich wusste doch, dass wir uns wieder über den Weg laufen.«

»Weil sich das gesamte Föhrer Nachtleben in dieser einen Strandbar abspielt?«

Er lächelte. »Nein. Ein wenig mehr Abwechslung hat die Insel schon zu bieten. Aber ich glaube an Schicksal. Was passieren soll, passiert.«

Seine locker dahingeworfenen Worte versetzten Sarah einen Stich. »Machst du es dir da nicht etwas zu einfach?«, fragte sie.

Er beugte sich zu ihr vor. »Inwiefern?«

Sie umklammerte ihre Flasche und drängte die düsteren Bilder zurück, die unvermittelt vor ihrem geistigen Auge auftauchten. »Was ist mit den schlimmen Dingen im Leben?«

Sein eben noch entspannter Gesichtsausdruck wurde ernst. »Die musst du erst recht akzeptieren. Wer mit seinem Schicksal hadert, macht sich nur unglücklich. Besser ist es, das Ganze abzuhaken und weiterzumachen. Glaub mir, ich spreche da aus Erfahrung.«

Das sagte sich so leicht. Ein leicht bitterer Geschmack breitete sich auf ihrer Zunge aus und sie trank Bionade, um ihn zu vertreiben. »Und was, wenn das nicht funktioniert?«

»Denk doch nicht so negativ. Damit machst du dir das Leben nur unnötig schwer. Du bist hier auf Föhr – einem Ort, der Balsam für die Seele ist.«

War der Gedanke ihr nicht auch schon mehrmals gekommen, seit sie auf der Insel war? *Lass los*, mahnte eine Stimme in ihr. *Wann, wenn nicht jetzt?*

Sie beugte sich leicht vor. »Bist du deswegen auf die Insel gezogen? Weil du mit deinem Schicksal gehadert hast?«

»Nein. Aus diesem Grund habe ich angefangen zu zeichnen. Es hilft mir, Dinge auszudrücken, für die ich nicht die richtigen Worte finde.« Sein Gesichtsausdruck wurde abweisend. »Aber lassen wir das. Dieses Thema zieht einen doch nur runter.«

Sarah fragte sich, warum er genau in dem Augenblick abblockte, in dem es persönlich wurde. Andererseits machte sie es ja selbst gern genauso. Sie seufzte innerlich und ging auf den Themenwechsel ein. »Arbeitest du auch als Fotograf?« Sie nickte in Richtung der Kamera.

»Gezwungenermaßen. Von meinen Bildern allein kann ich die Miete nicht zahlen. Also lasse ich mich für Hochzeiten, Einschulungen und Ferienhaus-Broschüren buchen. Gerade bin ich aber für mein eigenes Projekt unterwegs. Ich bringe jedes Jahr einen Föhr-Kalender heraus.«

»Klingt so, als hätte diese Insel jede Menge Fans.«

»Darauf kannst du wetten.« Er strich sich über den blonden Bart. »Wie ist denn dein erster Eindruck? Wirst du Föhr lieben oder hassen?«

Sie nahm einen Schluck Limonade, um Zeit zu schinden. »Ich habe mich noch nicht entschieden. Vielleicht ist es auch etwas dazwischen.«

»Dazwischen gibt es nicht.« Er lehnte sich über den Tisch. »Aber du findest es schon noch raus. Was ist da passiert?« Er deutete auf ihren zerkratzten Unterarm, auf dem immer noch ein Pflaster klebte.

»Ich hatte eine Begegnung mit einem Fasan. Eigentlich wollte ich ihm nur helfen. Aber das hat der Vogel leider nicht ganz verstanden.«

»Na so was! Fasane sind doch normalerweise vollkommen harmlos. Nimm dich lieber vor den Möwen in Acht. Wenn du nicht aufpasst, klauen die dir deine Pommes direkt aus der Tüte.«

Skeptisch zog sie die Augenbrauen hoch. »Du willst mich wohl auf den Arm nehmen.«

»Es ist die Wahrheit. Ich schwöre.« Er streckte zwei Finger und den Daumen hoch. »Ein paar von den Biestern haben sich darauf spezialisiert, am Hafen Touristen zu überfallen. Andere lauern in Nieblum am Teich auf Kinder, die Enten füttern, und jagen ihnen das Brot ab.«

»Wow!« Sie lächelte. »Klingt, als wäre das hier eine ziemlich gefährliche Gegend. Und wie schützt man sich am besten vor diesen hungrigen Vögeln?«

»Ganz einfach. Indem du nichts zu essen dabeihast.« Er lächelte verschmitzt. »Was mich daran erinnert, dass ich ziemlich hungrig bin. Einmal Pommes mit Mayo und Ketchup wären jetzt genau das Richtige.«

»Und die gefräßigen Möwen?«

»Das Risiko gehe ich ein.« Er erhob sich und deutete auf die Strandbar, in der auch kleinere Snacks verkauft wurden. »Bin gleich wieder da.«

»Lass dir Zeit. Ich bin noch eine Weile da.« Aus dem Augenwinkel beobachtete sie, wie ihre Mitbewohnerin Miriam mit einem Tablett das benutzte Geschirr vom Nachbartisch abräumte.

Kaum war Sarahs Begleiter in der Strandbar verschwunden, eilte Miri auch schon an ihren Tisch. »Bei dir alles gut?«, fragte sie.

»Ja, danke.« Da man sich in der Strandbar das Essen selbst am Tresen abholen musste, konnte die Frage nur ein Vorwand sein. »Du bist doch nicht etwa neugierig, wer der Mann an meinem Tisch war?«

»Oh, das ist Sven.« Sie lächelte, doch es wirkte nicht ganz echt. »Ihr scheint euch ja recht gut zu verstehen.«

»Eine Zufallsbekanntschaft von der Fähre.« Dass Sarah bisher nicht einmal seinen Namen gewusst hatte, mochte sie nicht zugeben.

»Na, dann wünsche ich euch beiden noch einen schönen Abend.« Miriam zwinkerte ihr zu und machte sich mit dem beladenen Tablett auf den Rückweg.

Nachdenklich sah Sarah ihr hinterher. Irgendetwas hatte Miri gegen den Mann. Oder redete sie sich das alles nur wieder ein? Sie selbst fand Sven sympathisch, der das Leben und selbst seine Tiefschläge so lässig-leicht zu nehmen schien. In seinem Lebensplan – falls er überhaupt einen hatte – kamen sicher weder Hochzeit noch Kinder vor. Nicht wie bei Christopher, der mit dem, was sie beide hatten, irgendwann nicht mehr zufrieden gewesen war.

Die Tür zur Strandbar öffnete sich und Sven trat heraus. Er hatte die Pommes bei sich und lächelte Sarah schon von Weitem an.

Sie erwiderte sein Lächeln und beschloss spontan, den leisen Zweifel zu ignorieren, den Miris Reaktion in ihr geweckt hatte. Stattdessen würde sie sich ihre eigene Meinung bilden.

Sven stellte seine Schale mit Pommes rot-weiß in die Mitte des Tisches. Zwei Holzgabeln steckten im Essen. »Bedien dich.«

»Danke.« Tatsächlich genügte allein der Duft der frisch frittierten Pommes, um ihr den Mund wässrig zu machen. Sven wartete, bis sie eine der Gabeln genommen hatte, und griff dann nach der anderen.

Die Pommes schmeckten knusprig und nach Paprika-Gewürz. Sarah tunkte sie in den Ketchup, dann spülte sie mit einem Schluck Bionade nach. »Wir haben uns einander noch gar nicht vorgestellt. Ich bin Sarah.«

»Sven.« Immerhin nannte er ihr seinen richtigen Namen. Das sprach schon mal für ihn.

»Kommst du öfter hier in die Strandbar?«, fragte sie.

»Hin und wieder, wenn mir nach Gesellschaft zumute ist. Manchmal spaziere ich auch lieber allein am Strand entlang und hänge meinen Gedanken nach.«

»Kenne ich. Nur mache ich dann eher eine lange Fahrradtour. Allerdings hatte ich auch bisher keinen Strand vor der Haustür. Vielleicht sollte ich das mit dem Strandspaziergang mal ausprobieren.«

»Auf jeden Fall.« Er lächelte sie an und spießte einige Pommes auf.

»Meine neue Mitbewohnerin arbeitet übrigens hier in der Bar«, bemerkte Sarah. Dabei ließ sie Sven nicht aus den Augen. »Miriam Gassner. Kennst du sie vielleicht?«

»Doch, natürlich«, gab er knapp zurück. »Ist nicht einfach, hier eine bezahlbare Wohnung zu finden.«

Sarah nippte an ihrem Getränk. »Lebst du auch in einer WG?«

»Nein, das wäre nichts für mich. Ich brauche viel Platz für meine Bilder.«

Sarah schwieg und wartete ab. Vielleicht würde Sven ihr wenigstens verraten, in welchem Ort er wohnte.

Schweigend aß er einige Gabeln voll Pommes und musterte dann die beinahe leere Schale. »Soll ich uns noch eine zweite Portion holen?«, bot er schließlich an.

»Nein, danke.« Ein wenig enttäuscht, weil Sven so wenig von sich preisgab, stand Sarah auf. »Für mich wird es Zeit, zurückzugehen. Ich muss morgen früh raus.«

»Dann gute Nacht!« Er schenkte ihr zum Abschied ein letztes Lächeln. Doch bevor sie es erwidern konnte, hatte er schon wieder den Kopf gesenkt und sich auf die letzten Pommes konzentriert.

Kapitel 4

Der erste Tag allein auf Tour gestaltete sich für Sarah als Herausforderung. Dass es in Oldsum keine Straßennamen gab, sondern nur Hausnummern, machte die Angelegenheit nicht einfacher. Trotzdem verliebte sie sich mit jedem alten Friesenhaus, dessen Briefkasten sie ansteuerte, ein klein wenig mehr in diesen Ort. Alles wirkte so friedlich und idyllisch. Selbst die Menschen, denen sie unterwegs begegnete, waren anders als in ihrer Heimat. Gelassener, so als hätten sie alle Zeit der Welt.

Sarah schleppte ein riesiges Paket, das vermutlich nahe an die zulässige Obergrenze von einunddreißigeinhalb Kilo kam, als ihr Handy klingelte. Das musste Isabel sein.

Ihr schlechtes Gewissen regte sich, weil sie ihre Freundin noch immer nicht zurückgerufen hatte. Mit Schwung stellte sie ihre Last auf der Schwelle eines Hauses mit grün-weiß gestrichener Friesentür ab. Ein kurzer Blick auf das Smartphone bestätigte ihre Vermutung. Es war tatsächlich Isabel, die sie anrief. Ohne zu läuten, trat sie von der Tür zurück und wischte über das Handy-Display.

»Na endlich!« Isabel hielt sich gar nicht erst mit einer Begrüßung auf. »Ich drehe hier vollkommen am Rad und du nimmst meine Anrufe einfach nicht an.« Isabel klang mehr als verschnupft. »Stimmt es wirklich, dass du gekündigt hast?«

»Nein. Ich habe nur die Stelle gewechselt.« Sarah verließ das Grundstück, behielt aber das Paket im Blick, während sie vor einem Friesenwall auf und ab ging. »Ich bin jetzt auf Föhr. Tut mir leid, ich hatte einfach keine Zeit.«

»Föhr? Doch nicht etwa diese Insel da oben im Norden?«

»Genau die.« Sarah starrte auf das jahrhundertealte Kopfsteinpflaster zu ihren Füßen. »Entschuldige, dass ich dir vorher nichts gesagt habe. Ich wollte nicht, dass du versuchst, mich davon abzuhalten.«

»Und das aus gutem Grund.« Isabels Stimme klang gepresst. »Meine Güte, Sarah! Wir hatten doch darüber gesprochen, dass du den Typen melden musst, damit er zumindest von deinem Chef abgemahnt wird. Sonst ändert sich nie etwas.«

»Dafür ist es zu spät. Holzinger hat sich schon in den Ruhestand verabschiedet. Und rate mal, wer sein Nachfolger geworden ist.«

»Nein!«

»Oh doch. Sie haben sich für Göhler entschieden. Ich wette, meine Bewerbung wurde gleich aussortiert bei den vielen Krankheitstagen, die in letzter Zeit bei mir aufgelaufen sind.«

»Aber doch nur, weil dieser Göhler dich krank gemacht hat. Belästigung am Arbeitsplatz ist kein Kavaliersdelikt. Du hättest was dagegen unternehmen müssen.«

»Ich weiß.« Ein bitterer Geschmack breitete sich in Sarahs Mund aus. »Mir fehlt einfach die Kraft dazu, mich mit diesem Mann auseinanderzusetzen.«

»Dann lässt du ihn also gewinnen?« In Isabels Tonfall schwang deutliche Empörung mit. »Er soll wirklich damit durchkommen, dass er dich begrapscht und diese ekelhaften Sprüche gemacht hat?«

Sarah presste die Lippen zusammen. Genau diese eine Unterhaltung hatte sie vermeiden wollen. »Ich habe mich noch nicht endgültig entschieden, ob ich ihn anzeige oder nicht. Für mich ist es das Wichtigste, erst einmal zur Ruhe zu kommen. Durch den ganzen Stress ist meine Pollenallergie so schlimm wie noch nie. Wobei: Seitdem ich hier bin, habe ich kaum noch Beschwerden.«

»Das freut mich für dich. Aber musste es gleich so weit weg sein? Du fehlst mir jetzt schon schrecklich.«

»Keine Sorge.« Sarah blieb vor einer Einfahrt stehen und betrachtete die blühenden Osterglocken im Garten gegenüber. »Die Stelle ist auf ein halbes Jahr befristet. Danach komme ich zurück. Allerdings nicht nach Königswinter. Was ich brauche, ist ein richtiger Neuanfang.«

»Es geht dabei gar nicht um Göhler, oder?«, fragte Isabel leise. Sie hatte Sarah schon immer viel zu schnell durchschaut.

»Nicht nur.« Ein schmerzhafter Knoten formte sich in Sarahs Magen. »Ich meine, da kommen gerade eine Menge Erinnerungen hoch, die ich lieber vergessen würde. Aber die Leute lassen mich ja nicht.«

»So ist das eben in einer Kleinstadt. Aber was die anderen von dir denken, sollte dir egal sein. Steh da drüber. Du hast dir nichts vorzuwerfen.«

Sie schluckte. »Ich bin vielleicht nicht so stark, wie du mich gern hättest. Das Letzte, was ich jetzt gebrauchen kann, ist, dass wieder alle über mich reden.«

»Das würde nicht passieren.« Isabel räusperte sich. »Aber ich kann verstehen, warum du Angst davor hast. Hör zu. Es gibt noch eine Sache, die ich dir sagen muss.«

»Nur raus damit. Meine Laune ist sowieso schon auf dem Tiefpunkt.«

»Es geht um Christopher.« Sie zögerte. »Ich habe ihn neulich im Supermarkt getroffen – in Begleitung einer sportlichen Blondine. Er hat sie mir als seine neue Freundin vorgestellt.«

»Das war doch zu erwarten.« Die Osterglocken verschwammen vor Sarahs Augen. »Ich freue mich für ihn. Ganz ehrlich.«

»Ich nicht. Er hätte dich nicht so kampflos aufgeben dürfen.«

»Jetzt lass es doch gut sein. Schließlich habe ich ihn verlassen.« Sie wischte sich mit dem Handrücken über die Augen. »Christopher trifft keine Schuld.«

»Dich auch nicht.«

Das sah Sarah ein wenig anders. Dennoch spürte sie einen Stich, der schmerzhafter war, als sie vermutet hätte. »Du, ich bin hier gerade mitten bei der Arbeit und muss weitermachen.«

»Schon klar. Aber das Thema ist noch nicht ausdiskutiert.«

»Meinst du damit Göhler oder meinen Umzug nach Föhr?«

»Beides. Hab dich lieb.«

»Ich dich auch.« Mit einer Mischung aus Bedauern und Erleichterung beendete Sarah das Telefonat. Isabel hatte das Herz auf dem rechten Fleck, aber sie konnte auch furchtbar hartnäckig sein. Vor allem, wenn es um Sarahs Wohl ging.

Mit hängenden Schultern kehrte sie zurück zu dem Friesenhaus, vor dem sie das schwere Paket abgestellt hatte, und läutete an der Tür.

Eine Frau in den Siebzigern öffnete Sarah. Bei ihrem Anblick runzelte sie die Stirn.

»Ich habe ein Paket für Sie.« Sarah reichte der Frau den digitalen Stift für ihren Handscanner.

»Danke, das sehe ich.« Sie unterzeichnete und reichte ihr den Stift zurück. »Aber geht es Ihnen gut?«

»Ach, das.« Sarah blinzelte eine Träne weg und zwang sich zu einem Lächeln. »Das ist bloß meine Allergie.«

* * *

Eine schwangere Frau mit weißblondem Zopf öffnete Sarah die Tür. Die Ähnlichkeit zu Marten Jacobsen war unverkennbar. Fee lächelte sie an. Einer ihrer Schneidezähne stand ein wenig schief und verlieh ihr einen besonderen Charme. »Moin. Du musst Sarah sein. Herzlich willkommen bei uns!«

»Danke für die Einladung.« Sarah reichte ihr die Hand. Fees Händedruck fühlte sich überraschend kraftvoll an.

»Gern geschehen. Ich wollte dich doch unbedingt kennenlernen.« Fee machte Sarah Platz. »Damit du dich nicht so fremd bei uns fühlst, habe ich auch Gretje eingeladen. Sie wartet schon oben auf uns.«

Fee führte Sarah am Empfangstresen vorbei und eine Treppe hinauf in den ersten Stock.

Sarah staunte. Sie hatte über der Tierarztpraxis nur eine kleine Wohnung erwartet, doch der Friesengiebel ließ die Galerie im Dachgeschoss hell und offen wirken. Innen waren die Sprossenfenster nicht anthrazitfarben gestrichen, sondern milchweiß.

»Ihr habt ein sehr schönes Haus«, bemerkte Sarah.

»Danke.« Fee nahm ihr die Jacke ab und hängte sie in den Garderobenschrank. »Wenn das Baby kommt, wird es ein wenig eng werden. Aber das macht uns nichts.«

Den Vater ihres Kindes erwähnte Fee nicht und Sarah fand es zu indiskret, nach ihm zu fragen, zumal Fee gerade wohl nicht ohne Grund bei ihrem Bruder wohnte. Schweigend folgte sie ihr in den Wohnbereich. Die Tür zum Wohnzimmer stand offen und schon vom Flur aus war Gretjes Stimme zu hören.

Gretje und Marten saßen unter einer Dachschräge auf einem hellgrau bezogenen Sofa. Das Zimmer war wohlig warm und es duftete nach Holz. Zuerst glaubte Sarah, der Geruch käme von den Dielen und den mächtigen Deckenbalken. Doch dann entdeckte sie in einer Ecke einen kleinen weißen

Kachelofen, in dem hinter einer Glasschutzscheibe ein Feuer brannte.

Marten sprang auf, um sie zu begrüßen. »Moin, Sarah! Schön, dass du hier bist.« Er reichte ihr die Hand.

Gretje kannte weniger Zurückhaltung und zog sie in eine Umarmung. »Wie war dein erster Tag allein auf Tour?«

»Nicht schlecht.« Sarah lächelte. »Zumindest gab es heute keine Zwischenfälle.«

Marten räusperte sich. »Und ich habe auch noch etwas Erfreuliches zu berichten: Dem Fasanenweibchen geht es den Umständen entsprechend gut. Es erholt sich prächtig.«

Fee grinste. »Du und deine Tiere. Wenn du nur halb so viel Begeisterung für die menschliche Spezies aufbringen würdest, müsstest du nicht mit deiner Schwester zusammenleben.« Sie zwinkerte ihrem Bruder zu.

»Das tu ich doch gern«, murmelte Marten. »Bitte setzt euch. Ich hole das Essen.« Ein wenig übereilt verschwand er durch eine verglaste Schiebetür, die zur Küche führte.

Unschlüssig musterte Sarah den mit weiß-blauem Friesengeschirr gedeckten Esstisch. »Wo soll ich mich hinsetzen?«

»Wo du willst«, erwiderte Fee. »Ich habe vergessen zu fragen: Du magst doch Fisch, oder?«

»Ja, keine Sorge.« Nach kurzem Zögern entschied Sarah sich für den Platz neben Gretje, die sie von allen am besten kannte.

Marten kehrte mit einer Fischplatte zurück und stellte sie in der Mitte des Tisches ab. »Es gibt Matjesfilet und Röstkartoffeln. Eigentlich wäre es die perfekte Jahreszeit für Salzwiesenlamm. Aber das sollte Fee in der Schwangerschaft nicht essen.«

Sarah breitete eine weiße Stoffserviette auf ihrem Schoß aus. »Ist das ein typisches Gericht für diese Gegend? Ich dachte, hier wird vor allem Fisch verzehrt.«

»Den essen wir auch.« Fee zündete drei weiße Kerzen in einem antiken Silberleuchter an. »Aber die Viehzucht war auf Föhr schon immer wichtiger als der Fischfang.«

Marten trat mit einer Flasche Wein an den Tisch. »Soll ich einen Weißwein aufmachen?«

»Für mich nicht«, sagte Sarah. »Alkohol verschlimmert meinen Heuschnupfen.«

»Dann werden Marten und ich die Flasche wohl allein leeren müssen«, erwiderte Gretje mit einem schelmischen Schmunzeln.

»Das schaffen wir schon.« Er entkorkte die Flasche und schenkte Gretje und sich ein. »Was möchtet ihr? Wasser? Saft?«

»Wasser klingt gut.« Sarah musterte die brennenden Kerzen. Fee und Marten Jacobsen gaben sich viel Mühe, um sie auf Föhr willkommen zu heißen. Wenn die Menschen sie hier so gastfreundlich aufnahmen, sollte sie wohl doch ihren Einstand mit den Kollegen feiern. Auch wenn sie nur für sechs Monate blieb.

Fee reichte eine Schüssel mit Bratkartoffeln herum, während Marten mit einer Bratenzange das Matjesfilet verteilte. Dabei ging er mit äußerster Sorgfalt vor und legte auf jedes Stück Fisch eine Zitronenscheibe.

Sobald alle versorgt waren, hob Fee ihr Wasserglas. »Auf dich, Sarah! Und darauf, dass du eine unvergessliche Zeit hier auf der Insel hast.«

»Prost!« Gretje ließ ihr Glas leicht gegen Sarahs klirren. Danach stießen auch die anderen miteinander an.

Sarah trank einen Schluck Wasser und lehnte sich auf ihrem Stuhl zurück. Obwohl sie normalerweise länger brauchte, bis sie mit neuen Bekanntschaften warm wurde, fühlte es sich überraschend gut an, mit Gretje, Marten und Fee gemeinsam an einem Tisch zu sitzen.

Der Fisch schmeckte köstlich und die Bratkartoffeln waren kross gebraten – genauso, wie sie es mochte. Sarah beschränkte sich die meiste Zeit aufs Zuhören und überließ das Reden Gretje und Fee, die sie mit Anekdoten von der Insel unterhielten.

Schließlich räumte Marten das benutzte Geschirr weg und stellte ein blau-weiß bemaltes Teestövchen und eine dampfende Kanne in die Mitte des Tisches. »Was hat dich eigentlich nach Föhr verschlagen?«, fragte er Sarah.

Sie ließ sich mit der Antwort Zeit. »Ich wollte etwas Neues kennenlernen. Bisher bin ich – von Urlauben mal abgesehen – noch nie aus NRW rausgekommen.« Den ernsten Hintergrund für ihre Entscheidung verschwieg sie. Stattdessen bemühte sie sich um einen lockeren Tonfall. »Hier gab es eine freie Stelle und die Fotos auf der Föhrer Website sahen gut aus. Also habe ich zugegriffen.«

»Stört dich die Befristung nicht?«, fragte Fee.

»Nein, überhaupt nicht. Ich betrachte das Ganze als ein Abenteuer. Die Insel hat ihren Reiz, keine Frage, aber ich könnte mir nicht vorstellen, hier für immer zu leben.« Sarah stutzte. War sie gerade ihren Gastgebern und Gretje zu nahe getreten? »Ich verstehe natürlich, dass es euch hier gefällt«, fügte sie schnell hinzu. »Aber ich befürchte, dass ich auf Dauer einen Inselkoller bekommen würde.«

»Das halte ich für unwahrscheinlich«, erwiderte Gretje. »Du bist doch ständig an der frischen Luft und unter Leuten. Außerdem ist Föhr keine Hallig mit einem Dutzend Häusern. Wir haben hier mehr als achttausend Einwohner. Da ist immer was los.«

Ein Schatten huschte über Martens Gesicht. »Stimmt.« Er deckte die Teetassen auf. »Außer im Januar. Zwischen Neujahr und dem Biikebrennen Ende Februar reisen viele Föhrer in den Süden. Das ist die einzige Zeit ohne nennenswerten Tourismus.«

»Was ist das Biikebrennen?«, fragte Sarah.

»Eine nordfriesische Tradition, um den Winter zu vertreiben«, entgegnete Marten. »Das Wort *Biike* bedeutet auf Friesisch

Feuerzeichen. Wir entzünden jedes Jahr am 21. Februar ein großes Feuer am Strand und feiern gemeinsam. Für uns Insulaner ist es einer der Höhepunkte des Jahres.«

»Klingt nach einem schönen Brauch. Habt ihr drei eigentlich euer ganzes Leben auf der Insel verbracht?«

»Ich nicht«, erwiderte Marten. »Für mein Studium war ich einige Jahre in München.«

»Und ich bin der Liebe wegen für ein halbes Jahr nach Berlin gezogen«, sagte Fee. »Aber ich hab das alles hier zu sehr vermisst.«

Sarah wandte sich an Gretje. »Was ist mit dir?«

»Warum sollte ich von hier wegwollen? Ich lebe doch schon am schönsten Ort der Welt.« Gretje hob den Deckel der Kanne an und der Duft von frisch aufgebrühtem Tee verbreitete sich im Raum. »Der sieht gut aus. Wie lange soll er denn noch ziehen?«

»Gar nicht mehr.« Marten fischte eine Filtertüte mit losem Tee aus der Kanne und legte sie auf seiner Untertasse ab. Er musterte Sarah über den Tisch hinweg. »Kennst du schon unseren berühmten Friesentee?«

»Bisher noch nicht. Aber ich bin ja auch erst seit zwei Tagen auf der Insel.« Allerdings kam es ihr vor, als wäre deutlich mehr Zeit vergangen, seitdem sie von Bord der *Uthlande* gegangen war.

»Darf ich?« Marten deutete auf ihre leere Tasse und schenkte Sarah auf ihr Nicken hin von dem Friesentee ein. Er schimmerte dunkelgolden und dampfte vor Hitze.

»Danke.« Sie blies auf die Flüssigkeit und trank vorsichtig einen winzigen Schluck. Der Friesentee schmeckte wie ein mild-würziger Schwarztee. Sie gab einen Teelöffel Kandiszucker hinzu, um den Hauch von Bitterkeit zu vertreiben. »Was sollte ich mir unbedingt ansehen, solange ich hier bin?«

»Gute Frage.« Marten schenkte erst Gretje und Fee und danach sich selbst ein. »Was magst du denn? Kultur? Sport? Natur?«

»Ich bin für alles offen.« Ohne groß darüber nachzudenken, lächelte sie ihn an.

Fee drehte sich zu Marten um. »Du könntest Sarah mal mitnehmen, wenn du Vögel beobachtest.«

»Ich glaube nicht, dass Sarah sich dafür interessiert«, erwiderte er. »Du hast mir doch selbst schon oft erzählt, wie langweilig du das Ganze findest.«

Sarah rührte mit dem Löffel durch ihren Tee. »Klingt doch interessant. Ich will mich aber nicht aufdrängen.«

»Das tust du nicht«, versicherte Marten. Eine leichte Röte überzog seine Wangen. »Ich freue mich über Gesellschaft. Normalerweise findet sich hier kein Freiwilliger, der mich begleitet.«

»Also abgemacht.« Sie erwiderte seinen Blick. »Ich bin gespannt, ob ich noch einen Fasan entdecke.«

Kapitel 5

Sarah stand am Stacheldrahtzaun, der den Weg von den Salzwiesen trennte, und bewunderte Seite an Seite mit Marten den Sonnenaufgang. Golden funkelte das Meer in der Ferne. Zahlreiche Vögel flogen auf und zeichneten sich als dunkle Silhouetten vor dem in warmes Gelb getauchten Himmel ab.

In seiner dicken Jacke und mit einem Rucksack auf dem Rücken erinnerte Marten Sarah an einen der Tagestouristen, die zahlreich durch Wyk spazierten. Er reichte ihr ein Fernglas. »Die meisten Vögel, die du siehst, sind Ringelgänse und Knutts.«

»Brüten sie hier am Meer?« Sarah sah durch das Fernglas. Die Ringelgänse mit ihren langen, dunklen Hälsen, um die sich ein schmaler, weißer Streifen zog, waren leicht auszumachen.

»Nein.« Marten stand so dicht neben ihr, dass er nur die Hand auszustrecken bräuchte, um sie zu berühren. Stattdessen zog er ein zerfleddertes Notizbuch und einen Bleistift aus seinem Rucksack. »Die Ringelgänse haben hier überwintert und fliegen nun weiter in Richtung Arktis. Und die Knutts sind nur auf der Durchreise nach Grönland oder Alaska.«

»Was schreibst du auf?« Sie deutete auf das Notizbuch.

»Nur meine Vogel-Sichtungen. Wann und wo ich welche Vogelarten gesehen habe. Das ist ein Hobby von mir.« Er musterte sie. »Wirkt ziemlich schräg, oder?«

»So schräg nun auch wieder nicht.« Zwar wäre Sarah von sich aus nie auf die Idee gekommen, mitten in der Nacht aufzustehen, um im Halbdunkel die ersten Vögel des Tages zu beobachten. Doch jetzt und hier fühlte es sich gut und richtig an.

Er kramte ein zweites Fernglas aus seinem Rucksack und trat näher an den Zaun. Viel fehlte nicht, dann hätte er sich mit seinem Ärmel im Stacheldraht verhakt. »Siehst du die grauweißen, etwa amselgroßen Vögel mit dem kurzen Hals?«

»Ja.« Sarah richtete ihr Fernglas auf einen der Vögel, die über der Wiese kreisten. »Das sind die Knutts, nicht wahr?«

»Ja. Sie gehören zu den Strandläufern. Im Frühling und im Herbst kann man sehr viele von ihnen in der Nähe des Meeres sichten.«

»Kluge Vögel. Die wissen, wo es schön ist.« Tief atmete Sarah die frische Luft ein, die nach Wiesenkräutern duftete und sie kein bisschen in der Nase kitzelte. Der Wind schien hier auf der Insel tatsächlich ganze Arbeit zu leisten und die lästigen Pollen fortzuwehen. Womöglich würde ihm das auch mit jenen düsteren Gedanken gelingen, die Sarah immer wieder heimsuchten.

Sie tat so, als würde sie weiterhin die Vögel betrachten. In Wirklichkeit musterte sie Marten aus dem Augenwinkel. Die ersten Sonnenstrahlen brachten sein weißblondes Haar zum Glänzen. Er klopfte sich mit dem Stift gegen das Kinn, runzelte leicht die Stirn und notierte etwas in seinem Büchlein.

Seine Ernsthaftigkeit entlockte ihr ein Schmunzeln. »Was gefällt dir so an den Vögeln? Ich meine, du kümmerst dich schließlich schon den ganzen Tag um kranke Tiere und trotzdem fährst du in deiner Freizeit hier raus, um noch mehr Tiere zu sehen.«

»Na ja.« Er rieb sich die Nase. »Die meisten Patienten reagieren auf mich verängstigt oder aggressiv. Unsereins ist bei Tieren nicht gerade beliebt.«

»Postboten auch nicht.« Nicht umsonst trug sie meistens einige Leckerlis für die Hunde auf ihrer Tour bei sich.

»Stimmt.« Er seufzte leise. »Jedenfalls gefällt es mir, Tiere in ihrem natürlichen Lebensraum zu beobachten. Und Vögel bieten sich hier auf der Insel an. Sie sind zumindest interessanter als die Wattwürmer.«

»Kann ich mir vorstellen.«

Marten holte eine Kunststoffbox aus seinem Rucksack und öffnete sie. Zum Vorschein kamen belegte Brote, deren Anblick Sarah das Wasser im Mund zusammenlaufen ließ.

»Ich hatte vorhin noch keinen Appetit auf Frühstück«, bemerkte Marten. »Möchtest du auch etwas? Du hast die Auswahl zwischen Käse- und Schinkenbrot.«

»Da sage ich nicht Nein.« Sie nahm sich das mit Schinken belegte Brot aus der Box und biss hinein. Der Schinken und das Vollkornbrot schmeckten herzhaft und viel intensiver, als sie es erwartet hätte. »Ich glaube, es stimmt, was die Leute sagen. Seeluft macht hungrig.«

»Und ob.« Marten aß das Käsebrot. Dabei stand er so entspannt an Sarahs Seite, dass sie sich fragte, ob sie sich sein zart angedeutetes Interesse nur eingebildet hatte. Womöglich wollte er ja wirklich bloß gastfreundlich sein und ihr ein Stück von Föhr zeigen. Und die Esseneinladung war schließlich nicht von ihm, sondern von Fee ausgegangen. Oder hatte er das nur behauptet?

»Wie kommt es eigentlich, dass du und Fee zusammenwohnt?«, fragte sie betont beiläufig.

Marten zögerte eine Spur zu lange.

Sarah erschrak, war sie ihm mit ihrer Frage zu nahe getreten?

Schweigend betrachtete er das belegte Brot in seiner Hand, als würde er sich von ihm eine Antwort erhoffen. »Unsere Eltern sind vor einigen Jahren aufs Festland gezogen, aber für Fee kommt das nicht infrage. Hier auf der Insel eine bezahlbare Mietwohnung zu finden ist beinahe unmöglich. Vor allem bei dem, was die Post euch zahlt. Und ich wollte nicht, dass sie mit dem Baby weiterhin in einer WG leben muss. Also schien uns das die beste Lösung zu sein.«

Den Vater des Babys erwähnte er mit keinem Wort. Vermutlich waren der Mann und Fee entweder nie fest zusammen gewesen oder sie hatten sich getrennt. Die dritte Möglichkeit in Betracht zu ziehen, weigerte sich Sarah. »Das ist sehr nett von dir«, bemerkte sie.

»Sie ist meine Schwester.« Bei Marten klang dieser schlichte Satz so, als würde er alles erklären. Er schien einer dieser klassischen Beschützertypen zu sein, der seine Rolle als großer Bruder sehr ernst nahm. »Hast du Geschwister?«

»Leider nicht.« Jemanden wie ihn hätte sie vor all den Jahren dringend gebraucht. »Aber eine beste Freundin, die für mich ein Schwestern-Ersatz ist.« Der Gedanke an Isabel brachte sie unwillkürlich zum Lächeln. »Ihr gefällt es überhaupt nicht, dass ich hergezogen bin.«

»Verständlich.« Marten erwiderte ihr Lächeln. »Wahrscheinlich vermisst sie dich.«

»Es ist ja nur für sechs Monate.« Was danach käme, wusste sie selbst noch nicht. Auch wenn sie ahnte, dass sie sich eher früher als später mit dieser Frage auseinandersetzen sollte.

Marten wandte das Gesicht ab, doch Sarah meinte, einen leicht enttäuschten Ausdruck bemerkt zu haben. »Stimmt ja. Das hatte ich fast vergessen.«

* * *

Miri stand in der winzigen Kochnische mit einem leeren Becher in der Hand und schien darauf zu warten, dass die leise vor sich hin gurgelnde Filtermaschine endlich Kaffee ausspuckte. Ihren verwuschelten Haaren nach zu urteilen war sie gerade erst aufgestanden, dabei ging es schon auf drei Uhr zu. Sie wandte sich zu Sarah um. »Du und Sven, läuft da eigentlich was zwischen euch?«

Sarah steckte zwei Scheiben Toastbrot in den Toaster, um Miris forschem Blick auszuweichen. »Nein. Wir haben uns nur unterhalten.« Da Sven weder nach ihrer Nummer gefragt noch ein weiteres Treffen vorgeschlagen hatte, bezweifelte sie, dass er mehr als eine lose Freundschaft im Sinn hatte. Ihr sollte das recht sein. Auch wenn ein Teil von ihr sich durchaus zu ihm hingezogen fühlte. Sven war unkompliziert und direkt. Niemand, der versuchen würde, sie zu halten, wenn ihre Zeit auf Föhr sich dem Ende zuneigte. Sarah wunderte sich über sich selbst. Wieso machte sie sich überhaupt solche Gedanken? Sie war nicht auf der Suche nach einem Mann. Es hatten sie ganz andere Dinge dazu bewegt, die Arbeit auf Föhr anzunehmen.

»Ist vielleicht auch besser so.« Miri stupste die Kaffeemaschine mit dem Zeigefinger an, was den Vorgang natürlich auch nicht beschleunigte.

»Was meinst du damit?«

»Versteh mich bitte nicht falsch. Ich mag dich. Und Sven auch. Er ist ein lustiger Typ, mit dem es nie langweilig wird. Aber er will einfach nur seinen Spaß. Und du wirkst nicht wie jemand, der das genauso sieht.«

Sarah holte einen angestoßenen Teller aus dem Küchenschrank. »Wir wissen doch beide, dass ich im Herbst wieder von hier verschwinde. Also bin ich bestimmt nicht auf der Suche nach dem Mann fürs Leben.« Diesen Traum hatte sie nach der Trennung von Christopher endgültig begraben. Nicht seinetwegen, sondern weil sie befürchtete, dass sie wohl niemals dafür bereit sein würde.

»Sicher, dass du dir da nicht nur was einredest?« Miri rümpfte die Nase. »Ich glaube, dein Toast brennt an.«

Jetzt roch Sarah es auch. Sie drückte die Stopptaste und zog mit spitzen Fingern zwei heiße, schwarzbraune Brotscheiben aus dem Toaster, die sie hastig auf ihrem Teller ablegte. »Wieso gibt es überhaupt eine Einstellung, bei der alles anbrennt? Die ist doch völlig überflüssig.«

Miri zog die Augenbrauen hoch. »Vielleicht steckt da die Toastbrot-Industrie dahinter. Je mehr Toasts verkohlen, desto mehr Packungen von ihrer geschmacklosen Pampe können sie verkaufen.«

Sarah stöhnte leise. »Da könntest du recht haben. Das Zeug schmeckt eigentlich nach nichts.« Sie entsorgte die angebrannten Toastbrote im Mülleimer unter dem Spülbecken. »Morgen besorge ich uns richtiges Brot. Wie gut kennst du Sven eigentlich?«

»Zumindest gut genug, um dich vor ihm zu warnen.« Miri zwinkerte ihr zu und goss sich einen Becher Kaffee ein. Nach dem ersten Schluck verzog sie das Gesicht. »Die Kaffeemaschine ist genauso ein Schrotthaufen wie der Toaster. Ich koche mir meinen Kaffee lieber gleich in der Strandbar.«

»Aber ist heute nicht dein freier Tag?«

»Na und?«

Sarah öffnete den Kühlschrank und holte aus einem ihrer Fächer einen Erdbeerjoghurt. Eigentlich sollte sie sich etwas Richtiges zu essen kochen. Doch nach dem extra frühen Aufstehen für das Treffen mit Marten und einem langen Arbeitstag fühlte sie sich zu erschöpft dafür. »Ich wundere mich nur, dass du deine Freizeit ausgerechnet an deinem Arbeitsplatz verbringen willst.«

»Vielleicht möchte ich ja nur die schöne Aussicht genießen. Schließlich liegt die Surf- und Segelschule gleich nebenan. Und da gibt es eine Menge sportlicher Jungs zu bewundern. Komm doch mit.«

»Beim nächsten Mal.« Sarah gähnte hinter vorgehaltener Hand. »Die Couch ruft nach mir.«

Miri schob ihren Kaffee auf der Arbeitsplatte in Sarahs Richtung. »Du brauchst eindeutig Koffein. Warst du gestern feiern?«

»Nein. Aber ich bin heute Morgen sehr früh aufgestanden und habe mir den Sonnenaufgang über dem Meer angesehen.«

»Wow! Du bist ja verrückt – und eine hoffnungslose Romantikerin. Genau wie ich befürchtet habe. Dich nehme ich besser nicht mit zu den Surfern. Sonst bricht dir noch einer von ihnen das Herz.«

»Keine Sorge. So leicht verliebe ich mich nicht.« Hastig riss Sarah die Folie von ihrem Joghurt und schob sich einen Löffel in den Mund.

»Wirklich nicht?« Miri fuhr sich mit den Fingern durch ihr silberblondes Haar. Dabei ließ sie Sarah nicht aus den Augen. »Willst du mir ernsthaft weismachen, dass du dir allein den Sonnenaufgang angesehen hast? So was tun doch nur verliebte Paare.«

»Also echt!« Sarah bemühte sich um einen spöttischen Tonfall. Aus einem Grund, den sie sich selbst nicht ganz erklären konnte, wollte sie Miri nichts von ihrem Treffen mit Marten erzählen. »Erst unterstellst du mir, dass ich auf der Suche nach einer ernsthaften Beziehung bin. Und dann soll ich mich nach vier Tagen auf der Insel schon verliebt haben? Das passt doch nicht zusammen.«

Miri nickte. »Auch wieder wahr. Trotzdem klingt das komisch. Bist du wirklich so früh aufgestanden, nur um den Sonnenaufgang zu sehen?«

»Eigentlich wollte ich schwimmen gehen.« Die Lüge kam Sarah viel zu leicht über die Lippen. Vermutlich lag es an der jahrelangen Übung. »Aber dann war mir das Wasser zu kalt und ich habe gekniffen.«

»Feigling!« Miri knuffte sie spielerisch in die Seite. »Das hättest du ruhig gleich sagen können.« Sie zwinkerte ihr zu. »Ich habe mir schon Sorgen gemacht, dass mit dir etwas nicht stimmt.« Sie verließ die Küche, ohne eine Antwort abzuwarten.

Sarah hätte ihr ohnehin nicht die Wahrheit gesagt. Denn mit ihr stimmte eine ganze Menge nicht.

Kapitel 6

Nach Arbeitsschluss am nächsten Tag beschloss Sarah, Süderende zu erkunden. Der kleine Ort, in dem sie die Post austrug, hatte kaum mehr als zweihundert Einwohner und wirkte mit seinen reetgedeckten Friesenhäusern genauso ursprünglich wie Oldsum. Vor allem die St.-Laurentii-Kirche war Sarah auf ihrer Route aufgefallen.

Nun stand sie bei strahlendem Sonnenschein vor dem alten Friedhof, hielt einen Reiseführer in der Hand und bewunderte das aus rotem Backstein erbaute Gebäude. Die Kirche besaß einen hohen Glockenturm, ein graues Satteldach und die für diese Gegend typischen weißen Sprossenfenster.

Sarah war neugierig darauf, wie sie von innen aussah, wollte aber zuerst einen Gang über den Friedhof machen. Sie lief zwischen jahrhundertealten Grabsteinen hindurch, die laut Reiseführer auch *sprechende Grabsteine* genannt wurden, weil ganze Familiengeschichten darauf eingemeißelt waren.

Sie bewunderte gerade einen aufwendig bemalten Stein, den ein Schiff mit geblähten Segeln zierte, als sie zwischen den Gräbern eine einzelne Gestalt entdeckte. Das war doch Gretje.

Ihre Kollegin wandte Sarah den Rücken zu. Sie schien gerade Unkraut auf einem der neueren Gräber zu zupfen, das mit Rosen bepflanzt war.

Sarah zögerte. Vielleicht wollte Gretje allein sein. Andererseits fühlte es sich falsch an, so zu tun, als hätte sie ihre Kollegin nicht bemerkt. Zögernd ging Sarah auf sie zu.

Diese wandte schließlich den Kopf und sah sie an. »Moin, Sarah.« Sie richtete sich auf und warf das gezupfte Unkraut in einen kleinen Eimer. »Was machst du denn hier?«

»Ich wollte mir die sprechenden Steine ansehen.« Möglichst unauffällig las sie die Inschrift des Grabsteins: *Peet Schippmann 1982–1989*. Etwas in ihrem Magen zog sich zusammen.

Gretje folgte ihrem Blick. »Peet war mein einziges Kind. Er hatte Leukämie.«

»Das wusste ich nicht. Es tut mir so leid.« Sarah fühlte sich wie erstarrt.

»Ich rede nicht gern darüber.« Gretje streifte ihre Gartenhandschuhe ab und warf sie zu dem Unkraut in den Eimer. »Trotzdem vergeht kein einziger Tag, an dem ich nicht an ihn denke.« Sie seufzte leise. »Ich weiß, dass das verrückt klingt, so lange, wie das schon her ist.«

»Tut es nicht.« Sarahs Augen wurden feucht. »Die Zeit spielt bei so etwas keine Rolle. Du wirst immer seine Mutter bleiben.«

»Ja, bis zu meinem letzten Atemzug.« Gretjes Blick wurde glasig. »Die meisten Menschen denken, dass man irgendwann darüber hinwegkommen und einfach nur weitermachen müsste. Sie haben ja keine Ahnung.«

»Vermutlich nicht.« Verstohlen fuhr Sarah sich mit dem Handrücken über die Augen. Im Gegensatz zu Gretje hatte sie kein Recht auf ihren Schmerz.

»Aber du verstehst mich, nicht wahr?« Gretje kam näher und musterte sie mit einem leichten Stirnrunzeln. »Du verstehst mich wirklich.«

Schützend schlang Sarah die Arme um den Körper. »Bitte frag nicht weiter nach. Ich will nicht darüber reden.«

»Das musst du auch nicht.« Eine einzelne Träne löste sich aus Gretjes Augenwinkel und floss ihr die Wange hinab. »Bei mir hat es sehr lange gedauert, bis ich das erste Mal bereit war, jemandem meine Gefühle anzuvertrauen. Zu lange, um meine Ehe zu retten. Aber das ist ein anderes Thema.«

Sie bückte sich nach einer Gießkanne und verteilte Wasser auf den Rosen. »Hierherzukommen ist ein Trost für mich. Und es hilft mir, die Trauer aus meinem Alltag fernzuhalten. Dies ist der Ort, an dem ich an Peet denke. Und jedes Mal, wenn ich den Friedhof hinter mir lasse, versuche ich, nur nach vorn zu blicken und mein Leben zu leben.«

Sarah scharrte mit den Füßen im Gras, während sie den Reiseführer fest umklammerte. »Funktioniert das für dich?«

»Schon seit mehr als dreißig Jahren.« Gretjes Stimme klang belegt. »Es gibt bessere und schlechtere Zeiten. Gerade geht es mir eigentlich ganz gut. Wahrscheinlich auch, weil ich mich sehr auf Fees Baby freue.«

»Wirklich?« Sarah blätterte durch den Reiseführer, um ihre Finger zu beschäftigen. »Es muss doch schmerzhaft für dich sein, das mit anzusehen und dich daran zu erinnern, was du verloren hast.«

»Es braucht kein anderes Kind, damit ich an Peet denke. Aber an seine Baby- und Kleinkinderzeit, als er noch gesund war, habe ich sehr schöne Erinnerungen.« Gretje zog ein Taschentuch aus ihrer Jacke und putzte sich die Nase. »Wäre er heute noch am Leben, wäre ich vielleicht schon Großmutter oder würde mich auf mein erstes Enkelkind freuen. Stattdessen bin ich dankbar dafür, dass Fee mich ein wenig an ihrem Glück teilhaben lässt.«

»Ihr steht euch sehr nahe?«

Gretje nickte gedankenverloren. »Früher waren wir einfach nur Kolleginnen, die nicht viel gemeinsam hatten. Immerhin bin ich fast vierzig Jahre älter als Fee. Aber durch ihre Schwangerschaft sind wir uns nähergekommen. Ich glaube, sie vermisst ihre Mutter und sucht deswegen ab und zu Rat bei mir.«

Gretje steckte ihr zerknülltes Taschentuch wieder ein und griff nach dem Eimer mit ihren Handschuhen und dem Unkraut. »Ich muss los. Alles Gute für dich.« Sanft berührte sie Sarah am Unterarm. »Und wenn es zu schwer wird, denk an die schönen Zeiten zurück. Das ist der einzige Rat, den ich dir geben kann.«

»Danke.« Sarah blieb am Grab stehen und sah Gretje hinterher, die über den Rasen auf die Straße zuschritt und dabei kein einziges Mal zurückblickte.

Sarah schloss für einen Moment die Augen und atmete tief durch. Sie besaß keine glücklichen Erinnerungen an ihre Tochter.

Nicht eine einzige.

* * *

Nach ihrer Begegnung mit Gretje war Sarah die Lust am Erkunden der Kirche vergangen. Allein sein wollte sie aber auch nicht. Deshalb fuhr sie zurück nach Wyk und spazierte auf der Strandpromenade vom Zentrum aus in Richtung Südstrand. Zu ihrer Linken sah sie bei dem sonnigen Wetter zahlreiche Urlauber am Strand, während auf der rechten Seite Dünengräser den Wall schützten. Auf dem Weg kamen ihr einige Fußgänger entgegen, die alle ein Ziel zu haben schienen. Alle außer ihr selbst.

Erst als Sarah bereits die halbe Wegstrecke hinter sich gebracht hatte, wurde ihr bewusst, dass sie genau auf die Tierarztpraxis zuhielt. Doch in ihrer derzeitigen Verfassung war das der letzte Ort, den sie aufsuchen sollte.

Sie setzte sich auf eine freie Bank am Wegesrand und holte ihr Handy hervor. Wenn es jemanden gab, der sie vor einer impulsiven Tat bewahren konnte, dann Isabel.

Zum Glück ging ihre Freundin gleich ans Telefon. »Gut, dass du dich meldest. Sonst hätte ich angerufen.«

»Was gibt es denn?« Sarah bemühte sich, die Emotionen aus ihrer Stimme herauszuhalten.

»Ich mache mir einfach Sorgen um dich. Unser letztes Gespräch hast du quasi abgewürgt und seitdem habe ich von dir nichts mehr gehört. Du hast nicht mal ein Foto auf Facebook oder in deinem WhatsApp-Status gepostet.«

Das hatte sie tatsächlich völlig vergessen. »Ich bin bislang noch gar nicht zum Fotografieren gekommen. Es ist ja auch kein Urlaub, den ich hier mache, sondern eine Auszeit, um mir über ein paar Dinge klar zu werden.«

»Klar zu werden? Ehrlich gesagt hörst du dich ziemlich fertig an«, bemerkte Isabel treffsicher wie immer. »Sicher, dass dieser Aufenthalt dir guttut? Immerhin kennst du dort niemanden.«

Sarah lehnte sich auf der Bank zurück und betrachtete den Strand. Gerade herrschte Ebbe und das Meer war kaum zu erkennen. Dafür wanderten einige Urlauber durch das Watt. Zwischen ihnen tobten ein großer schwarzer und ein kleiner weißer Hund miteinander.

»Ich habe sogar schon einige Bekanntschaften geschlossen«, sagte Sarah. Sie erzählte Isabel von ihrem Abendessen bei Fee und Marten, von ihrem Besuch in der Strandbar, in der sie Sven getroffen hatte, und sogar von ihrer Vogelbeobachtung. Nur die Unterhaltung mit Gretje ließ sie aus. »Wie du siehst, wird mir hier bestimmt nicht langweilig.«

»Wow. Das hatte ich nicht erwartet.«

»Ich auch nicht. Aber die Leute hier sind wirklich gastfreundlich und auf der Poststelle herrscht ein viel besseres Klima als in Königswinter.«

»Das meine ich gar nicht«, erwiderte Isabel. »Es verblüfft mich eher, dass du dich gleich mit zwei Männern triffst. So verwegen kenne ich dich gar nicht.«

»Das waren doch keine Dates«, wiegelte Sarah ab. Der Wind wehte ihr eine dunkle Strähne vor die Augen und sie schob die Haare zurück hinter das Ohr. »Es fällt mir hier leichter, zwanglos mit einem Mann ins Gespräch zu kommen, weil niemand meine Vergangenheit kennt. Aber ich glaube, der Hauptgrund ist, dass mein Abreisedatum bereits feststeht. Am achtundzwanzigsten Oktober geht es zurück in die alte Heimat.«

»Und du glaubst, dieses Wissen beschützt dich davor, verletzt zu werden?« Isabels Tonfall klang skeptisch.

»Ja, weil ich keine Erwartungen habe. Ich versuche, meine Sorgen für eine Weile zu vergessen und hier auf Föhr eine unbeschwerte Zeit zu genießen. Vielleicht auch mit einem kleinen Flirt, aber mehr wird daraus auf keinen Fall.«

»Wie willst du das kontrollieren? Manche Menschen verlieben sich auf den ersten Blick. Dafür braucht es kein halbes Jahr.«

Sarah schloss die Augen und reckte das Gesicht der wärmenden Sonne entgegen. »Zu dieser Sorte Mensch gehöre ich aber schon lange nicht mehr. Du kennst mich besser als jeder andere. Du weißt, wie schwer es mir fällt, Vertrauen zu fassen.« Deutlicher brauchte sie nicht zu werden. Isabel verstand sie auch so.

Ihre Freundin ließ sich mit der Antwort Zeit. »Eine schlechte Erfahrung – auch wenn sie noch so fürchterlich war – sollte dich nicht deinen Glauben an die gesamte Menschheit kosten.«

»Rein rational betrachtet hast du natürlich recht. Aber ich kann eben nicht aus meiner Haut heraus.«

»Doch, das kannst du. Ich glaube an dich.« Isabel legte eine kurze Pause ein. »Und du fehlst mir jetzt schon. Ich möchte dich gern auf Föhr besuchen. Ist das okay für dich?«

Sarah zögerte. Zwar vermisste sie ihre beste Freundin ebenfalls, aber sie befürchtete auch, dass es zu früh für einen Besuch war. »Lass mir noch ein bisschen Zeit. Ich muss mich erst hier eingewöhnen und etwas Abstand gewinnen.«

»Ich werde auch kein Wort über Göhler und die Arbeit verlieren. Versprochen.«

Sarah schlug die Augen wieder auf und sah sich um. Überall blickte sie in entspannte Gesichter und hörte die Stimmen gut gelaunter Strandbesucher. Falls Isabel ihr Wort hielt, könnten sie an diesem besonderen Ort eine schöne, unbeschwerte Zeit verbringen. Sie seufzte. »Einverstanden. Aber ich kann mir für deinen Besuch keinen Urlaub nehmen. Schließlich bin ich erst seit einer knappen Woche hier.«

»Das ist mir schon klar«, sagte Isabel. »Wenn ich morgen gleich nach Feierabend losfahre, könnte ich irgendwo in Norddeutschland übernachten und am Samstag mit der ersten Fähre aus Dagebüll übersetzen. Den Montag und Dienstag nehme ich mir frei. Dann bleiben uns drei ganze Tage, bevor ich mich wieder auf den Rückweg mache.«

Sarah schmunzelte. »Klingt beinahe so, als hättest du das Ganze längst durchgeplant.«

»Vielleicht ein klein wenig«, räumte ihre Freundin ein.

Etwas musste Sarah noch loswerden. »Ich hoffe, du willst nicht in erster Linie herkommen, weil du dir Sorgen um mich machst. Denn das brauchst du nicht. Mir geht es gut.«

»Das weiß ich doch.« Isabel klang ungewohnt ernst. »Du bist die stärkste Person, die ich kenne. Ich möchte dich einfach nur besuchen, weil mir meine beste Freundin fehlt. Außerdem habe ich gehört, dass auf Föhr ziemlich interessante Männer herumlaufen.«

Gegen ihren Willen musste Sarah lächeln. »Wer hat dir denn diesen Unsinn erzählt?«

Kapitel 7

Nachdenklich betrachtete Sarah das Paket in ihrer Hand, das an das *Künstleratelier Sven Blessing* in Oldsum adressiert war. Sie kannte Svens Nachnamen nicht, dennoch standen die Chancen gut, dass er ihr gleich die Tür öffnen würde. Das reetgedeckte Friesenhaus, zu dem die Adresse gehörte, musste früher ein Bauernhof gewesen sein. Die grün gestrichenen Scheunentore standen weit offen und die Öffnung war mit einem Panoramafenster verglast worden.

Sarah widerstand der Versuchung, einen Blick ins Innere zu wagen, obwohl sie gern sein Atelier gesehen hätte, und ging stattdessen direkt zur Haustür. Sie atmete tief durch. Dies war ihr Job, nicht mehr und nicht weniger. Trotzdem war sie gespannt, wie Sven auf ihr überraschendes Wiedersehen reagieren würde.

Nach dem Klingeln lauschte Sarah auf Schritte im Flur, doch es blieb still. Sven schien nicht zu Hause zu sein. Enttäuscht stellte sie das Paket auf dem Boden ab und zückte ihren Block mit den Benachrichtigungsschreiben. Sie schob gerade einen ausgefüllten Zettel in den Briefkasten, als sich die Tür öffnete.

»Hi.« Sven trug zerrissene Jeans und ein weißes Shirt, auf dem gelbe und rote Farbspritzer prangten. Links hatte er ein schwarzes Ärmeltattoo, das ihr bisher nicht aufgefallen war. In den wild verschlungenen Mustern machte Sarah einige Zahlen und Buchstaben aus, die auf den ersten Blick keinen Sinn ergaben.

»Ich habe ein Paket für dich«, sagte Sarah wenig einfallsreich. Sie bückte sich, um es aufzuheben, knallte dabei aber mit Svens Kopf zusammen. Ein heftiger Schmerz schoss ihr durch den Schädel.

Sven rieb sich die Schläfe. »Tut mir leid. Ich hätte besser aufpassen sollen.«

»Es ist nicht deine Schuld.« Sie übergab ihm seine Sendung. »Hier arbeitest du also?«

»Ja. Komm doch kurz rein.« Er trat beiseite. »Du kannst dir mein Atelier ansehen und ich besorg dir in der Zwischenzeit was zum Kühlen.«

Sarah zögerte. »Mein Wagen ist nicht abgeschlossen und eigentlich muss ich auch gleich weiter. Ich habe noch einiges auszutragen.«

»Ach was!« Sven winkte ab. »Hier stiehlt dir doch niemand Post aus dem Fahrzeug. Und wäre es wirklich so schlimm, wenn du deine Tour heute eine Viertelstunde später beendest?«

»Vermutlich nicht.« Sie sollte aufhören zu grübeln und stattdessen auf ihr Bauchgefühl vertrauen. »Aber wirklich nur kurz.«

Sven führte sie in einen riesigen, lichtdurchfluteten Raum mit hoher Decke. Die mächtigen Deckenbalken sahen aus, als wären sie schon Jahrhunderte alt, während der Dielenfußboden noch nicht einmal nachgedunkelt war.

Neugierig betrachtete Sarah die Staffelei in der Mitte des Zimmers. Die Skizze eines Friesenhauses im Abendlicht klemmte als Vorlage in einer Ecke. Die Farbe auf der Leinwand sah noch feucht aus. Sie musste Sven beim Malen gestört haben.

»Eine Auftragsarbeit«, bemerkte er. »Von reichen Insulanern, die ihr Haus verewigt sehen wollen. Aber von irgendwas muss ich ja leben.«

»Es sieht so echt aus.« Sarah wandte sich zu ihm um, doch Sven hatte das Atelier schon wieder verlassen.

Sie schlenderte durch den Raum und betrachtete die Landschaftsbilder, die an den Wänden lehnten. Es gab auch einige gerahmte Fotografien, von denen die schönste eine Gruppe tanzender Frauen in Trachten mit dunklen Hauben und weißen Schürzen zeigte.

»Das ist die Friesentracht. Sie wird von Generation zu Generation weitervererbt.« Schneller als erwartet war Sven zurückgekehrt und reichte ihr eine gefrorene Spinatpackung. »Ich hoffe, es hilft.«

»Danke.« Ihren Zusammenprall hatte Sarah schon beinahe vergessen. Vorsichtig hielt sie sich die eisige Packung an ihre Schläfe. Sie war zu kalt. Doch Sarah wollte Sven auch kein zweites Mal losschicken, um ihr ein Küchenhandtuch zum Einwickeln zu holen. Stattdessen zog sie ihren Jackenärmel bis über die Hand, um die eisige Packung nicht mit bloßen Fingern berühren zu müssen.

»Du hast ein schönes Atelier«, bemerkte sie. »Und mir gefallen deine Bilder. Ich stelle es mir fantastisch vor, wenn man seinen Traum leben kann.«

»Na ja.« Er strich sich über den blonden Bart. »Mittlerweile nehme ich das viel zu oft als selbstverständlich hin. Dann ärgere ich mich, weil ich mir auf dem Kunsthandwerkermarkt die Beine in den Bauch stehe oder während der Hauptsaison Malkurse für Touristen geben muss. Und das, um halbwegs über die Runden zu kommen. Dabei hast du ja recht. Mir geht es verdammt gut. Danke, dass du mich daran erinnert hast.«

»Gern geschehen.« Insgeheim wunderte Sarah sich ein wenig, wie Sven sich unter diesen Umständen ein eigenes Atelier leisten konnte. Aber nachfragen wollte sie nicht.

Stattdessen legte sie die eiskalte Spinatpackung auf einem Zeichentisch ab und trat noch etwas näher. Sven roch nach Holz und Farbe – ein wenig herb, aber auch sehr männlich. »Ich fand unsere Unterhaltung neulich Abend übrigens sehr nett.« Wenigstens bis Sven dichtgemacht hatte. Aber das kannte sie ja von sich selbst.

»Ich auch.« Er lächelte sie an. »Ich habe dir doch gesagt, wenn das Schicksal es will, werden wir uns wieder über den Weg laufen.« Sein warmer Atem streifte ihr Gesicht. »Es muss doch mehr als bloßer Zufall sein, dass mir ausgerechnet jetzt die Kohlestifte ausgehen und du mir den Nachschub bringst.«

»Vielleicht sollten wir das Schicksal nicht länger herausfordern und selbst etwas dafür tun, dass wir uns wiedersehen.« Sie bemühte sich, ihre Worte möglichst beiläufig klingen zu lassen, obwohl es ihr wichtig war.

»Du machst Nägel mit Köpfen. Das gefällt mir.« Er musterte sie aus seinen braunen Augen. »Morgen bin ich mit einem Stand von zehn bis vierzehn Uhr auf dem Kreativmarkt in Oevenum. Schau doch mal vorbei.«

Das war nicht gerade die Art von Wiedersehen, an die Sarah gedacht hatte. Trotzdem nickte sie. »Einverstanden. Allerdings kommt mich am Wochenende eine Freundin vom Festland besuchen.«

»Dann bring sie einfach mit.« Er fuhr sich mit der Hand durch die Haare und zupfte an seinem Goldohrring.

»Ich frag sie, ob sie Lust dazu hat. Falls ja, sehen wir uns dann morgen. Ich muss jetzt auch wieder los.« Zögernd ging Sarah in Richtung Tür. »Und danke für das Eis.« Sie deutete auf die Spinatpackung, die sie auf dem Tisch abgelegt hatte.

»Das hatte ich ganz vergessen.« Er griff nach dem kleinen Karton. »Schon etwas angetaut. Was soll's! Dann gibt es heute eben Spinat zu Mittag.«

Sven brachte Sarah an die Tür. »Hat mich gefreut.« Lässig winkte er ihr zum Abschied hinterher.

Sarah verließ das Grundstück, ohne sich noch einmal umzusehen. Svens Unbekümmertheit faszinierte sie, aber gleichzeitig war sie irritiert. Sie konnte nicht einschätzen, woran sie bei ihm war.

Dafür empfand sie es als sehr beruhigend, dass er keine Erwartungen an sie stellte. Bei ihm brauchte sie nicht zu fürchten, er könnte mehr von ihr fordern, als sie zu geben bereit war. Ein Gefühl, das sie von Christopher und den Männern vor ihm weggetrieben hatte und das sie wohl nie ganz verlassen würde.

* * *

Gähnend wartete Sarah in Wyk am Fähranleger und blickte auf das offene Meer hinaus. Die Sonne ging gerade auf und tauchte die Nordsee und die *MS Nordfriesland* in ein warmes Licht. Es war verrückt von Isabel, dass sie tatsächlich eine so frühe Fähre von Dagebüll genommen hatte. Andererseits hätte Sarah ihre Freundin nicht abholen können, wenn sie später eingetroffen wäre. Schließlich war der Samstag für sie ein ganz normaler Arbeitstag.

Die Kälte kroch ihr unter die Jacke und sie schlang fröstelnd die Arme um ihren Körper. Außer Sarah und zwei Männern von der Wyker Dampfschiffs-Reederei schien noch niemand auf den Beinen zu sein. Nur einige Möwen kreisten über dem Hafenbecken.

Vögel bei Sonnenaufgang. Die Erinnerung an ihre Expedition mit Marten brachte Sarah zum Lächeln. Seine

Begeisterung für die Ringelgänse hatte sie an dem frühen Morgen wider Erwarten sogar angesteckt.

Endlich legte die *MS Nordfriesland* an. Während ein Müllwagen und zwei Laster vom Autodeck fuhren, verließen die wenigen Passagiere ohne Fahrzeuge die Fähre über die Fußgängerbrücke. Schon von Weitem erkannte Sarah Isabel an ihrem blauschwarzen, schulterlangen Haar, das sich im Wind bauschte. Sie eilte auf die Freundin zu.

»Hi.« Isabel stellte ihren Rollkoffer ab und zog sie in eine Umarmung. Obwohl sie einen halben Kopf kleiner als Sarah war, besaß sie so viel Kraft, dass sie vermutlich auch einen Zwei-Meter-Mann von den Füßen reißen könnte. »Du hast mir gefehlt.«

»Du mir auch.« Sarah trat einen Schritt zurück und musterte Isabel. Dunkle Schatten lagen unter ihren warmen, braunen Augen. »Du hast dir wirklich Sorgen gemacht.«

»Vor allem habe ich letzte Nacht zu wenig geschlafen.« Isabel lächelte sie an. »Ich hoffe, ich kann mich bei dir noch mal aufs Ohr legen.«

»Natürlich.« Sarah ergriff Isabels Koffer und zog ihn über den Asphalt hinter sich her. »Mein WG-Zimmer ist ganz in der Nähe. Leider ist die Wohnung ziemlich klein.«

»Keine Sorge«, erwiderte Isabel. »Ich ziehe schließlich nachher in ein Hotel. Allerdings kann ich dort erst ab fünfzehn Uhr einchecken.«

Sarah zuckte mit den Schultern. »Tut mir wirklich leid, dass ich dir keinen Platz bei uns anbieten kann. Aber mein Bett ist keinen Meter breit und unsere durchgelegene Wohnzimmercouch wäre eine Zumutung.«

»Mach dir meinetwegen keine Gedanken. Ich habe gerade einen Bungalow im Rhein-Sieg-Kreis für sechshundertfünfzigtausend Euro verkauft. Für irgendwas muss ich die Makler-Courtage ja ausgeben.« Es war typisch für Isabel, dass sie diesen

Erfolg mit keinem Wort erwähnt und sich stattdessen ausschließlich Sarahs Sorgen angehört hatte.

Sarah wandte sich im Gehen zu ihr um. »Herzlichen Glückwunsch! Darauf stoßen wir später aber noch an.«

»Auf jeden Fall. Wann lerne ich denn deine Männer kennen?«

Sarah rollte mit den Augen. »Isabel, jetzt hör damit auf. Es sind nicht meine Männer.« Als Isabel ansetzte, ihr zu widersprechen, kam sie ihr zuvor und erzählte ihr von der gestrigen Zufallsbegegnung mit Sven. »Du siehst ihn also nachher beim Kreativmarkt«, beendete Sarah ihren kleinen Bericht. »Vorausgesetzt ich schaffe es rechtzeitig, meine Post zu verteilen.«

»Ich könnte dir dabei helfen. Dann geht es schneller«, schlug Isabel vor.

»Das kommt gar nicht infrage. Schlaf dich erst mal in Ruhe aus und genieß deinen freien Vormittag.« Sarah blieb stehen und erklärte Isabel den Weg zur nächstgelegenen Bäckerei.

»Was ist mit Marten?«, fragte Isabel. »Ist er schon aus dem Rennen?«

»Isabel! Das ist doch kein Wettstreit. Sie sind beide nur nette Bekannte. Nicht mehr und nicht weniger.« Sarah zog den Koffer an einer Buchhandlung und an einem Café vorbei. Danach bog sie an der Ecke beim Modegeschäft ab und kramte ihren Schlüsselbund hervor. »Und im Moment hat Marten ohnehin anderes im Kopf. Seine Schwester ist schwanger und die beiden wohnen zusammen. Also …«

»Also was?« Isabel zog ihre dunklen Augenbrauen hoch. »Wenn er sich schon einmal mit dir getroffen hat, ist diese Schwangerschaft aus seiner Sicht wohl kein Hinderungsgrund. Kann es sein, dass in Wahrheit du ein Problem damit hast?«

Sarahs Schultern verspannten sich. »Wieso sollte ich? Dafür gibt es nicht den geringsten Anlass.«

Isabel musterte sie schweigend.

»Was?«

»Ich sehe, dass es dir besser geht, was deine Pollenallergie betrifft. Und das freut mich für dich. Aber ich glaube nicht, dass die Verletzungen auf deiner Seele genauso einfach heilen. Dafür müsstest du dich erst einmal mit ihnen auseinandersetzen.«

Sarah stöhnte leise. »Du hast mir doch versprochen, dass wir die Vergangenheit ruhen lassen.«

Isabel zuckte mit den Schultern. »Leichter gesagt als getan. Ich bin nun mal deine Freundin, und müssen die nicht auch mal …«

»Nein!«, fiel Sarah ihr energisch ins Wort. »Müssen sie nicht.«

»Okay«, sagte Isabel. »Aber über die Zukunft dürfen wir doch sprechen, oder? Alles, was ich sagen wollte, ist, dass du Marten nicht gleich abschreiben solltest.«

»Ich bin nicht auf der Suche nach der großen Liebe.« Sarah strich über den Kunststoffgriff des Trolleys. »Aber wenn ich es wäre – was nicht der Fall ist –, würde ich Marten trotz seiner schwangeren Schwester eine Chance geben. Bist du jetzt zufrieden?«

Isabel zwinkerte ihr zu. »Und ob! Mehr wollte ich doch gar nicht von dir hören.«

Kapitel 8

Die Windspiele am Marktstand gaben ein leises Glockengeläut von sich, das von den Stimmen der zahlreichen Besucher beinahe übertönt wurde. Es duftete appetitlich nach Bratwurst und nach frisch gebackenen Waffeln. Sarahs Magen knurrte. Kein Wunder. Nach der Arbeit war ihr keine Zeit mehr für eine Mittagspause geblieben. Nicht, wenn sie Sven finden wollten, bevor die Stände wieder abgebaut wurden.

Trotzdem mussten sie sich die Zeit nehmen, einen Happen zu essen. Sarah kaufte an einem Stand für Isabel und sich zwei mit Puderzucker bestäubte Waffeln, die ihnen eine ältere Frau auf Servietten reichte.

»Föhr gefällt mir jetzt schon«, bemerkte Isabel.

»Warte ab, bis du am Strand warst.« Sarah knabberte an ihrer Waffel und genoss den süßen Geschmack des warmen Gebäcks.

Isabel und sie schlenderten an einem Stand mit handgeschnitztem Holzspielzeug vorbei. Schiffmobiles hingen von der Decke und in der Auslage gab es Oldtimer-Modelle, Schachbretter und Murmelbahnen. Kinder drängten sich vor dem Verkaufstresen, während ihre Eltern in einigem Abstand geduldig warteten.

Sarah drehte sich weg und lief schneller.

Auch Isabel erhöhte ihr Lauftempo. »Wird das hier eine Flucht? Ich dachte, über dieses Stadium bist du hinaus. Auf Danielas Hochzeit gab es reichlich Kinder und da hat es dir nichts ausgemacht.«

»Ich bin heute einfach nur etwas dünnhäutig«, entgegnete Sarah. »Lass uns Svens Stand suchen, bevor sie hier abbauen.«

Isabel sah auf ihre Armbanduhr. »Noch zwanzig Minuten. Hast du eine Idee, in welche Richtung wir müssen?«

»Leider nein.« Sarah ärgerte sich, dass sie Sven nicht nach seiner Handynummer gefragt hatte. Dann könnte sie ihn jetzt anrufen, anstatt über den Markt zu hetzen.

»Und woran erkennen wir seinen Stand?«

»Da werden Bilder stehen. Oder Fotografien.« Sarah merkte selbst, wie dürftig ihre Antwort klang. »Tut mir leid. Ich hätte mich besser informieren sollen.«

»Wir finden ihn schon.« Isabel stellte sich auf die Zehenspitzen, was nicht viel half, weil sie immer noch von den meisten Menschen überragt wurde, und sah sich um. »Ich glaube, da ist er.« Ohne eine Antwort abzuwarten, lief sie weiter.

Sarah blieb nichts anderes übrig, als ihr zu folgen. Sie liefen an einer Frau mit Töpferwaren vorbei, passierten einen Schmuckhändler und ließen einen Stand mit Schals und Batiktüchern hinter sich. Schließlich blieben sie vor einem Postkartenständer stehen.

Und tatsächlich. Zwischen einigen Kisten, aus denen eingeschweißte Föhr-Fotografien ragten, saß Sven in einem kleinen Ausstellerzelt und tippte auf seinem Smartphone herum. Bei ihrer Ankunft ließ er das Handy sinken. »Hi, Sarah.« Er erhob sich. »Schön, dass du es doch noch geschafft hast.«

»Das finde ich auch.« Sie räusperte sich. »Isabel, das ist Sven. Sven, meine Freundin Isabel.«

»Freut mich.« Er begrüßte Isabel mit Handschlag, doch plötzlich erstarb das Lächeln auf seinen Lippen und er runzelte die Stirn.

Sarah folgte seinem Blick und entdeckte Fee.

Martens Schwester näherte sich dem Stand. Auch ihr Gesichtsausdruck wirkte finster. Zumindest, bis sie sich Sarah zuwandte. »Hallo. Mit dir habe ich hier gar nicht gerechnet.«

»Wieso nicht?« Sarah bemühte sich um einen unbekümmerten Tonfall, auch wenn die Stimmung gerade auf Nordsee-Temperatur abkühlte. »Du weißt doch, dass ich an allen Sehenswürdigkeiten der Insel interessiert bin.«

»Stimmt, ja.« Fees Stimme klang gepresst. »Wobei ich diesen Kreativmarkt nicht dazu zählen würde.«

»Damit hast du ausnahmsweise recht«, bemerkte Sven. Mit verschränkten Armen und hochgezogenen Schultern wirkte er dermaßen abweisend, dass es an Unhöflichkeit grenzte. »Die meisten selbst ernannten Künstler, die hier ausstellen, täten sich und der Welt einen Gefallen, wenn sie sich ein anderes Hobby suchen würden.«

»Ihr beide kennt euch?«, fragte Isabel mit der für sie typischen Direktheit.

»Flüchtig«, behauptete Sven. Doch er schüttelte dabei leicht den Kopf und wich Isabels Blick aus.

Sarahs Magen verkrampfte sich. Was, wenn Fee und Sven tatsächlich eine gemeinsame Vergangenheit hatten? Das würde auch Miriams merkwürdige Reaktion auf Sven erklären.

Demonstrativ fasste Fee sich an den gerundeten Bauch. Dabei sah sie nicht länger Sven an, sondern Isabel. »Ich bin Fee. Eine Arbeitskollegin von Sarah. Genau genommen die Kollegin, für die sie ein halbes Jahr einspringt.«

»Und ich bin Isabel, eine alte Freundin von Sarah.« Isabel reichte Fee die Hand. »Wann ist es denn so weit?«

»In fünf Wochen.« Für einen Moment wich die Kälte aus Fees Stimme.

»Herzlichen Glückwunsch!«

»Danke. Ich finde auch, dass das ein Grund zur Freude ist.« Wieder starrte Fee finster in Svens Richtung.

Sarah presste die Lippen zusammen. Bei der Wut, die Fee auf Sven zu haben schien, sollte sie sich besser dafür wappnen, dass er der Vater des Kindes sein könnte.

»Wir müssen reden«, sagte Fee zu Sven.

Doch der schüttelte ablehnend den Kopf. »Das haben wir doch alles schon hundertmal durchgekaut.«

»Trotzdem.« Sie reckte das Kinn. »Jetzt wäre ein guter Zeitpunkt.«

»Nicht für mich.« Sein Blick huschte in Sarahs Richtung. »Wie du siehst, bin ich beschäftigt. Ich ruf dich später an.«

»Also schön.« Fee wandte sich an Sarah und Isabel. »Falls ihr jemanden braucht, der euch ein bisschen was von der Insel zeigt, meldet euch gern. Zu Hause fällt mir nur die Decke auf den Kopf.«

Sarah zögerte. Immerhin war Fee Martens Schwester und womöglich auch Svens Ex-Freundin.

Isabel schien weniger Bedenken zu haben. »Gern.« Sie reichte Fee ihr Smartphone. »Rufst du dich an? Dann habe ich deine Nummer.«

Wortlos tippte Fee einige Zahlen ein und reichte Isabel ihr Handy zurück.

Sarah starrte auf den Stand für Strickwaren gegenüber. So einfach konnte es sein, Telefonnummern zu tauschen. Nicht, dass sie im Augenblick noch viel Wert auf Svens Nummer legte.

»Bis bald.« Fee winkte ihnen zum Abschied zu und ging davon.

Sarah biss in ihre Waffel, doch sie war mittlerweile abgekühlt und schmeckte nur noch pappig. Ihr appetitlicher Duft hatte sich genauso verflüchtigt wie Sarahs Hochgefühl.

»Tut mir leid, dass wir eben unterbrochen wurden«, bemerkte Sven.

»Kein Problem«, entgegnete Isabel. »Zeigst du uns deine Fotos?«

Ihre Frage entlockte Sven ein Lächeln. »Aber gern doch.« Er trat an die größte Kiste und zog ein mit Pappe verstärktes und eingeschweißtes Poster heraus. Darauf waren schwarz-weiße Vögel mit langen, orangeroten Schnäbeln zu sehen, die durch das Watt staksten.

»Was für Vögel sind das?«, fragte Sarah.

»Austernfischer.« Sven musterte sie. »Ich überlege, dieses Bild in meinen nächsten Föhr-Kalender aufzunehmen. Was meint ihr?«

»Mir gefällt es«, antwortete Isabel. »Ich würde deinen Kalender kaufen.«

Sarah verlagerte das Gewicht von einem Fuß auf den anderen. Es missfiel ihr, dieses Thema anzuschneiden – noch dazu in Isabels Gegenwart –, aber sie konnte auch nicht kommentarlos über die Szene mit Fee hinweggehen. Also atmete sie tief durch. »Du und Fee, woher kennt ihr euch eigentlich?«

Für einen kurzen Moment weiteten sich seine Augen, dann wirkte er wieder so lässig wie eh und je. »Über einen gemeinsamen Bekannten.« Er stellte das Foto zurück zu den anderen in die Box. »Allerdings würde ich nicht behaupten, dass wir uns sonderlich gut kennen.«

»Trotzdem schien es ihr wichtig zu sein, mit dir zu reden«, hakte Sarah nach. »Du hättest Fee unseretwegen nicht wegzuschicken brauchen.«

»Das weiß ich.« Eine kleine Falte erschien über Svens Nasenrücken. »Aber ich fürchte, Fee ist wieder auf Streit aus.

Und den kann ich gerade nicht gebrauchen.« Seine Stirn glättete sich wieder. »Schließlich seid ihr extra hergekommen, um mich zu besuchen. Da wollen wir uns doch nicht die Laune verderben lassen.«

Sarah schwieg. Wieder konnte sie Sven nicht fassen, ihn nicht einschätzen. Nutzte er ihre Anwesenheit als Ausrede, um nicht mit Fee sprechen zu müssen? War er der Vater des Kindes?

»Wo waren wir vorhin stehen geblieben?«, fragte Sven in die entstandene Stille hinein.

»Du hast uns ein Foto für deinen nächsten Kalender gezeigt«, warf Isabel ein.

Er winkte ab. »Langweilig! Erzählt mir lieber, was ihr dieses Wochenende noch so vorhabt.«

»Bisher nichts Besonderes«, antwortete Isabel lächelnd. Doch ihr winziges Zögern verriet Sarah, dass ihre Freundin nicht vergessen hatte, welcher Tag morgen war. »Ich denke, wir lassen es auf uns zukommen.«

»Falls ihr heute Abend Lust auf ein wenig Party habt, kommt doch nach Wyk an den Südstrand. An der Strandbar neben der Surfschule spielt eine Folk-Band. Wird vermutlich ganz nett.«

»Klingt nicht übel.« Isabel wandte sich an Sarah. »Was meinst du?«

Sarah drehte am Postkartenständer. Sie fühlte sich ziemlich geschlaucht, doch wenn sie vor der Party noch ein oder zwei Stunden schlief, sollte sie durchhalten. »Einverstanden. Wann treffen wir uns?«

»Um halb acht?«, schlug Sven vor. »Die Band spielt ab acht und die Sitzplätze vor der Bühne werden vermutlich schnell weg sein.« Er sah auf seine Armbanduhr. »Ich muss jetzt auch zusammenpacken. Bis später dann.« Sven wandte sich ab und zog eine Kiste unter dem Tisch vor.

Isabel warf Sarah einen fragenden Blick zu, die aber nur mit den Schultern zuckte.

Sarah rief ihm ein »Tschüss!« zu und zog Isabel mit sich.

Die beiden schlenderten weiter, bis Isabel an einem Stand mit Bernsteinketten stehen blieb. »Siehst du auch, was ich sehe?«

Sarah betrachtete die Schmuckstücke. »Bernstein steht dir echt gut. Passt toll zu deinem Teint.«

»Das meine ich nicht.« Isabel drehte sich zu Svens Stand um. »Sven hat doch behauptet, dass er abbauen will. Aber kaum haben wir ihm den Rücken zugekehrt, fängt er auch schon an zu telefonieren. Findest du das nicht seltsam?«

»Vielleicht hat ihn jemand angerufen. Das muss nichts bedeuten.«

»Oder er hat uns gebeten, zu gehen, weil er dringend mit Fee sprechen wollte«, entgegnete Isabel. »Und zwar ungestört. Ich finde, er hat sich ihr gegenüber merkwürdig verhalten. Du nicht?«

»Doch. Ich habe schon überlegt, ob die beiden mal etwas miteinander hatten. Womöglich ist Sven sogar der Vater von Fees Baby. Den hat sie mir bisher nämlich nicht verraten. Und Sven hat mir erzählt, dass er keine Kinder will. Es könnte doch sein, dass …«

»Er will also keine Kinder.« Isabels Augen verengten sich. »Ich hoffe, das ist nicht der eigentliche Grund, aus dem du ihn attraktiv findest.«

»Ich habe nie gesagt, dass ich ihn attraktiv finde. Außerdem kennen wir uns kaum.« Sarah zupfte an einer Bernsteinkette vom Ständer, um Isabels Blick auszuweichen. »Meinst du wirklich, dass die beiden gerade telefonieren?«

»Keine Ahnung. Aber das finde ich gleich heraus.«

»Lass doch. Das geht uns doch …«

Doch Isabel zückte bereits ihr Handy. »Ich rufe Fee an. Wenn bei ihr besetzt ist, wissen wir Bescheid.«

»Tu, was du nicht lassen kannst.« Nach zwanzig Jahren als beste Freundinnen wusste Sarah ohnehin, dass Isabel nicht lockerlassen würde, bis sie Gewissheit hatte.

Die Frau vom Schmuckstand gesellte sich zu ihnen. »Möchten Sie noch etwas kaufen? Wenn nicht, räume ich jetzt zusammen.«

»Nein, danke«, erwiderte Sarah und trat einen Schritt zurück. Aus dem Augenwinkel beobachtete sie Sven. Dabei kam sie sich vor wie eine drittklassige Spionin.

»Hallo! Ich bin's, Isabel«, sprach ihre Freundin ins Handy. »Danke noch mal für dein nettes Angebot vorhin.«

Erleichtert atmete Sarah auf. Fees Nummer war anscheinend nicht besetzt.

»Das kommt jetzt zwar ziemlich kurzfristig, aber hast du Zeit und Lust, dich heute Abend um sieben mit Sarah und mir am Strand zu treffen? Es soll da ein nettes Konzert geben. Ruf mich doch bitte zurück, wenn du das hier hörst. Bye.«

»Also doch.« Sarah schüttelte den Kopf. »Das hätte ich nicht von Sven erwartet. Ich bin so eine Idiotin!«

»Unsinn!« Isabel berührte sie am Arm. »Außerdem ist gar nicht gesagt, dass wir mit unseren Befürchtungen recht haben. Vielleicht gibt es für Svens Verhalten eine ganz harmlose Erklärung.«

»Und um die zu erfahren, hast du ihm gerade eine Falle gestellt?«

»So würde ich es nicht bezeichnen. Es war doch nett von mir, Fee für heute Abend dazuzubitten«, erwiderte Isabel und schmunzelte. »Eines muss ich Föhr lassen. Es ist hier viel interessanter, als ich erwartet hätte.«

Kapitel 9

Ein frischer Wind kam auf und fuhr Sarah durchs Haar. Sie band sich die losen Strähnen zu einem Pferdeschwanz zusammen und schloss den Reißverschluss ihrer Jacke bis zum Kinn. Zu ihrer Linken stapfte Isabel über den Strand, zu ihrer Rechten Fee. Und mit jedem Schritt, den sie sich der Strandbar näherten, fühlte sich Isabels Plan für den heutigen Abend mehr nach einem gewaltigen Fehler an.

»Das war echt eine gute Idee von euch«, lobte Fee. »Ich bin schon ewig nicht mehr ausgegangen.«

»Ja, das wird bestimmt spaßig.« Sarah sah nach oben zum wolkenverhangenen Himmel. Wenn sie großes Glück hatte, würde es noch vor dem Konzert anfangen zu regnen und sie wären gezwungen heimzugehen. Allerdings müsste es schon ein richtiger Wolkenbruch sein, schließlich trugen sie regendichte Jacken mit Kapuzen.

Isabel, die ihr dunkles Haar zu einem Seitenzopf geflochten hatte, beschleunigte ihre Schritte. »Es sieht ziemlich voll aus. Ich besetz uns lieber einen Tisch.«

Tatsächlich schienen die meisten Plätze zwischen der Bar und der kleinen am Strand aufgebauten Bühne belegt zu sein.

Rechts außen gab es noch einen freien Tisch mit vier Stühlen. Isabel eilte darauf zu und kam damit einem Pärchen zuvor, das es ebenfalls auf die Plätze abgesehen zu haben schien. Mit enttäuschten Gesichtern zogen die beiden ins Innere der Strandbar ab.

»Danke!« Mit einem leisen Seufzen ließ sich Fee auf einen Stuhl sinken. »Meine Füße bringen mich noch um. Könnt ihr für mich mitbestellen?«

»Natürlich.« Sarah fischte einen Zwanzigeuroschein aus ihrem Portemonnaie und hängte ihre Tasche über eine Stuhllehne. »Was möchtest du?«

»Am liebsten ein schönes kühles Bier. Aber das muss wohl noch ein paar Monate warten. Ein Mineralwasser tut es auch.«

Sarah wandte sich an Isabel. »Und du?«

»Ich komme mit«, erwiderte sie. »Allein kannst du das alles ohnehin nicht tragen.«

Gemeinsam betraten Sarah und Isabel die kleine Strandbar. Vor dem Tresen hatte sich eine Warteschlange gebildet, in die sie sich einreihten. Die Luft roch abgestanden und der Fernseher unter der Decke zeigte einen Sportkanal ohne Ton.

Isabel stupste Sarah in die Seite. »Und? Schon aufgeregt?«

Sie nickte. »Aber nicht auf die gute Art. Ich glaube, wir machen da einen großen Fehler. Was, wenn Fee und Sven tatsächlich ein ernsthaftes Problem miteinander haben und wir den beiden den Abend verderben?«

»Das wäre nicht die größte Katastrophe, die wir zusammen durchgemacht haben.« Isabel verzog das Gesicht. »Entschuldige bitte. Das war taktlos.«

»Halb so wild.« Sarah konnte es nicht leiden, wenn ihre beste Freundin sie so behandelte, als wäre sie zerbrechlich.

Isabel rückte in der Warteschlange auf. »Ich glaube einfach, dass eine zweite Begegnung uns Gewissheit verschafft, wie Fee und Sven zueinander stehen. Schließlich willst du dich von Sven doch nicht … Da kommt ein echt schnuckeliger Typ direkt auf uns zu. Und es ist nicht Sven.«

Neugierig drehte Sarah sich um – und erstarrte. Was machte Marten denn hier?

»Hi, Sarah.« Marten fuhr sich mit den Fingern durch das weißblonde Haar. »Das ist ja ein netter Zufall.«

Nach kurzem Zögern stellte Sarah Marten und Isabel einander vor. Dass nun nicht nur Sven und Fee, sondern auch Sven und Marten einander begegnen würden, behagte ihr gar nicht.

»Hast du zufällig Fee gesehen?«, fragte Marten. »Sie wollte sich hier mit mir treffen.«

»Ja«, erwiderte Sarah. »Sie sitzt draußen und hält unsere Plätze frei.«

»Dann sage ich ihr kurz Hallo. Bis gleich!« Marten verschwand durch die Tür in Richtung Strand.

Verwirrt blickte Sarah ihm nach. »Wieso hat Fee uns nicht gesagt, dass ihr Bruder auch kommt? Das wird ein Desaster.«

Isabel schmunzelte. »Ich schätze mal, sie will euch verkuppeln.«

»Ernsthaft? Das hat mir gerade noch gefehlt.« Sarah rückte bis zum Tresen vor und gab ihre Bestellung auf.

In diesem Moment kam Miriam mit einer Packung Eiswürfel aus dem Hinterzimmer. »Viel Spaß mit der Band!«, rief sie Sarah im Vorbeigehen zu, schnappte sich ein leeres Tablett und lief gleich weiter nach draußen.

»Das war meine Mitbewohnerin Miriam.« Sarah griff nach der Wasserflasche für Fee und ihrer Apfelsaftschorle.

Isabel steckte einen Strohhalm in ihre Colaflasche und versorgte auch Sarah mit Strohhalmen. Dann rückten sie zur Seite, um Platz am Tresen zu machen.

Ernst sah Isabel Sarah an. »Ich habe dir versprochen, gewisse Themen nicht anzuschneiden. Und daran halte ich mich. Aber tu mir den Gefallen und hör auf, jeden Mann von dir wegzustoßen, der dich auch nur anlächelt.«

»Das tue ich doch gar nicht«, verteidigte sich Sarah. »Schließlich haben wir uns mit Sven getroffen.«

Ihre Freundin rollte mit den Augen. »Einem Mann, der im besten Fall ein exzentrischer Freigeist und im schlimmsten Fall der Vater von Fees Baby ist. Ich glaube ja, dass du ihn vor allem deshalb so anziehend findest, weil er das genaue Gegenteil von Christopher verkörpert.«

Isabels Kommentar versetzte Sarah einen Stich. »Was wäre so verkehrt daran? Mit Christopher hat es schließlich nicht funktioniert.«

»Aber nicht, weil ihr nicht zueinander gepasst habt. Sondern, weil du das so entschieden hast – aus Angst.« Mit der freien Hand fasste Isabel sie an der Schulter. »Du lässt schon viel zu lange die Angst dein Leben bestimmen. Schüttle sie endlich ab. Dieser Marten wirkt sehr sympathisch auf mich. Und welcher Mann begleitet schon die kleine Schwester auf ein Konzert? Ich finde das süß.«

»Ja, das ist wirklich lieb von ihm«, räumte Sarah ein. »Trotzdem möchte ich weder von dir noch von Fee verkuppelt werden. Lass uns bitte einfach nur den Abend genießen, okay? Und noch mal zum Mitschreiben: Ich suche keinen Mann fürs Leben. Sven und Marten sind beide Bekannte, die vielleicht mal gute Freunde werden, nicht mehr und nicht weniger.« Sarahs Stimme hatte ruhig, aber eindringlich geklungen. »Bitte!«, fügte sie am Schluss hinzu.

Isabel sah aus, als wollte sie noch etwas erwidern. Schließlich schluckte sie und nickte.

Gemeinsam kehrten sie an ihren Tisch zurück. Dort wurden sie bereits von Fee und Marten erwartet. Sarah setzte sich und beäugte nervös die Gäste an den anderen Tischen. Es gab nirgendwo mehr einen freien Stuhl, den sie für Sven reservieren könnte. Inzwischen hoffte sie, er würde gar nicht auftauchen.

Marten, der Sarah gegenübersaß, wandte sich an Isabel. »Wie lange bleibst du auf Föhr?«

»Leider nur bis Dienstagmorgen. Am Mittwoch muss ich zu einer Beurkundung.«

»Du bist Maklerin?«

»Ja.« Isabel drehte die Colaflasche zwischen ihren Händen. »Und du Tierarzt. Sarah hat mir die Geschichte von dem verletzten Fasan erzählt.«

»Leider kommt es häufig vor, dass Tiere angefahren werden. Und fast genauso häufig, dass die Autofahrer sich danach aus dem Staub machen. Deswegen bin ich sehr froh, dass Sarah und ihre Kollegin den Vogel zu uns gebracht haben.« Bei diesen Worten musterte er Sarah mit einem warmen Lächeln. »Und das, obwohl sie mit dem Unfall überhaupt nichts zu tun hatten.«

Fee hob ihre Mineralwasserflasche. »Darauf trinke ich. Auf alle tierlieben Menschen. Und ganz besonders auf Gretje und Sarah!«

»Prost!« Isabel ließ ihre Flasche leicht gegen die von Fee klirren.

Sarah lächelte verkrampft. Dann drehte sie den Kopf in Richtung Bühne und sah den Technikern dabei zu, wie sie die letzten Technik-Checks machten. Nur noch zwanzig Minuten bis zum Konzertbeginn. Sven war bereits zehn Minuten verspätet. Vielleicht kam er tatsächlich nicht und sie sorgte sich völlig umsonst.

Marten erhob sich. »Ich hol mir was zu trinken, bevor es hier losgeht. Möchtet ihr auch noch was?«

»Nein, danke«, erwiderte Isabel.

»Warte. Ich komme mit.« Auch Fee stand auf. »Wenn ich jetzt noch mal zur Toilette gehe, halte ich hoffentlich das Konzert über durch. Verdammte Schwangerschaftsblase!«

Kaum waren Fee und Marten in Richtung Strandbar verschwunden, beugte sich Isabel über den Tisch zu Sarah. »Sieh nicht so auffällig hin, aber Sven ist im Anmarsch.«

»Oh, nein!« Sarah presste vor Anspannung die Lippen zusammen. »Was machen wir denn jetzt?«

»Erst mal zurücklehnen und abwarten.« Isabel befolgte ihren eigenen Rat, schlug die Beine übereinander und saugte an ihrem Strohhalm.

Gemächlich schlenderte Sven auf sie zu. Die Hände vergrub er dabei in den Taschen seiner Regenjacke und um seinen Hals hing eine Kamera mit Blitzlicht und langem Teleobjektiv. »Danke fürs Freihalten.« Er nahm auf dem Stuhl Platz, auf dem eben noch Marten gesessen hatte. »Und was habt ihr heute Nachmittag Schönes unternommen?«

»Ich habe ein wenig Schlaf nachgeholt«, sagte Sarah und behielt dabei die Tür der Bar im Blick. Jeden Moment konnten Fee und Marten zurückkehren.

Isabel schob ihre Colaflasche von sich weg. »Und ich bin am Strand spazieren gegangen. Es war frisch, aber trotzdem schön. Und du so?«

Er zuckte mit den Schultern. »Nichts Besonderes. Ich habe den Stand abgebaut und ein paar Fotos für meinen Föhr-Kalender bearbeitet.« Sein Telefonat mit Fee erwähnte er nicht. Falls es denn überhaupt stattgefunden hatte.

In diesem Augenblick betrat die vierköpfige Band die Bühne. Die Gäste klatschten und auch Sarah und Isabel fielen in den Applaus mit ein.

Sven erhob sich. »Ich muss ein paar Fotos von diesem Gig für die Insel-Website machen. Ein Auftrag vom Tourismusverband. In zwei bis drei Songs bin ich wieder bei euch.« Ohne eine Antwort abzuwarten, verließ er ihren Tisch und lief in gebückter Haltung auf die Bühne zu.

Sarah und Isabel tauschten einen Blick.

»Unglaublich!«, sagte Isabel. »Er ist beruflich hier und verkauft uns das Ganze als privates Treffen. Entweder wollte er dich unbedingt so schnell wie möglich wiedersehen oder er ist komplett abgebrüht und versucht, jede sich bietende Frau abzuschleppen.«

Bevor Sarah etwas darauf entgegnen konnte, tauchten Marten und Fee wieder auf. Gleichzeitig begann auch die Band zu spielen. Einen gefühlvollen Folk-Song mit Akustikgitarre.

»Gerade noch rechtzeitig.« Fee ließ sich in ihren Stuhl sinken.

Auch Marten setzte sich Sarah gegenüber auf einen Stuhl. Er lächelte und ihre Blicke trafen sich wie zufällig.

Das Blaugrau von Martens Augen erinnerte Sarah an die Nordsee an einem stürmischen Tag. Sie sollte ihn nicht noch ermutigen, fuhr ihr durch den Kopf. Dennoch bogen sich ihre Mundwinkel wie von selbst nach oben.

Fee runzelte die Stirn und beugte sich zu ihrem Bruder vor. »Hast du gesehen, wer hier ist?«, raunte sie.

»Nein. Wer denn?«

»Sven Blessing.«

Augenblicklich wurden Martens Augen schmal. »Soll ich noch mal mit ihm reden?«

»Nicht heute.« Fee wandte sich wieder der Bühne zu.

Der Sänger, ein Mittvierziger mit gepflegtem Vollbart und Karohemd, besaß eine tiefe, rauchige Stimme. An einem anderen Tag hätte Sarah ihm gern zugehört. Heute jedoch fiel es ihr schwer, dem Gesang zu folgen. Stattdessen kreisten ihre Gedanken um die Frage, was genau zwischen Fee und Sven vorgefallen sein mochte.

Sven, der vor dem Bühnenrand hockte und die Band fotografierte, schien Fee bislang nicht bemerkt zu haben. Würde er überhaupt an ihren Tisch zurückkehren, wenn er sie und Marten sah, oder stattdessen einfach verschwinden? Vor lauter

Anspannung malträtierte Sarah ihre ohnehin schon lädierte Lippe mit den Zähnen.

Nach einer gefühlten Ewigkeit drehte Sven sich endlich von der Bühne weg. In geduckter Haltung lief er auf ihren Tisch zu und verharrte mitten in der Bewegung. Langsam richtete er sich zu voller Größe auf. Die letzten Schritte legte er langsam, aber ohne weiteres Zögern zurück. »Kann mir jemand von euch verraten, was das Ganze hier soll?« Mit finsterer Miene wandte er sich an Fee. »Mit dieser Masche erreichst du gar nichts.«

Sie reckte das Kinn. »Bilde dir bloß nichts ein! Ich hatte keine Ahnung, dass du hier sein würdest.«

Im Stillen verfluchte Sarah Isabel für ihren bescheuerten Plan. Dennoch konnte sie nicht zulassen, dass Fee den Ärger dafür kassierte. Sie nahm allen Mut zusammen. »Es war meine Idee. Ihr beide habt offensichtlich noch was zu klären. Und ich dachte, in einer angenehmen Atmosphäre und mit Isabel und mir als Puffer würde euch das leichter fallen.«

»Misch dich nicht in Dinge ein, die dich nichts angehen!«, sagte Marten.

Sein scharfer Tonfall traf Sarah völlig unvorbereitet. Von Fee oder Sven hätte sie eine solche Reaktion erwartet, aber doch nicht von ihm.

»Wir haben es doch nur gut gemeint«, behauptete Isabel. »Kein Grund, gleich ausfallend zu werden.«

»Ihr seid zu weit gegangen.« Sven drehte auf dem Absatz um und marschierte über den Strand davon.

»Tut mir leid«, sagte Sarah mit gedämpfter Stimme. Allerdings nicht zu Marten, der immer noch die Stirn krauste, sondern zu Fee. »Ich wollte euch nicht den Abend verderben. Es war nicht in Ordnung von mir, Sven einfach so dazuzubitten.«

Fee zuckte seufzend mit den Schultern. »Kann ich dir das wirklich vorwerfen, nachdem ich Marten mitgebracht habe?«, sagte Fee. »Wir hatten wohl recht unterschiedliche Vorstellungen davon, wie dieser Abend verlaufen sollte.«

»Vermutlich.« Sarah trank den letzten Rest Apfelsaftschorle aus ihrer Flasche, um etwas Zeit zu schinden. »Und nun?«

Fee tauschte einen Blick mit Marten. »Ich denke, es wäre das Beste, wenn wir alle reinen Tisch machen. Aber erst, nachdem das Konzert vorbei ist. Es zu verpassen wäre eine Schande.«

Kapitel 10

Fee lief barfuß am Meer entlang. Das Mondlicht spiegelte sich auf der dunklen Wasseroberfläche und verlieh den Wellen einen silbrigen Glanz. Ihre Schuhe trug sie in der linken Hand, während sie mit der Rechten ihr Smartphone vor sich hielt und den Boden zu ihren Füßen beleuchtete. Sie wandte sich Sarah und Isabel zu, die neben ihr gingen. »Tut mir leid, dass ihr vorhin zwischen die Fronten geraten seid. Sven und ich haben ein Problem miteinander, aber dafür könnt ihr nichts.«

Sarah musterte Martens Silhouette, die sich ein gutes Stück vor ihnen am Nachthimmel abzeichnete. »So etwas habe ich mir schon gedacht. Die Spannungen zwischen euch waren auf dem Markt heute deutlich zu spüren.«

»Ja, nicht wahr?« Fee blieb stehen und scharrte mit den Zehen im Sand. Der Abstand zu Marten vergrößerte sich. »Sven weigert sich, mir zu helfen, obwohl er es könnte. Genau genommen verheimlicht er mir etwas.«

Isabel räusperte sich. »Du brauchst es uns nicht zu erzählen, wenn du nicht möchtest.«

»Doch. Ich habe mich dafür entschieden, also ziehe ich das Ganze jetzt auch durch.« Sie straffte die Schultern. »Sven ist der Einzige, der herausfinden könnte, wo sich der Vater meines Kindes aufhält.«

»Also ist er nicht selbst der Vater?«, fragte Isabel, bevor Sarah es verhindern konnte.

»Wo denkst du hin? Sven wäre für diese Rolle genauso wenig geeignet wie für einen Job in der Buchhaltung. Sein Motto lautet doch: *Bloß keine Verpflichtungen eingehen.*« Fees Tonfall klang abfällig. »Er und Nico sind befreundet. Im Grunde nicht einmal das. Ich würde sie eher als Bekannte bezeichnen.«

»Und Nico ist der Vater?«, hakte Isabel nach.

»Ja.« Tief holte Fee Luft. »Vermutlich fragt ihr euch gerade, wie ich in diesen Schlamassel geraten konnte. Manchmal kann ich es selbst kaum glauben, dass ich so blöd war.«

»Hey.« Ohne darüber nachzudenken, streckte Sarah die Hand nach ihr aus und berührte sie kurz am Arm. »Jeder von uns hat schon Fehler gemacht. Ich ganz besonders.«

Marten drehte sich zu ihnen um und blieb ebenfalls stehen. Anstatt näher zu kommen, watete er ins flache Wasser und tat so, als ginge ihn die Frauengruppe nichts an. Sein helles Haar glänzte im Mondlicht.

Sarah musterte ihn verstohlen. Marten verkörperte die perfekte Mischung aus Gentleman und Beschützer. Einen Mann, der sich nicht aufdrängen wollte und dennoch in Sichtweite blieb, falls er gebraucht wurde. Wieder einmal fragte sie sich, warum er keine Freundin hatte.

Fee nahm ihre Wanderung entlang der Wasserkante wieder auf. Eine einzelne, weißblonde Haarsträhne löste sich aus ihrem Seitenzopf und wurde ihr ins Gesicht geweht. »Letzten Sommer kam Nico mit zwei Freunden zum Surfen auf die Insel. Ich habe zur gleichen Zeit meinen Surfschein gemacht und so haben wir uns kennengelernt. Es war Liebe auf den ersten Blick – wenigstens von meiner Seite aus.«

Sarah wusste nicht, was sie darauf erwidern sollte. Deshalb schwieg sie. Sich kopflos zu verlieben schien Sarah genauso unmöglich wie der Gedanke, die Arme auszubreiten und in den Nachthimmel zu fliegen.

»Es waren zwei wunderbare Wochen«, fuhr Fee fort. »Aber uns war beiden klar, dass wir danach getrennte Wege gehen würden. Deshalb genügten mir auch sein Vorname und seine Handynummer. Die Handynummer hat er dann allerdings schnell gewechselt.«

»Er weiß also gar nichts von deiner Schwangerschaft?«, fragte Isabel.

»Doch.« Fees Stimme klang gepresst. »Ich habe ihn natürlich sofort angerufen, nachdem ich den Test gemacht hatte. Er war entsetzt und hat quasi verlangt, dass ich, wie er es nannte, abtreibe. Allein von dem Wort ist mir übel geworden. Abtreiben! Wir haben uns nur noch gestritten. Auch, weil ich nun seinen Nachnamen und seine Anschrift wissen wollte. Nichts habe ich von ihm erfahren. Dann hat er meine Anrufe ignoriert, seine Mailbox abgestellt und schließlich sogar die Nummer gewechselt. Seitdem kann ich ihn nicht mehr erreichen.«

»Das tut mir sehr leid.« Sarah wich einer liegen gelassenen Schaufel aus, die sie wegen der Dunkelheit beinahe übersehen hätte. »Und nun?«

»Nun versuche ich, anderweitig an Nicos Adresse zu kommen. Der Betreiber der Surfschule beruft sich auf den Datenschutz und gibt sie nicht raus. Deswegen ist Sven meine letzte Hoffnung. Er kennt einen von Nicos Freunden von früher und könnte über ihn Nico kontaktieren. Doch dazu ist dieser Sturkopf nicht bereit.«

Sarahs Hals fühlte sich an, als würde eine Qualle darin feststecken. »Was hast du nun vor? Willst du … es trotzdem behalten?«

»Natürlich!« Fees Stimme überschlug sich beinahe vor Empörung. »Ich bin doch kein herzloses Monster!«

Einen Moment lang blieb Sarah die Luft weg. Sie knickte um und trat mit dem rechten Fuß auf etwas Scharfes – vermutlich Muschelsplitter oder ein spitzer Stein. Dennoch taumelte sie weiter, sah stur geradeaus und zwang sich, den Schmerz wegzuatmen.

»Findest du nicht, dass du gerade ein wenig übertreibst?«, bemerkte Isabel. Sie redete zwar mit Fee, dennoch glaubte Sarah, ihren Blick auf sich zu spüren. »Manche Frauen haben gute Gründe, ihre Kinder zur Adoption freizugeben. Das solltest du nicht pauschal verurteilen.«

»Es gibt keine Gründe, die eine solche Entscheidung rechtfertigen.« Wild ruderte Fee mit dem Arm und der kleine Lichtkegel aus ihrem Smartphone bewegte sich so rasant, dass Sarah vom Zusehen beinahe schwindelig wurde. »Ich würde mich nicht mal von meinem Baby trennen, wenn ich Marten und meine Eltern nicht hätte und komplett auf mich allein gestellt wäre. So etwas ist einfach unverzeihlich.«

»Das sehe ich anders.« Isabels scharfer Tonfall musste auf Fee völlig übertrieben wirken, da diese nicht ahnte, wen sie mit ihren Worten so hart verurteilte. »Manchmal gibt es Umstände, die …«

»Lassen wir das!«, unterbrach Sarah ihre Freundin. Sie war dankbar für die Dunkelheit, die ihr Gesicht verbarg. »Es geht hier schließlich nicht um irgendwelche Frauen, sondern um Fee. Du möchtest dein Kind unter allen Umständen behalten und das finde ich mutig und bewundernswert.«

»Danke«, erwiderte Fee.

»Was ich aber nicht verstehe, ist, wieso du so viel Wert darauf legst, Nicos Adresse herauszufinden. Sobald euer Kind auf der Welt ist, kannst du vor Gericht gehen und einen

Vaterschaftstest verlangen. Das kann Nico nicht verweigern. Wozu also diese Eile?«

Fee zögerte. »Es klingt vermutlich albern. Aber irgendwie hoffe ich immer noch, dass Nico seine Meinung ändert, wenn er mich wiedersieht. Er ist eigentlich nicht so, wie das vielleicht eben rüberkam. Er ist liebevoll und warmherzig und immer hilfsbereit. Warum er so auf meine Schwangerschaft reagiert hat, ist mir ein Rätsel.«

»Und falls er sich nicht umstimmen lässt?« Natürlich konnte Isabel ihren Mund nicht halten. »Dass ein Mann im ersten Moment auf so eine Nachricht blöd reagiert, ist das eine. Aber Nico hatte monatelang Zeit, das Ganze zu verarbeiten. Wenn er sich trotzdem nicht meldet, ist das kein gutes Zeichen.«

»Wem sagst du das?« Wieder blieb Fee stehen. »Wahrscheinlich will ich mir einfach nicht eingestehen, wie sehr ich mich in Nico getäuscht habe. Ich hatte gehofft, dass er ein wenig wie Marten wäre.« Sie drehte den Kopf in Richtung ihres Bruders, der geduldig auf die Gruppe zu warten schien. »Aber jemanden wie ihn gibt es wohl kein zweites Mal. Ja, ich bin als Schwester wahrscheinlich etwas voreingenommen, aber er ist nun mal mein großer Bruder, der sich immer um mich gekümmert hat.« Sie räusperte sich. »Sarah, kannst du nicht noch mal mit ihm reden?«

»Mit Marten?«, fragte Sarah. Sie wandte sich um und sah, wie er knöcheltief durchs Wasser watete. Unwillkürlich musste sie lächeln.

»Nein, mit Sven«, erwiderte Fee. »Ich glaube, deine Chancen stehen besser als meine.«

»Nach dem, was heute Abend passiert ist, bin ich mir da nicht so sicher«, entgegnete Sarah. »Er wirkte ziemlich verärgert.«

»Versuchst du es trotzdem?«, bat Fee. »Es würde mir viel bedeuten.«

Kurz zögerte Sarah. Sven ein weiteres Mal zu treffen schien ihr keine gute Idee zu sein. Doch durfte sie Fees Bitte deswegen ablehnen? »Also gut«, lenkte sie ein. Hoffentlich würde sie ihre Entscheidung nicht bereuen.

* * *

»Sarah, du musst das nicht tun«, sagte Isabel zum gefühlt hundertsten Mal. Sie lief über eine schmale Straße aus Kopfsteinpflaster in Oldsum, die zu Svens Atelier führte. »Fee schuldest du gar nichts. Vor allem nicht nach dem, was sie über dich gesagt hat.«

»Das darfst du ihr nicht vorwerfen.« Auch dieser Satz war schon mehrfach gefallen. Sarah rang sich ein mühsames Lächeln ab. »Fee hat nicht mich damit gemeint. Und wegen Sven, was soll schon passieren? Schlimmstenfalls schlägt er mir die Tür vor der Nase zu. Damit könnte ich besser leben als mit meinem schlechten Gewissen, wenn ich nicht einmal versucht hätte, Fee zu helfen.«

»Dieser Sven ist besser höflich zu dir. Sonst bekommt er es mit mir zu tun.«

»Ich werde schon mit ihm fertig. Und du, bleib bitte nicht hier stehen und warte auf mich. Genieß deinen Urlaub. Ich rufe dich an, wenn ich fertig bin.«

»Ist ja gut«, gab Isabel sich geschlagen. »Ich mache einen kleinen Spaziergang durchs Dorf. Aber lass dir von diesem Typen bloß nicht auf der Nase herumtanzen.«

»Du solltest dir lieber um ihn Sorgen machen. Ich werde nämlich nicht lockerlassen.« Mit diesen Worten verabschiedete sich Sarah von ihrer Freundin und lief die Straße hinunter.

Nur wenige Augenblicke später stand sie vor der Tür von Svens Atelier, atmete tief durch und drückte auf den Klingelknopf.

Die Tür öffnete sich und Sven musterte Sarah mit einem leichten Stirnrunzeln. »Hi.«

»Hallo.« Sie richtete sich zu ihrer vollen Größe auf. »Der Abend gestern ist leider etwas unglücklich gelaufen. Das wollte ich nicht.«

»Ja, das war unschön. Allerdings habe ich auch meinen Teil dazu beigetragen. Ich hätte nicht gleich abhauen sollen.« Sven trat ein Stück beiseite. »Komm doch rein.«

»Danke.« Sie zog die Schuhe aus und hängte ihre Jacke an einen Garderobenhaken.

»Möchtest du was trinken?«

»Nein, danke. Ich habe gerade gefrühstückt.«

»Und ich bin noch dabei.« Dieses Mal führte Sven sie nicht in sein Atelier, sondern in eine kleine Küche. Gegenüber von der Kochnische gab es einen schmalen Tresen mit zwei Barhockern. Auf dem Tresen stand ein Teller mit Brötchen und Rührei. »Sicher, dass du nichts willst?«

»Vielleicht doch einen Kaffee.«

Sven holte eine Tasse aus dem Geschirrschrank und stellte sie unter die Kaffeemaschine. Dann füllte er ein Pad ein, drückte auf eine Taste und mit einem lauten Zischen floss Kaffee in die Tasse.

Genussvoll atmete Sarah den Duft von gerade aufgebrühtem Kaffee und frischen Brötchen ein. Sie könnte sich einfach neben Sven setzen und in Ruhe ein zweites Frühstück mit ihm genießen. Nein, vielleicht ein anderes Mal. Sie hatte Fee ihr Wort gegeben.

»Bitte.« Sven reichte ihr die dampfende Tasse. »Milch oder Zucker?«

»Nichts, danke.« Sie nahm auf dem zweiten Barhocker Platz und wärmte ihre Finger an dem heißen Porzellan. »Wie wäre der gestrige Abend verlaufen, wenn ich ohne Fee aufgetaucht wäre?«

Er lächelte matt. »Leider werden wir das nie erfahren. Aber es nützt nichts, über Vergangenes zu grübeln. Ich lebe lieber in der Zukunft. Was machst du morgen?«

»Ich muss arbeiten. Und danach unternehme ich etwas mit Isabel.«

»Deine Freundin, natürlich. Bleibt sie noch lange auf der Insel?«

»Nein.« Vorsichtig nippte Sarah an ihrem Kaffee. Er schmeckte ein wenig zu bitter. »Sie reist übermorgen schon wieder ab.«

»Verstehe. Vielleicht schaust du mal wieder vorbei, wenn sie weg ist.« Er schob sich eine Gabel voll Rührei in den Mund.

»Vielleicht.« Sarah legte beide Hände um die Kaffeetasse. Das Unvermeidliche länger aufzuschieben machte keinen Sinn. »Ich bin aus einem besonderen Grund hier. Fee hat mich gebeten, noch mal mit dir zu reden.«

Die Stille, die folgte, knisterte vor Spannung. Sven musterte sie mit einem Stirnrunzeln. »Ich dachte, du bist hergekommen, um unseren kleinen Streit zu beenden. Stattdessen willst du genau da weitermachen, wo wir gestern aufgehört haben?«

»Von Wollen kann keine Rede sein.« Unruhig rutschte Sarah auf dem Barhocker herum. »Aber Fee ist verzweifelt. Wäre es denn wirklich so schlimm, wenn du deinen Bekannten um Nicos Adresse bittest?«

Sven schob seinen immer noch halb vollen Frühstücksteller von sich weg. »Ich würde lieber nicht über Fee reden.«

»Aber sie ist hochschwanger. Kannst du nicht verstehen, dass sie mit dem Vater ihres Kindes sprechen will?«

»Natürlich. Ich bin schließlich kein Unmensch.« Sven seufzte tief. »Nur leider beruht dieser Wunsch nicht auf Gegenseitigkeit. Robert, mein Bekannter, hat Nico kontaktiert und ihm alles ausgerichtet, worum Fee mich gebeten hat. Aber

Nico möchte sie nicht sehen. Er will auch dieses Kind nicht, so leid es mir tut.«

Sarah zögerte. »Davon hat sie mir gar nichts erzählt. Bist du sicher, dass ein persönliches Treffen nichts daran ändern würde?«

Er nickte. »Sie hat dir wohl noch etwas anderes verschwiegen. Nico ist verlobt.«

Sarah sah ihn entsetzt an. Das machte Fees Hoffnungen vollends zunichte.

»Fee wusste nichts davon. Wir haben es erst kürzlich von Robert erfahren. Anscheinend führen Nico und seine Freundin seit Jahren eine On-off-Beziehung. Kurz vor dem Männerurlaub hatten sie sich im Streit getrennt. Nach Nicos Rückkehr folgte die Versöhnung inklusive großer Verlobungsfeier.« Sven warf ihr einen ernsten Blick zu. »Das Letzte, was dieser Mann in seinem Leben will, ist die Rückkehr zu seiner schwangeren Urlaubsliebe. Falls Fee tatsächlich bei ihm auftaucht, nähme das kein gutes Ende.«

»Wieso hat sie mir nichts davon erzählt?«

Sven zuckte mit den Schultern. »Ich kenne Fee nicht besonders gut. Aber mein Eindruck ist, dass sie sich da gehörig in etwas verrennt. Sie will die Zeichen nicht sehen und träumt sich eine Zukunft mit Nico zusammen, die es niemals geben wird.«

»Es geht dir gar nicht um Nicos Schutz, oder?« Sarah zeichnete mit dem Zeigefinger unsichtbare Linien auf den Tresen. »Du weigerst dich um ihretwillen.«

»Ja.« Seine Stimme klang angespannt. »Wenn Fee so weitermacht, wird Nico ein Kontaktverbot erwirken lassen. Das hat er über Robert bereits angedroht. Ich glaube zwar nicht, dass er damit durchkäme. Aber das Letzte, was Fee in ihrer Situation braucht, ist ein völlig überflüssiges Gerichtsverfahren.«

»Verstehe.« Auf einmal kam sich Sarah selbst ziemlich blöd vor. »Hätte ich all diese Dinge gewusst, wäre ich heute nicht zu dir gekommen. Sorry, tut mir leid.«

»Mir nicht.« Er lächelte sie an. »Ich freue mich, dass du hier bist. Vielleicht sind die Umstände ja beim nächsten Mal etwas besser.«

»Ja, das hoffe ich auch.«

Kapitel 11

Sarah und Isabel saßen nebeneinander im Strandkorb am Wyker Strand und blickten auf das Meer, dessen Wellen fast bis an ihren Sitzplatz spülten. Die Freundinnen teilten sich eine Tüte Lakritzschnecken und lasen auf ihren E-Readern. Während Sarah sich in ihren Krimi vertiefte, schien Isabel, ihrem zufriedenen Lächeln nach zu urteilen, mal wieder einen Liebesroman mit besonders prickligen Szenen zu lesen.

Schließlich ließ Isabel ihren Reader sinken. »Ich verstehe jetzt, warum es dir auf Föhr so gut gefällt. Aber komm bloß nicht auf die Idee, einfach hierzubleiben.«

»Keine Sorge«, erwiderte Sarah. »Meine Heimat liegt am Siebengebirge, nicht an der Nordsee. Aber du musst zugeben, dass die Seeluft mir sehr geholfen hat. Ich überlege sogar, mein Allergiespray abzusetzen.«

»Bist du sicher, dass es nur an der Seeluft liegt?«

»Wie meinst du das?«

Isabel zögerte. »Ich darf die heiklen Themen ja nicht ansprechen. Aber du hast hier nicht den gleichen Stress und Ärger wie daheim in Königswinter.«

»Da irrst du dich.« Sarah räumte ihren Reader zurück in ihre Strandtasche. »Meinen emotionalen Ballast, den habe ich mitgenommen. Göhler mag nicht hier sein. Aber es gibt andere wie ihn und gegen die könnte ich mich genauso wenig wehren.«

»Du könntest schon. Du tust es nur nicht.« Isabel musterte sie. »Manchmal glaube ich, dass du dich damit unterbewusst bestrafen willst. Ein Teil von dir gibt sich immer noch die Schuld an allem.«

»Das stimmt nicht.« Sarah zog eine Lakritzschnecke aus der Tüte und rollte sie ab, um ihre Finger zu beschäftigen. »Es ist nur die eine Sache, die ich mir nicht verzeihen kann. Ich hätte mein Baby damals nicht weggeben sollen.«

Sie richtete ihren Blick auf das Wasser, denn Isabel wollte sie nicht in die Augen sehen. Austernfischer kreisten auf Nahrungssuche durch die Luft und in weiter Ferne kreischte eine Möwe. Im Strandkorb hingegen blieb es völlig still. Nicht einmal der Wind drang zu ihnen vor.

Nach einer gefühlten Ewigkeit räusperte sich Isabel und sagte leise: »Das hast du noch nie laut ausgesprochen.«

»Weil ich es nicht wahrhaben wollte.« Sarah starrte immer noch geradeaus, doch alles verschwamm vor ihren Augen. »Mein halbes Leben lang habe ich mir eingeredet, dass es die einzig richtige Entscheidung war.«

»Nein.« Sanft berührte Isabel sie mit der Hand am Oberarm. »Du warst erst sechzehn, viel zu jung für ein Kind. Vor allem, wenn man die Umstände bedenkt.«

Leicht schüttelte Sarah den Kopf. »Fee hätte das nicht abgehalten.«

»Sie wurde auch nicht vergewaltigt.«

Ruckartig riss Sarah den Kopf herum.

Isabel erwiderte ihren Blick. »Tut mir leid, dass ich nun doch mein Versprechen breche. Aber anders kommen wir nicht weiter. Du musst mit der Vergangenheit deinen Frieden schließen, wenn du eine Zukunft haben willst.«

»Wenn das nur so einfach wäre.« Sarah zupfte die abgerollte Lakritzschnecke in winzige Stücke. »Heute feiert irgendwo in Deutschland meine Tochter ihren fünfzehnten Geburtstag. Und ich weiß nicht, wie es ihr geht. Nicht einmal ihren Namen kenne ich. Ich weiß nichts über sie. Gar nichts.« Die letzten Worte hatte Sarah geflüstert. Sie wischte sich mit der flachen Hand über die feuchten Augen und starrte nach oben in den hellblauen Himmel.

»Es geht ihr gut.« Isabel streichelte Sarah über den Arm. »Sie hat Adoptiveltern, die sich sehnlichst ein Kind gewünscht haben und die sie lieben. Für euch beide war es damals die beste Entscheidung, die du treffen konntest.«

»Fee würde das anders sehen. Und viele andere Frauen auch.«

»Sie interessiert hier nicht. Und die anderen schon gar nicht. Es geht um dich. Lass dich doch bitte nicht runterziehen, weil eine Frau, die weder dich noch deine Situation kennt, einen blöden Spruch gemacht hat. Du standest letztlich ganz allein da. Ja, deine Eltern wollten das Kind erst mal nehmen. Aber haben sie dich gefragt, was du wolltest? Wie es dir geht? Nach alledem? Ich durfte doch kaum noch was mit dir machen. Okay, richtig viel helfen konnte ich dir auch nicht. Trotzdem, du warst vollkommen auf dich allein gestellt.«

»Sind das nicht Ausreden?«, fragte Sarah flüsternd.

»Du warst traumatisiert. Versteh doch endlich mal. Niemand hätte in deiner Lage anders gehandelt.«

Sie saßen eine Weile schweigend am Tisch. Schließlich griff Isabel in die Lakritztüte, ließ die Schnecke aber wieder zurückfallen. »Da die Stimmung ohnehin schon im Keller ist, können wir auch gleich über Göhler reden. Hast du dich schon entschieden, ob du ihn anzeigen willst?«

»Nein.« Sarah schob sich einen der winzigen Lakritzfetzen in den Mund.

»Nein, du willst es nicht, oder nein, du bist dir noch nicht sicher?«

»Letzteres.« Warum musste Isabel immer so hartnäckig sein? Sah sie nicht, wie schwer es ihr fiel, über diesen Menschen zu reden? Sie war nicht geflohen, um sich hier auf der Insel mit diesem Mann zu beschäftigen. »Ich brauche noch etwas mehr Zeit.«

»Was würde das ändern?«, fragte Isabel. »Er kann dir nichts mehr tun. Du hast dich versetzen lassen. Euch trennt ein halbes Land.«

Sarah schob sich die restlichen Lakritzstücke in den Mund, um nicht antworten zu müssen. Wie sollte sie Isabel erklären, was sie selbst kaum verstand?

Schweigend wartete Isabel ab, bis Sarah aufgegessen hatte. »Wenn du Göhler davonkommen lässt, belästigt er vielleicht schon bald die nächste Frau. Willst du das?«

»Natürlich nicht.« Unruhig rutschte Sarah auf der Polsterbank des Strandkorbs herum. »Aber du weißt so gut wie ich, dass bei solch einer Anzeige vermutlich nichts herumkommt. Es gibt keine Zeugen. Dann steht Aussage gegen Aussage. Im Zweifelsfall kommt er davon.«

»Diese Gefahr besteht«, räumte Isabel ein. »Aber selbst dann könntest du noch etwas Gutes bewirken. So ein Prozess wäre für Göhler auf jeden Fall ein Schuss vor den Bug. Danach traut er sich nie wieder, eine Frau gegen ihren Willen anzufassen oder verbal zu belästigen.«

Sarah zog die Knie an und schlang ihre Arme darum. Dennoch fröstelte sie. »Nicht nur Göhler würde unter einem Gerichtsprozess leiden. Ich genauso. Und wahrscheinlich sogar noch viel mehr. Du warst damals ja nicht dabei. Glaub mir, für mich war es die Hölle. Ich musste alles im Geiste noch mal durchleben. Und der Verteidiger hat mir ständig unterstellt zu lügen. Dass ich das alles gewollt hätte und …« Ihre Stimme brach weg.

»Ich erinnere mich.« Isabel sprach so leise, dass Sarah sie kaum verstand, obwohl sie Schulter an Schulter saßen. »Damals hatte ich große Angst um dich. Du warst so fertig. Eine Zeit lang dachte ich, dass du dir vielleicht etwas antun würdest.«

»Ja, ich habe mit dem Gedanken gespielt«, flüsterte Sarah. »Aber ich konnte dem Baby doch nicht … es war doch völlig unschuldig.« Sie wischte sich mit dem Handrücken über die Augen.

Isabel legte den Arm um Sarahs Schulter und zog sie an sich. Der blumige Duft ihres Shampoos vermischte sich mit dem leichten Geruch nach Tang, der in der Luft lag. »Siehst du? Selbst damals hast du zuerst an das Wohl deiner Tochter gedacht. Du hättest die Schwangerschaft abbrechen können. Aber stattdessen hast du deine Tochter zur Welt gebracht und dafür gesorgt, dass sie von guten Menschen adoptiert wurde. Du hast dir nicht das Geringste vorzuwerfen.«

»Danke, dass du das sagst.« Selbst wenn Isabel recht hatte, Worte waren das eine, Gefühle etwas ganz anderes. Und sie saßen tief und waren nicht einfach wegzudiskutieren. Warum verstand Isabel das nicht?

»Nein, im Ernst. Sieh mich an.« Isabel berührte sie am Arm und Sarah wandte sich zu ihr um. »Irgendwo da draußen feiert heute ein fünfzehnjähriges Mädchen seinen Geburtstag. Dieses Mädchen hat Träume, Ziele, eine Zukunft. Das alles hast du ihm ermöglicht. Deswegen solltest du dich nicht an jedem ersten Mai fertigmachen, als wäre es ein verdammter Unglückstag. Dieser Geburtstag ist ein Grund zur Freude.«

Sarah rutschte noch etwas tiefer in das Innere des Strandkorbs. »Warum fühlt es sich dann für mich immer noch so an, als hätte ich meine Tochter im Stich gelassen?«

»Weil du viel zu hohe Ansprüche an dich selbst stellst. Denen kannst du gar nicht gerecht werden. Was wäre denn passiert, wenn du deine Tochter behalten hättest? Du hättest sie nicht lieben können, weil sie dich jeden Tag an den Mann erinnert hätte, der dir das alles angetan hat.«

»Geht es nicht genau darum? Ich hätte darüber hinwegsehen und sie trotzdem lieben müssen. Warum war ich dazu nicht in der Lage?«

»Das ist Unsinn, Sarah. Du warst viel zu jung. Wie solltest du das alles schaffen? Ich weiß, wie schlecht es dir damals ging. Du hast vollkommen neben dir gestanden. Deine Entscheidung war richtig. Hättest du riskieren sollen, dass sie ohne die Liebe ihrer Mutter aufwächst?«, entgegnete Isabel.

»Genau das ist doch passiert.« In Sarahs Augen schwammen Tränen. »Und jetzt sag nicht, dass sie eine liebevolle Adoptivmutter hat. Das weiß ich. Trotzdem denke ich oft, dass meine Tochter sich fragt, warum sie weggegeben wurde. Vielleicht hat diese Erfahrung auf ihrer Seele genauso Narben hinterlassen wie auf meiner.« Sie wischte sich mit dem Handrücken über die feuchten Wangen. »Ich hätte damals die Kraft finden müssen, dieses ganze Trauma hinter mir zu lassen.«

»Du denkst also, dein Wille war zu schwach. Das werden wir gleich testen.« Isabel streifte ihren Pulli und die Hose ab. Darunter kam ein gelber Bikini zum Vorschein.

»Was tust du da?«, fragte Sarah.

»Wonach sieht's denn aus? Wir gehen schwimmen.«

»Ich fürchte, dafür ist es zu kalt.« Trotz ihrer Worte schlüpfte Sarah aus ihrer Jeans und versuchte im halb angezogenen Zustand, ihren Badeanzug überzustreifen, den sie für alle Fälle in ihre Strandtasche gepackt hatte.

»Wieso? Das ist doch alles nur eine Frage der Willenskraft«, behauptete Isabel. »Du hast es schließlich selbst gesagt.«

Sarah seufzte. »Also schön. Schwimmen wir eine Runde.« Sie schälte sich aus ihrem Oberteil und zupfte die Träger des Badeanzugs zurecht. »Beklag dich aber nicht, wenn du einen Schnupfen kriegst.«

»Genug geziert! Rein ins Wasser!« Isabel lief voraus. Wasser spritzte auf und sie stieß ein Kreischen aus. Aber sie ging trotzdem weiter, bis sie bibbernd hüfttief in der Nordsee stand. »Sssaukalt hier dddrinnen.«

»Na toll.« Sarah biss die Zähne zusammen und folgte ihrer Freundin. Das kalte Wasser raubte ihr den Atem, und nur der Umstand, dass Isabel in den Fluten auf sie wartete, hinderte sie daran, sich gleich wieder ans Ufer zu flüchten.

»Siehst du?«, presste Sarah hervor und schlang dabei die Arme um den Körper. »Wenn man nur will, ist alles möglich.«

»Das war noch nicht der Test.« Isabels Lippen waren bereits bläulich verfärbt. »Wir schwimmen zu der Insel da!« Sie deutete auf die Hallig Langeneß, die sich am Horizont abzeichnete.

Ungläubig starrte Sarah erst auf die Hallig und dann ihrer besten Freundin in die dunklen Augen. »Das kannst du doch nicht ernst meinen!«

»Und ob!« Isabel klapperte mit den Zähnen. »Du kannst schwimmen. Du siehst das Ziel. Und du hast den Willen. Also beweis mir, dass das genügt.«

»Wir würden ertrinken. Oder erfrieren.« Sarah biss sich auf die Unterlippe und schmeckte Blut. »Das ist nicht zu schaffen.«

»Dann gibst du es also zu?«

»Was denn?«

»Dass es Dinge gibt, die man nicht schaffen kann – egal wie sehr man es will.«

»Das kannst du doch nicht vergleichen.« Das eiskalte Wasser musste Isabel den Verstand geraubt haben.

»Wie fühlst du dich?«, fragte Isabel und bestätigte damit Sarahs Befürchtung nur noch mehr.

»Total kalt. Als wenn ich erfriere. Ich will nur noch, dass das alles vorbei ist.«

»Genau! Damals hast du was ganz Ähnliches zu mir gesagt. Erinnerst du dich?«

Sarah wollte schon den Kopf schütteln, doch dann hielt sie inne. Sie warf einen Blick auf die Hallig und wandte sich wieder ihrer Freundin zu.

»Gib es zu und wir können hier rausgehen«, bibberte Isabel. »Gib zu, dass du damals keine andere Wahl hattest – genauso wie heute. Denn für die Alternative hat dir die Kraft gefehlt.«

Sprachlos starrte Sarah sie an. Ihr tat alles weh und sie war sicher, dass ihr gleich die Finger und die Zehen abfrieren würden. *Ja, du hast recht*, schrie sie in Gedanken. Aber es fühlte sich trotzdem falsch an.

»Sag es!«, warf Isabel ihr noch einmal entgegen.

Sarah schüttelte sich. Was machten sie in diesem eiskalten Wasser? Sich eine Lungenentzündung holen? Wofür? Sarah ging auf ihre Freundin zu. Ihre Blicke trafen sich. Sie schloss die Augen. Warum machte Isabel das? Warum? *Für dich, nur für dich*, schoss es Sarah durch den Kopf.

»Ja!«, sagte sie mit letzter Kraft und streckte im eiskalten Wasser eine zitternde Hand nach Isabel aus.

* * *

Am Montagmorgen sortierte Sarah schniefend auf der Poststelle die Briefe in ihre Fächer. Diesmal konnte sie ihre Beschwerden nicht auf ihre Allergie schieben, denn offensichtlich hatte sie sich in der Nordsee eine Erkältung eingefangen.

Mit einem Lächeln erinnerte sie sich an den Kinobesuch, mit dem Isabel und sie den gestrigen Tag hatten ausklingen lassen. Zurück aus dem Wasser und in der warmen Wohnung hatten sie heißen Tee getrunken und sich noch lange unterhalten.

Das Kino war Isabels Idee gewesen. *Genug gegrübelt,* hatte sie gesagt und Sarah überredet.

Sarah stutzte. Schon wieder hatte sie nicht richtig aufgepasst und einen Brief falsch einsortiert. Wenn sie so weitermachte, würde sie heute ewig brauchen.

Gretje, die Seite an Seite mit Sarah arbeitete, musterte sie mit einem Schmunzeln. »Dein Wochenende muss ja doll gewesen sein. Du siehst jetzt noch verkatert aus.«

»Alkohol war keiner im Spiel.« Schon wieder gähnte Sarah und hielt sich rasch die Hand vor den Mund. »Es ist einfach nur spät geworden.«

Hannes, der als einziger Kollege ebenfalls noch mit seiner Post im Sortierraum beschäftigt war, füllte die letzten verbleibenden Briefe in eine gelbe Kunststoffbox. »Pass bloß auf, dass du gleich nicht am Steuer einnickst. Hast du Kaffee dabei?«

Sarah nickte. »Eine ganze Thermoskanne voll. Und Koffeintabletten – falls das nicht genügen sollte.«

Gretje winkte ab. »Lass bloß die Finger von dem Zeug. Das bringt deinen ganzen Biorhythmus durcheinander. Mach lieber heute langsam und ruh dich dann aus.«

»Das muss leider noch etwas warten. Isabel reist doch morgen ab. Da wollen wir nachher noch etwas unternehmen. Wahrscheinlich eine Fahrradtour.«

Hannes verabschiedete sich wortlos mit einem Winken.

Gretje sah ihm nach und fasste sich ans Kreuz. »Falls dir das doch zu anstrengend wird, kann ich dir ein paar gemütliche Cafés empfehlen. Es soll später ohnehin regnen.«

»Sicher?« Sarah blickte aus dem Fenster in den wolkenlosen Himmel, der von der aufgehenden Sonne in ein warmes Rosa getaucht wurde.

Gretje stellte sich neben sie. »Kennst du den Spruch: *Wenn dir das Wetter nicht gefällt, warte eine Viertelstunde*? Auf Föhr trifft das zu. Es regnet hier zwar oft, aber zum Glück nie sehr lange.« Sie räusperte sich. »Ich hoffe, ich bin dir neulich nicht zu nahe getreten.«

Auch ohne dass Gretje es ausdrücklich erwähnte, wusste Sarah sofort, dass sie damit ihre Unterhaltung auf dem Friedhof in Süderende meinte. »Nein. Es ist schon in Ordnung.« Sie hielt kurz inne. »Nicht, dass ich mit so etwas gerechnet hätte.«

»Ich auch nicht.« Gretje musterte sie von der Seite. »Wir kennen uns ja erst seit einer guten Woche und unter anderen Umständen hätte ich auch nicht über Peet gesprochen. Aber da du mich nun mal am Grab gesehen hast …«

»Keine Sorge! Ich werde das für mich behalten«, versprach Sarah.

»Die anderen wissen es ohnehin. Das hier ist eine kleine Insel. Aber, was ich dir sagen wollte: Dein Geheimnis ist bei mir sicher. Mach dir deswegen bitte keine Sorgen.«

»Das tue ich nicht.« Erstaunlicherweise entsprach das der Wahrheit. Auch wenn Sarah nur wenig über Gretje wusste, spürte sie instinktiv, dass sie ihr vertrauen konnte.

»Ein Glück«, sagte Gretje mild lächelnd. »Ich hätte es auch sehr bedauert, wenn wir in Zukunft nicht mehr unbefangen miteinander umgehen könnten. Deshalb war es mir wichtig, die Sache anzusprechen.«

Sarahs Kollegin kehrte zu ihren Sortierfächern zurück und bückte sich nach einem Bündel Briefe. Mit einem leisen Zischen sog sie den Atem ein.

»Hast du Schmerzen?«, fragte Sarah besorgt.

»Mein Rücken macht mir heute Probleme. Ich habe mich wohl verlegen. Andernfalls wäre ich längst mit dem Sortieren fertig und säße auf meinem Rad.«

»Soll ich dir helfen?«

»Nein, danke. Du hast ja heute selbst genug zu kämpfen. Wenn der Rücken nicht besser wird, lass ich mir von meiner

Ärztin Massagen verschreiben. Aber erst mal probiere ich es mit einem Kirschkernkissen.«

»Gute Besserung!« Gerade noch rechtzeitig merkte Sarah, dass sie beinahe schon wieder einen Brief falsch einsortiert hätte. Vermutlich war es tatsächlich kein guter Tag für eine Fahrradtour. Sie drehte sich zu Gretje um. »In welchem Café gibt es den stärksten Kaffee?«

Kapitel 12

Ein wenig wehmütig winkte Sarah der *Uthlande* vom Wyker Fähranleger aus hinterher. Viel zu schnell war Isabels Besuch vorüber gewesen, der mit einer sehr kurzen Radtour und einem langen Besuch im Café seinen Abschluss gefunden hatte. Schon jetzt vermisste Sarah ihre beste Freundin.

Zitternd vergrub sie die Hände in den Jackentaschen. Zwar war die Sonne bereits aufgegangen, doch besaß sie um sechs Uhr morgens noch nicht genügend Kraft, um wirkliche Wärme zu spenden. Tief atmete Sarah die frische Seeluft ein und wandte sich vom Hafenbecken ab. Es wurde Zeit, wenn sie vor der Arbeit, bei der sie um sieben Uhr sein musste, noch ein schnelles Frühstück zu sich nehmen wollte.

Während sie den kurzen Weg vom Hafen zu ihrer Wohnung zurücklegte, klingelte ihr Handy. Um diese Zeit konnte der Anruf eigentlich nur von Isabel kommen. Hoffentlich hatte sie nichts Wichtiges im Hotel liegen gelassen.

Sarah fischte das Smartphone aus ihrer Handtasche. Die Nummer auf dem Display hatte eine Wyker Vorwahl. Das musste jemand von der Poststelle sein.

»Hallo, Sarah. Hier ist Hannes«, meldete sich ihr Kollege zu Wort. »Tut mir leid, dass ich so früh störe, aber Gretje hat sich krankgemeldet.«

»Oje. Die Arme.« Vermutlich hatte sich ihr Rückenleiden vom Vortag verschlimmert. »Und nun?«

»Sollst du ihre Route übernehmen.«

»Aber die kenne ich doch gar nicht.« Sarah spürte, wie sich ihr Kiefer anspannte. »Wäre es nicht sinnvoller, wenn das jemand mit mehr Erfahrung macht?«

»Du schaffst das schon«, erwiderte Hannes. »Es ist leichter, deine Dorfroute unter uns aufzuteilen als Gretjes Stadtroute, weil sie ja mit dem E-Bike unterwegs ist. Ich helfe dir auch beim Vorsortieren.« Das war ein großzügiges Angebot, das Hannes nicht hätte machen müssen.

»Danke.« Im Stillen verabschiedete Sarah sich von ihrem Frühstück vor der Arbeit. Für so etwas blieb keine Zeit. Denn wenn sie eine fremde Route übernahm, würde sie deutlich länger für ihre Arbeit brauchen. »Ich mache mich gleich auf den Weg.«

Eine Viertelstunde später betrat Sarah den Sortierraum. Hannes hatte Wort gehalten und räumte bereits die Briefe für Gretjes Tour durch Wyk in die richtigen Fächer. Bei Sarahs Eintreten hielt er kurz inne und fuhr sich mit den Fingern durch das rötliche Haar. »Tut mir leid, dass ich dich gleich in deiner zweiten Woche so ins kalte Wasser werfen muss. Ausgerechnet jetzt sind drei Kollegen im Urlaub. Ich versuche natürlich, ab morgen eine Vertretung für Gretje zu organisieren. Aber es wird schwierig.«

»Wir schaffen das schon.« Zwar hegte Sarah selbst Bedenken, aber sie bemühte sich trotzdem, Zuversicht auszustrahlen. »Notfalls mache ich heute einfach etwas länger. Hauptsache, es wird alles zugestellt.«

»Zum Glück haben wir noch Nebensaison.« Im Laufschritt bewegte sich Hannes durch den Raum und holte zwei leere Kunststoffboxen. »Allerdings kann es Mitte Mai schon voll auf der Insel werden. Hoffentlich fällt Gretje nicht so lange aus.«

»Konzentrieren wir uns doch erst mal auf das Hier und Heute«, schlug Sarah vor. Sie sortierte die Post für ihre übliche Dorfroute über Oldsum und Süderende, auch wenn die Briefe jemand anderes austeilen würde. Dafür, dass sie erst seit einer Woche auf dieser Poststelle arbeitete, ging ihr die Aufgabe erstaunlich leicht von der Hand.

Nach und nach trudelten auch die übrigen Kollegen ein. Sie alle grüßten Sarah freundlich wie alte Bekannte und wieder einmal fiel ihr auf, wie angenehm das Arbeitsklima hier im Vergleich zu Königswinter war.

Hannes reichte Sarah einen Stadtplan von Wyk. »Die Zwischenlager sind mit roten Kästen markiert und die Route habe ich dir mit einem Kuli eingezeichnet.«

»Danke.«

Gemeinsam gingen sie nach draußen und holten Gretjes E-Bike. Zwei Postkisten brachte Sarah in dem vorderen Korb unterhalb des Lenkers unter, eine in dem Behälter über dem Hinterrad. Voll beladen wog das Bike mehr als sie selbst. Aber Sarah war den Umgang mit solchen Rädern gewohnt und fühlte sich im Sattel gleich zu Hause. Sie trat in die Pedale und genoss den Fahrtwind um die Nase.

Obwohl sie die Route nicht kannte, fand Sarah sich dank Hannes' Karte schnell zurecht. Im Gegensatz zu den Häusern in Oldsum und Süderende waren die meisten Friesenhäuser in Wyk neueren Datums und längst nicht alle besaßen die traditionellen Reetdächer. Auch schien es hier mehr Ferienwohnungen zu geben. Sarah erkannte sie an den Schildern mit den klangvollen friesischen Namen. An die Adressen der Ferienhäuser lieferte sie deutlich weniger Briefe aus als in jene Straßen, in denen vorwiegend Insulaner lebten.

Vom Südstrand aus arbeitete sich Sarah in Richtung Innenstadt vor. In den Briefkasten der Tierarztpraxis warf sie zwei Umschläge ein. Der Anblick von Martens Namen am Klingelschild erinnerte sie daran, dass Fee seit zwei Tagen auf eine Nachricht von ihr wartete. Sehr viel länger konnte Sarah ihren Anruf nicht mehr hinausschieben.

Hastig wandte sie sich ab und schwang sich wieder auf das E-Bike. Sie hatte selbst Probleme genug. Da durfte sie sich nicht auch noch die Sorgen der anderen zu eigen machen.

Je mehr Sarah sich dem Zentrum näherte, desto städtischer wurde das Bild. Statt frei stehender Friesenhäuser reihten sich hier Stadthäuser aneinander, einige neu, andere alt. Fassaden aus Rotklinker wechselten sich mit weißem Putz ab. In vielen Gebäuden gab es Läden, die das ganze Erdgeschoss einnahmen.

Sarahs Handy klingelte, doch sie ging nicht ran, schließlich verlangte die neue Tour ihre volle Aufmerksamkeit. Stattdessen steuerte sie das nächste rote Kästchen auf Hannes' Karte an. Tatsächlich fand sie das Zwischenlager auf Anhieb, schloss die verriegelte Tür auf und tauschte die leeren Kunststoffboxen gegen volle.

Kurz darauf erreichte sie das mehrgeschossige Eckhaus, in dem sich ihre Wohnung befand. Neugierig blätterte sie durch die sortierten Briefe. Womöglich hatte sie Post für Miriam oder den Modeladen im Erdgeschoss dabei. Doch Fehlanzeige. Dafür zog sie einen Umschlag hervor, auf dem ihr eigener Name stand: *Sarah Niehoff*. Die krakelige Handschrift war ihr unbekannt und sie wendete den Brief.

Marten Jacobsen stand auf dem Absender. Den Doktortitel hatte der junge Tierarzt weggelassen, was dem Brief – genauso wie die handschriftliche Adresse – eine persönliche Note verlieh. Ein Schreiben zum Zustand des Fasans hätte doch bestimmt einen Stempel der Tierarztpraxis getragen. Was also stand in dem Brief?

Anstatt die Postsendung in ihren Briefkasten zu schieben und später zu lesen, ritzte Sarah den Umschlag mit einem Schlüssel auf. Ein einzelnes, mit blauem Kuli beschriebenes Blatt steckte darin.

> Hallo Sarah,
> ich habe mich sehr gefreut, dich am Samstag wiederzusehen – auch wenn ich mir einen etwas anderen Ablauf des Abends erhofft hatte.
>
> Entschuldige, dass Fee und ich dich da in eine persönliche Angelegenheit mit hineingezogen haben, mit der du nicht das Geringste zu tun hast. Und vor allem meinen Tonfall. Er war völlig unangemessen.
>
> Um es wiedergutzumachen, möchte ich dich gern auf einen kleinen Ausflug einladen und dir noch mehr schöne Seiten unserer Insel zeigen. Bitte sag Ja.
>
> Liebe Grüße, Marten
>
> PS: Der Fasan erholt sich prächtig.

Die Zeilen entlockten Sarah ein Lächeln. Auch wenn sie nicht ganz sicher war, ob sie Martens Einladung annehmen sollte.

Sie vertagte die Entscheidung und setzte ihre Tour fort. Erst nach einer Weile fiel ihr auf, dass sie leise vor sich hin summte. Überhaupt fühlte sie sich zum ersten Mal seit Monaten rundum wohl, was zum Teil auch daran lag, dass sie ihr Allergiespray abgesetzt hatte. Die Nebenwirkungen – Abgeschlagenheit und leichte Kopfschmerzen – waren völlig verschwunden. Dennoch waren auch ihre typischen Allergiebeschwerden wie die brennenden Augen und das Kitzeln in der Nase bislang nicht zurückgekehrt. So durfte es von ihr aus gern bleiben.

* * *

Kurz nach vier parkte Sarah ihren Polo vor Gretjes Haus, einem kleinen Friesenhaus, dessen Reetdach Moos angesetzt hatte. Davon abgesehen schien alles bestens in Ordnung gehalten zu werden. Die Scheiben in den weiß gestrichenen Sprossenfenstern glänzten vor Sauberkeit und zwischen den Pflastersteinen auf dem Weg zur Haustür wuchs kein einziges Unkraut.

Sarah betrachtete die sorgfältig gestutzten Fairy-Rosen auf dem Friesenwall, an denen sich in wenigen Wochen die ersten Knospen bilden würden. Auch die beiden riesigen Hortensien links und rechts von der grün-weiß lackierten Friesentür standen noch nicht in Blüte. Im Juni würden sie prachtvoll aussehen.

Dass Gretje es allein schaffte, Haus und Garten so in Schuss zu halten, rang Sarah Bewunderung ab. Sollten sich ihre Rückenprobleme verschlimmert haben, brauchte sie nun womöglich Hilfe. Auch deshalb hatte Sarah sich zu einem spontanen Krankenbesuch entschlossen.

Aus Sorge um Gretje hatte sie sich nach ihrer Tour – für die sie eine Stunde länger als üblich gebraucht hatte – nicht einmal die Zeit für eine richtige Pause genommen. Stattdessen hatte sie einen Zwischenstopp beim Fischhändler eingelegt und noch im Laden einen Backfisch im Brötchen mit Remoulade vertilgt.

Frisch gestärkt klingelte sie nun an Gretjes Tür. Kurz kam ihr der Anruf wieder in den Sinn, den sie ignoriert hatte. Die Handynummer war ihr unbekannt. Aber wäre es um etwas Wichtiges gegangen, hätte die Person eine Nachricht auf der Mailbox hinterlassen können. Wahrscheinlich war es nur ein lästiger Werbeanruf gewesen.

Es dauerte eine ganze Weile, bis Gretje ihr öffnete. Sie stand ein wenig gebeugt im Türrahmen. Die schmalen Lippen und die Falte auf ihrer Stirn verrieten Sarah auf den ersten Blick, dass sie unter Schmerzen litt.

»Das ist ja eine schöne Überraschung. Komm doch rein.«

»Danke.« Sarah zog im Flur die Schuhe und ihre Jacke aus und folgte Gretje ins Wohnzimmer. Wie bei Fee und Marten gab es auch hier einen Kachelofen – dieser war blau-weiß gefliest –, der allerdings nicht in Betrieb war. Während der größte Teil der Einrichtung antik wirkte, stand gegenüber vom Fernseher ein moderner Relaxsessel aus hellem Leder. Auf dem dazugehörigen Fußhocker lagen eine karierte Wolldecke und ein Taschenbuch, in dem ein Lesezeichen steckte. Das Cover mit dem Leuchtturm erkannte Sarah auf Anhieb. »Den Krimi habe ich auch schon gelesen.«

»Der ist nicht schlecht, oder?« Gretje lächelte sie an. »Ich hab schon von Hannes gehört, dass du heute für mich eingesprungen bist. Herzlichen Dank!«

»Dafür nicht. Wie geht es dir?«

»Das wird schon wieder.« Einladend deutete Gretje auf ihre Couch, die mit einem blau-weißen Karostoff bezogen war. »Bitte setz dich doch. Was möchtest du trinken? Einen Tee vielleicht?«

»Mach dir meinetwegen bitte keine Umstände«, bat Sarah. »Ich komme gerade vom Mittagessen.« Zudem sah Gretje so aus, als ob jeder Schritt ihr Schmerzen bereitete. Besser, sie schonte sich.

»Dann passt ein Tee jetzt doch perfekt.« Ohne eine Antwort abzuwarten, verließ Gretje das Zimmer. Im Grunde hätte Sarah sich schon denken können, dass sie ihren Einwand nicht gelten lassen würde. Dafür war Gretje viel zu stur.

Sarah nutzte die Wartezeit, um sich im Wohnzimmer umzusehen. Auf der Fensterbank des Erkers standen drei silberne Bilderrahmen. Das Foto in der Mitte war ein Porträt eines etwa sechsjährigen blonden Jungen mit Vokuhila-Frisur, der beim Lächeln eine Zahnlücke entblößte. Das musste Peet sein. Würde er noch leben, wäre er heute wenige Jahre älter als sie selbst. Vermutlich wäre er an Sarahs Stelle hier gewesen und hätte sich um seine kranke Mutter gekümmert.

Sarah schluckte und wendete sich schnell den anderen Fotografien zu. Das linke Bild war eine alte Schwarz-Weiß-Aufnahme von einer Gruppe Frauen in Friesentrachten. Ernst blickten sie in die Kamera. Ganz rechts befand sich eine Fotografie, die Gretje als junge Frau zeigte. Sie stand lächelnd mit weit ausgebreiteten Armen in Gummistiefeln auf einem Deich und der Wind spielte mit ihren offenen Haaren. Es sah fast so aus, als würde sie im nächsten Augenblick davonfliegen.

Das Klingeln ihres Handys riss Sarah aus ihren Gedanken. Es war wie am Vormittag eine unbekannte Nummer. Kurz zögerte sie, doch dann nahm sie den Anruf an. Schließlich war Gretje in der Küche mit dem Tee beschäftigt und Sarah hatte vor, dieses Telefonat kurz zu halten.

»Sarah Niehoff. Hallo.«

»Guten Tag, Frau Niehoff.« Die Stimme gehörte zu einer jungen Frau und kam Sarah vage bekannt vor. »Ich bin Leni Kiefer. Erinnern Sie sich noch an mich?«

Nun fiel es Sarah wieder ein. Nur wenige Tage bevor sie selbst ihre alte Poststelle verlassen hatte, hatte Leni Kiefer dort als Quereinsteigerin begonnen. »Ja, natürlich. Haben Sie sich schon gut eingelebt?«

»Genau darum geht es ja. Ich habe Probleme mit Herrn Göhler.«

Allein der Klang dieses Namens jagte Sarah einen Schauder über den Rücken. »Das tut mir sehr leid. Aber ich kann Ihnen da nicht weiterhelfen. Wenn es wirklich so schlimm ist, sollten

Sie sich an den Betriebsrat wenden, der Sie dann bei dem Gespräch mit der Personalabteilung unterstützt.«

»Das habe ich auch vor«, erwiderte Leni. »Aber ich befinde mich noch in der Probezeit und Göhler ist ein langjähriger Mitarbeiter, der gerade erst befördert wurde. Meine Chancen stünden sehr viel besser, wenn ich nicht die Einzige wäre, die sich über ihn beschwert.«

»Worauf wollen Sie hinaus?«, fragte Sarah schärfer, als sie beabsichtigt hatte. »Und wer hat Ihnen überhaupt meine Nummer gegeben?«

»Das mit der Nummer verrate ich nicht. Aber Sie können unbesorgt sein. Ich habe dafür einen Vorwand erfunden. Niemand ahnt den wahren Grund, aus dem ich Sie anrufe.« Leni redete nun schneller. Beinahe so, als fürchte sie, Sarah könnte jeden Moment die Verbindung unterbrechen.

Die Versuchung war tatsächlich groß. Nervös lief Sarah im Zimmer auf und ab.

»Ich glaube nicht, dass die anderen etwas mitbekommen haben«, fuhr Leni Kiefer fort. »Aber ich habe gleich diese seltsamen Spannungen zwischen Ihnen und Göhler bemerkt und konnte mir zunächst keinen Reim darauf machen. Dann hat er mich das erste Mal im Vorbeigehen berührt. Anfangs dachte ich noch, es sei ein Versehen gewesen. Von wegen!«

Der Druck auf Sarahs Brust nahm zu und feine Schweißtropfen perlten ihr den Nacken hinab. »Was immer Sie glauben, über mich zu wissen, ist falsch. Es tut mir leid, was Ihnen widerfahren ist. Aber mich geht das Ganze nichts an. Mein Stellenwechsel hatte rein gesundheitliche Gründe. Ich brauchte eine Luftveränderung.«

»Ja, das verstehe ich auch. Aber ich glaube auch, dass wir beide ähnliche Erfahrungen gemacht haben.« Leni Kiefers Stimme klang verzweifelt. »Können wir nicht gemeinsam Meldung bei der Personalabteilung machen und …«

»Tut mir leid«, unterbrach Sarah sie. »Aber ich muss jetzt auflegen. Alles Gute für Sie.« Ein Fingerdruck beendete das Gespräch.

Im nächsten Moment kehrte Gretje mit einem Tablett zurück, auf dem sich zwei Tassen, eine Kanne, ein Stövchen und ein Teller mit Keksen befanden. »Hat heute alles ein bisschen länger gedauert.« Sie stellte das Tablett auf dem Couchtisch ab und musterte Sarah mit einem leichten Stirnrunzeln. »Geht es dir gut? Du siehst auf einmal so blass aus.«

»Alles bestens«, log Sarah. »Die Kekse sehen toll aus. Darf ich einen probieren?«

Kapitel 13

Am nächsten Tag hatte Hannes immer noch keinen Ersatz für Gretje gefunden. Mittlerweile hatte sich ein Bandscheibenvorfall als Ursache ihres Leidens herausgestellt. Sarah übernahm erneut ihre Route durch Wyk. Dieses Mal hatte sie sich die Tour so eingerichtet, dass sie im Stadtzentrum begann und die Briefe im Bereich des Südstrands zuletzt verteilte. Vielleicht konnte sie die Gelegenheit nutzen, um mit Fee zu sprechen. Von Angesicht zu Angesicht.

Sarah drückte auf den Klingelknopf für Fees und Martens Wohnung, doch niemand öffnete ihr. Unschlüssig wartete sie vor der Haustür und überlegte, ob es Sinn hatte, Fee nun doch anzurufen.

Bevor sie sich dazu durchringen konnte, entdeckte sie Marten auf dem Fußweg vor dem Haus. Er trug in der einen Hand eine Papiertüte, in der anderen hielt er ein belegtes Brötchen. Mit schwungvollen Schritten umrundete er ihr Bike und legte die letzten Meter zur Haustür zurück. »Hallo. Was für ein schöner Zufall. Hast du Zeit für eine kleine Pause? Ich kann dir ein Schinkenbrötchen anbieten. Die Sprechstunde geht erst in einer Stunde wieder los.«

Sarah zuckte mit den Schultern. »Eigentlich bin ich hier, um mit Fee zu reden.«

»Da hast du leider kein Glück. Fee ist nicht da. Sie verbringt den Tag bei einer Freundin auf Amrum.«

»Nicht so schlimm.« Es war ein dummer Einfall gewesen, hier unangekündigt aufzutauchen. »Ich kann auch morgen mit ihr sprechen.«

»Ich ahne schon, um was es geht.« Marten reichte ihr die Brötchentüte. »Fee hat mir erzählt, worum sie dich gebeten hat.«

»Und was hältst du davon?« Sarah zog das belegte Brötchen halb aus der Tüte und umfasste es mit dem Papier. Der Schinken duftete würzig und das Salatblatt und die Tomatenscheibe sahen frisch genug aus, um ihr ein Magenknurren zu entlocken.

Marten ließ sich mit seiner Antwort Zeit. »Ich finde es nicht richtig, dass sie dich da mit hineinzieht. Aber letztlich ist es ihre Entscheidung. Genauso wie du die Wahl triffst, ob du dich darauf einlässt oder nicht.«

»Mir war selbst nicht ganz wohl bei der Sache. Aber Fee wirkte so verzweifelt. Da wollte ich sie nicht im Stich lassen.« Sie biss in das Dinkelbrötchen, das würzig und sehr viel besser schmeckte als die Backwaren in ihrer Heimat.

»Ich hätte an deiner Stelle genauso reagiert«, sagte Marten. »Trotzdem frage ich mich, ob wir Fee damit wirklich einen Gefallen tun.«

»Kennst du diesen Nico?«

Marten ließ sein Brötchen sinken. »Nein. Fee kennt meine Einstellung zu Urlaubsaffären. Deswegen hat sie mir auch nichts von Nico erzählt, solange er sich hier auf der Insel aufgehalten hat. Erst, als sie von ihrer Schwangerschaft erfahren hat, ist sie mit der Wahrheit herausgerückt.« Er zwinkerte ihr zu. »Da habe ich all die Jahre versucht, die schlechten Männer von ihr fernzuhalten, und am Ende kläglich versagt.«

Es fehlte nicht viel und Sarah hätte die Hand nach Marten ausgestreckt. Trotz des Augenzwinkerns ahnte sie, dass er sich einen Teil der Verantwortung zuschob. »Niemand konnte ahnen, dass der Mann zu Hause eine Freundin hat.«

»Falls das überhaupt alles stimmt. Genauso gut könnte es auch eine Ausrede sein, um sich aus der Affäre zu ziehen.« Marten musterte sie. »Aber das sind Fees Probleme. Du solltest dich damit nicht belasten. Wenn du möchtest, richte ich ihr etwas von dir aus. Dann wäre die Angelegenheit für dich erledigt.«

»Nein, danke. Das regle ich lieber persönlich.« Sie biss erneut in ihr Schinkenbrötchen. Es fühlte sich gut an, dass sich jemand Gedanken um sie machte. Zu gut, dachte Sarah. Trotzdem musste er damit aufhören, wenn sie Freunde bleiben wollten. »Danke übrigens für deinen Brief.« Sarah wunderte sich nicht zum ersten Mal über ihre eigenen Worte.

»Nimmst du meine Entschuldigung an?«, fragte er.

»Ja, natürlich. Wie könnte ich dir noch böse sein, wenn du mich mit einem derart leckeren Mittagssnack bestichst.«

Marten lachte. »Den gibt es gratis obendrauf.« Er wurde wieder ernst. »Die eigentliche Wiedergutmachung soll ein weiterer Ausflug sein, um dir die schönsten Stellen von Föhr zu zeigen.« Täuschte Sarah sich oder zeigte sich da ein rötlicher Schimmer auf seinen Wangen? »Also, was sagst du dazu?«

Sie wiegte den Kopf hin und her und sagte schmunzelnd: »Das kommt darauf an, ob ich dafür wieder mit den Vögeln aufstehen muss.«

* * *

Sie hätte Nein sagen sollen, als sie noch die Chance dazu gehabt hatte. Ängstlich krallte Sarah ihre Finger in die Mähne des braunen Islandpferds und sah auf den Sandweg hinunter. Allzu tief würde sie nicht fallen. Aber es könnte trotzdem schmerzhaft werden, wenn sie vom Pferd stürzte.

Marten, der vor ihr auf einer Schimmelstute ritt, drehte sich im Sattel zu ihr um. »Alles in Ordnung bei dir?«

»Geht so.« Stocksteif saß Sarah auf dem angeblich lammfrommen Wallach und konzentrierte sich darauf, nicht seitlich herunterzurutschen. Das Pferd ruckte am Zügel und blieb mitten auf dem Weg stehen. Dann machte es den Hals lang, sodass Sarah die Zügel durch die Finger rutschten, und fing an zu grasen. »Was nun?«

»Nimm die Zügel etwas kürzer. Aber Jarpur wird Héla ohnehin gleich von selbst folgen. Er mag es nicht, den Anschluss zu verlieren.«

Tatsächlich setzte sich der braune Isländer noch immer kauend wieder in Bewegung. Sarah bemühte sich, die losen Zügel aufzunehmen. Zum Glück kam ihnen auf dem Weg zum Hundestrand niemand entgegen, dem sie ausweichen mussten.

Im gemächlichen Tempo trotteten die Pferde den leichten Abhang hinunter. Allmählich entspannte sich Sarah ein wenig. Falls sie jetzt stürzte, würde sie zumindest im weichen Sand landen.

Marten ließ sich mit seiner Stute Héla zurückfallen, bis er sich links von Sarah auf gleicher Höhe befand. Die enge Reithose betonte seine langen, schlanken Beine und der Schirm der Kappe beschattete sein Gesicht. Marten, dessen gesamte Körperhaltung lässig und elegant zugleich wirkte, machte im Sattel eine sehr viel bessere Figur als sie.

Zwei spielende Hunde von mittlerer Größe jagten über den Strand und rannten direkt auf die Pferde zu. Die Besitzer riefen zwar nach ihren Tieren, doch diese reagierten nicht.

»Achtung!«, warnte Marten.

Zu spät. Schon spürte Sarah, wie sich Jarpur unter ihr anspannte. Das Pferd warf den Kopf hoch und tänzelte einige Schritte rückwärts, während die Hunde direkt vor ihm vorbeistürmten.

Marten beugte sich vor und ergriff Sarahs Zügel. »Bleib ganz ruhig. Ich hab dich.«

Jarpur blieb tatsächlich stehen. Ob es an Martens beruhigender Stimme lag oder daran, dass die Hunde sich entfernten, wusste Sarah nicht. Erleichtert atmete sie auf.

»Der kleine Zwischenfall tut mir leid«, bemerkte Marten. »Aber, wenn wir erst im Watt sind, passiert uns das kein zweites Mal.« Er ließ Sarahs Zügel los und richtete sich im Sattel auf. »Keine Sorge. Wir bleiben die ganze Zeit über entspannt im Schritt.«

»Okay.« Langsam setzte sich Jarpur wieder in Bewegung. Sarah löste ihre Finger aus seiner Mähne und sah sich zum ersten Mal richtig um.

Ihre Pferde überquerten die Stelle, an der der Sandstrand ins Watt überging. Die Hufe sackten nun weniger tief in den wellenförmigen Boden ein. Dafür versperrte ihnen eine große Pfütze den Weg.

»Das ist ein Priel«, erklärte Marten. »Wir können da langsam hindurchreiten.« Tatsächlich zögerte Héla nicht einen Wimpernschlag, sondern lief einfach weiter. »Allerdings kann man einem Priel von außen nicht ansehen, wie tief er wirklich ist. Ein wenig Vorsicht ist also immer geboten.«

»Aha.« Sarah verkniff sich die Frage, was sie denn tun sollte, falls sie mitsamt ihrem Pferd in dem Priel versackte. Zum Glück reichte das Wasser dem Wallach selbst an der tiefsten Stelle nur eine Handbreit über die Fessel.

»Machst du das öfter?«, fragte Sarah.

»Früher schon. Aber seitdem Fee schwanger ist, fehlt mir eine Begleitung. Und allein auszureiten bringt keinen Spaß.« Er tätschelte den Hals seiner Stute. »Héla habe ich vor drei Jahren gerettet, als sie eine Kolik hatte. Zum Dank darf ich mir vom Hofbesitzer jederzeit ein Pferd ausleihen.«

»Das ist sehr großzügig.«

»Im Gegenzug stelle ich auch nicht jede kleine Behandlung in Rechnung. Wir Insulaner halten zusammen. Und du gehörst jetzt auch zu uns Föhrern.« Marten lächelte Sarah an.

Sie spürte einen leichten Stich. »Nur für ein halbes Jahr. Das weißt du doch.«

»Ich bin sicher, dass Fee ihre Meinung ändert, wenn das Baby erst da ist, und ein volles Jahr Elternzeit nimmt. Du könntest bestimmt verlängern, wenn du möchtest.«

»Ich bin mir nicht sicher, ob das eine gute Idee wäre.« Sie hasste sich dafür, dass ihre Worte das Lächeln aus seinem Gesicht wischten. »Ich bin hauptsächlich hergekommen, um meine Pollenallergie in den Griff zu kriegen und mir über einige Dinge klar zu werden. Aber dann will ich zurück nach Nordrhein-Westfalen und dort noch mal neu anfangen.«

»Das könntest du doch auch hier tun.«

»Nein.« Sarah starrte auf den wippenden Pferdekopf und den Hals mit der dunklen Mähne, um Marten nicht ansehen zu müssen. »Ich möchte zwar ein paar Dinge hinter mir lassen, aber nicht mein ganzes Leben.« Auch wenn das Verhältnis zu ihren Eltern gelitten hatte, hing sie noch immer an ihnen. Und die Vorstellung, dauerhaft so weit von Isabel entfernt zu leben, war einfach grauenhaft.

»Schade.«

Dieses eine Wort drückte so viel Enttäuschung aus, dass Sarah sich Marten zuwandte. »Wieso ist dir das eigentlich so wichtig?«, fragte sie.

Er schwieg.

In der Stille hörte Sarah überdeutlich das schmatzende Geräusch, das bei jedem Schritt entstand, wenn sich die

Pferdehufe vom Wattboden lösten. Sonst war nur noch das leise Rauschen des Windes zu vernehmen.

»Ich mag dich eben.«

Marten hatte so leise gesprochen, dass Sarah im ersten Moment nicht sicher war, ob sie sich die Worte nur eingebildet hatte. Sie schluckte. Was sollte sie nur darauf antworten, ohne ihn zu verletzen? Als sie das Schweigen schließlich nicht mehr länger aushielt, entschied sie sich für die Wahrheit. »Ich weiß nicht, was ich dazu sagen soll.«

»Du brauchst gar nichts zu sagen.« Martens Stimme klang belegt. »Ich wollte nur, dass du es weißt.«

Erneut breitete sich Stille zwischen ihnen aus.

Jarpur schnaubte. Sarah betrachtete zwischen seinen Ohren hindurch das Watt: den wellenförmigen Boden, die kleinen Haufen der Wattwürmer und die weißen, herzförmigen Muscheln, die überall herumlagen. In einem Priel, den die Pferde durchwateten, spiegelte sich das Sonnenlicht und am Horizont zeichnete sich das Meer ab. Doch die Postkartenidylle trog. In Sarahs Innerem tobte ein Sturm.

Hatte sie mit ihrer Antwort die aufkeimende Freundschaft zwischen Marten und sich zerstört? Händeringend suchte sie nach einem unverfänglichen Gesprächsthema, um das Schweigen zwischen ihnen zu durchbrechen. Aber ihr Kopf war genauso leer wie das endlose Watt vor ihnen.

In ihrer Verzweiflung wünschte Sarah sich fast, ihr Pferd würde sich noch einmal erschrecken und so für eine Ablenkung sorgen. Doch Jarpur benahm sich mustergültig.

»Wir sollten umkehren«, sagte Marten schließlich. »Die Flut kommt.« Geschickt wendete er seine Schimmelstute.

Seine Ansage erleichterte und enttäuschte Sarah gleichermaßen. Vorsichtig zog sie am linken Zügel und drückte den linken Schenkel gegen Jarpurs Flanke, so wie Marten es ihr vorhin erklärt hatte. Tatsächlich drehte sich der Wallach um und trottete Héla hinterher.

Mittlerweile fühlte sich Sarah etwas sicherer im Sattel und weit und breit war niemand außer Marten und ihr zu sehen. Sie ließ die Zügel locker und schloss für einen Moment die Augen.

Ihre Gedanken drehten sich im Kreis. Martens Worte ließen sie alles andere als kalt. Dennoch wünschte ein Teil von ihr, sie hätte sie nie gehört. Denn für jemanden wie sie gab es nichts Gefährlicheres als falsche Hoffnungen. Wieder dachte sie an Christopher, der so geduldig und bemüht um sie gewesen war. Trotzdem hatte sie ihm am Ende das Herz gebrochen.

Der Wind frischte auf und über ihren Köpfen zogen sich graue Wolken zusammen. Es begann leicht zu regnen, aber Sarah spürte noch nicht viel davon, weil ihre Reitkappe und die wetterfeste Jacke sie schützten.

Marten hielt seine Stute an und wartete, bis sie ihn eingeholt hatte. Sein Gesichtsausdruck ließ sich nicht deuten. »Traust du dir einen langsamen Trab zu oder wollen wir lieber riskieren, nass zu werden?«

»Letzteres.« Ein kleiner Schnupfen wäre gebrochenen Knochen auf jeden Fall vorzuziehen.

»In Ordnung.« Er trieb Héla zu einem flotten Schritt an. Jarpur, der anscheinend nicht zurückfallen wollte, wurde ebenfalls schneller.

Der Wind kam von der Seite und peitschte Sarah die Regentropfen ins Gesicht. Sie senkte den Kopf, um sich zu schützen. Wie hatte die Stimmung nur so schnell kippen können?

Sie stellte sich vor, wie ihr Leben wohl verlaufen wäre, wenn sie vor sechzehn Jahren nicht vergewaltigt worden wäre. Hätte sie dann Christopher geheiratet und mit ihm jene Kinder bekommen, die er sich so sehnlichst gewünscht hatte?

Aus dem Augenwinkel musterte sie Marten, der sich ebenfalls leicht vornüberbeugte und längst nicht mehr so selbstsicher wirkte wie vorhin.

»Es tut mir leid.« Seine Stimme durchbrach die Stille. »So hatte ich das nicht geplant.« Marten ließ offen, ob er damit das Wetter meinte oder den Verlauf ihrer Unterhaltung.

Und Sarah fragte nicht nach.

Kapitel 14

Sarah lehnte sich an das kuschelig warme Schafsfell, das über ihrem Stuhl lag, und streckte die Beine aus. Vor ihr auf dem kleinen, runden Tisch stand ein Bananensplit, das kunstvoll mit Schokoladensoße überzogen und mit Amarenakirschen dekoriert war. Nichts hätte sie lieber getan, als ihren Löffel in dem Eis zu versenken und Bissen für Bissen zu genießen, während sie die vorbeilaufenden Menschen auf der Strandpromenade betrachtete. Aber leider saß sie nicht allein am Tisch.

Ihr gegenüber rutschte Fee auf ihrem Stuhl herum, stieß dabei gegen die Tischplatte und brachte ihre Eisschokolade zum Überschwappen. »Mist!« Sie zupfte die winzige Serviette unter ihrem Glas hervor und versuchte, damit den Fleck auf dem Tisch zu entfernen, verschmierte ihn aber nur noch mehr. »Ich kann nicht glauben, dass Sven die Wahrheit gesagt hat.«

Sarah kramte eine Packung Taschentücher hervor und reichte sie Fee. »Damit geht es besser.«

»Danke.« Fee riss gleich zwei Tücher aus der Packung und rieb damit den Tisch sauber. Ein wenig wirkte es so, als wollte sie ein Loch hineinputzen.

»Ich verstehe, dass das hart für dich ist. Aber warum sollte Sven lügen? Er hat doch gar keinen Grund dazu.«

»Was weiß ich?« Fee knüllte die Taschentücher zusammen und stopfte sie in den Aschenbecher. »Vielleicht glaubt er ja, seinen Kumpel schützen zu müssen, weil Vatersein für ihn selbst der absolute Albtraum wäre. Es gibt keinen einzigen Beweis für Nicos Verlobung. Keine Anzeige in der Zeitung, kein Facebook-Posting, nichts.«

»Vielleicht ja doch. Das hättest du schließlich gar nicht mitbekommen.« Sarah probierte ihr Eis. Die Mischung aus Banane, kaltem Vanilleeis und warmer Schokoladensoße war einfach köstlich.

Fee hingegen schien ihre Unterhaltung den Appetit verdorben zu haben. Sie drehte ihren Strohhalm zwischen den Fingern und starrte auf ihre Hände. »Er hätte es mir gesagt, wenn er wirklich verlobt wäre.« Sie sprach jetzt leise und es klang, als würde sie mit sich selbst reden. »Damals, als ich ihm erzählt habe, dass ich schwanger bin.«

»Nicht unbedingt.« Sarah ließ den Löffel sinken. Fee tat ihr unglaublich leid. Gleichzeitig verspürte sie das Bedürfnis, sie kräftig durchzuschütteln. »Manche Männer sind einfach zu feige, um die Wahrheit auszusprechen. Und oft genug kommen sie mit ihren Lügen durch.«

Auch wenn sie von Männern in der Mehrzahl sprach, sah sie bei ihren Worten nur ein Gesicht vor sich. Nicht das von Göhler, dem sie Ekel und Verachtung entgegenbrachte, sondern das des jungen Mannes, der in wenigen Augenblicken ihr ganzes Leben zerstört hatte.

»Aber so ist Nico nicht.« Fees Augen schimmerten feucht. »Ich kann mich doch nicht dermaßen in ihm getäuscht haben.«

Über den Tisch hinweg streckte Sarah ihre Hand nach Fee aus und streichelte ihr über den Handrücken. »Falls dir das ein Trost ist: Ich habe mich mal ganz ähnlich in einem Mann getäuscht. Es war ein schreckliches Gefühl. Noch sehr lange danach habe ich die Schuld bei mir selbst gesucht. Schließlich hatte ich ihn ja falsch eingeschätzt. Aber mir die Schuld zu geben war ein Fehler – mittlerweile weiß ich das.«

»So eine Erfahrung macht vermutlich jede Frau. Ich nehme allerdings nicht an, dass es damals für dich ähnliche Konsequenzen hatte.« Fee entzog Sarah ihre Hand, griff nach einem weiteren Taschentuch aus der Packung und betupfte sich damit die Augen.

Sarah starrte sie an. »Woher willst du das wissen?«

»Na, zumindest bist du nicht ungewollt von ihm schwanger geworden.« Fees Augen verengten sich. »Oder etwa doch?«

»Siehst du hier irgendwo ein Kind?«, presste Sarah hervor. Inzwischen bereute sie ihr Treffen mit Fee. Sie hätte kurz mit ihr telefonieren sollen. Das wäre für beide Seiten besser gewesen.

»Nein, natürlich nicht.« Fee rührte mit dem Strohhalm durch ihre Eisschokolade. »Und meine Bemerkung war total daneben. Tut mir leid. Ich bin wohl gerade mit den Nerven am Ende.«

»Schon okay. Schieben wir es einfach auf die Schwangerschaftshormone.« Rasch nahm Sarah einen weiteren Löffel Vanilleeis, um den schalen Geschmack auf ihrer Zunge loszuwerden. »Eine Freundin von mir, die schon mit fünfzehn schwanger geworden ist, hatte regelmäßig Wutausbrüche. Dagegen war deine Bemerkung echt harmlos.«

Fee riss die Augen auf und bedeckte ihren Mund mit den Händen. »Du meine Güte! Gerade wird mir einiges klar.«

Sarah erstarrte. »Was meinst du damit?«

»Na, neulich am Strand hat Isabel doch so empfindlich auf meine Bemerkung zum Thema Adoption reagiert. Ich fürchte, ich habe sie, ohne es zu ahnen, als Monster bezeichnet. Was bin ich nur für ein Tölpel!«

»Mach dich deswegen bitte nicht fertig«, bat Sarah. Dieses Thema wollte sie nun wirklich nicht vertiefen.

»Fünfzehn.« Fees Gesichtsfarbe ähnelte vom Farbton her mittlerweile der Schlagsahne auf ihrer Eisschokolade. »An eine Teenie-Schwangerschaft habe ich überhaupt nicht gedacht, als ich gesagt habe, was ich von Müttern halte, die ihre Kinder zur Adoption freigeben.« Sie schob ihr Glas von sich weg. »Ich sollte mich bei Isabel entschuldigen.«

»Das ist nicht nötig«, erwiderte Sarah schnell.

»Doch. Ich finde schon. Ihre Telefonnummer habe ich ja. Das kann ich unmöglich so stehen lassen.«

Mit leisem Bedauern musterte Sarah ihr Bananensplit, das sich langsam, aber stetig verflüssigte. »Alles gut. Es ging dabei um eine gemeinsame Schulfreundin von uns beiden und nicht um Isabel.«

»Puh!« Fee wischte sich mit einer Geste den imaginären Schweiß von der Stirn. »Da habe ich ja Glück gehabt. Das wäre aber auch zu peinlich gewesen.« Sie beugte sich leicht über den Tisch. »Was ist aus ihr geworden?«

»Du meinst aus der Freundin?«

Fee nickte. »Hat sie ihre Entscheidung jemals bereut?«

Sarah umklammerte ihren Eisbecher mit beiden Händen, bis die Kälte ihre Haut betäubte. »Ja. Ich meine, zumindest glaube ich das. Direkt nachgefragt habe ich nie.«

»Das hätte ich mich vermutlich auch nicht getraut«, erwiderte Fee. »Ich bin zwar zehn Jahre älter als deine Freundin damals, aber trotzdem fühle ich mich eigentlich noch zu jung für ein Baby. Wahrscheinlich ist das auch ein Grund, warum ich immer noch darauf hoffe, dass Nico seine Meinung ändern wird.«

»Selbst wenn nicht, hast du immer noch deine Familie«, erwiderte Sarah. Ihr Trost hörte sich vermutlich wenig überzeugend an.

Dennoch nickte Fee. »Marten ist ein Schatz. Und auf meine Eltern kann ich ebenfalls zählen. Sie haben mir sogar angeboten, zu ihnen nach Husum zu ziehen, damit sie mir mit dem Baby helfen können. Aber ich möchte nicht weg von hier. Föhr ist nun mal meine Heimat.«

»Vielleicht solltest du sie zumindest mal besuchen, um auf andere Gedanken zu kommen«, schlug Sarah vor.

»Du willst mich wohl loswerden.« Fee zwinkerte ihr zu.

»Nein. Natürlich nicht. Wieso sollte ich?«

Sie winkte ab. »War nur ein Scherz. Übrigens schweigt Marten sich über euer Date aus. Ich bin also völlig ahnungslos.«

»Das war kein Date.« Nervös löffelte Sarah halb geschmolzenes Vanilleeis in sich hinein und verschluckte sich dabei an einer Kirsche. Sie hustete so laut, dass sich selbst die Gäste an den Nachbartischen zu ihnen umwandten. »Marten … wollte mir … doch nur … die Insel zeigen«, brachte sie keuchend hervor.

Fee zog die Augenbrauen hoch. »Wenn du meinst. Mich geht das ja nichts an. Übrigens fahre ich tatsächlich bald zu meinen Eltern. Die Klinik hier bietet keine Geburtshilfe an. Deshalb sollen alle schwangeren Frauen zwei Wochen vor dem errechneten Geburtstermin aufs Festland übersetzen.«

»Das wusste ich nicht.« Sarah fuhr sich mit dem Handrücken über die tränenden Augen.

»Ich wünschte, es wäre anders, aber man kann da nichts machen.« Fee musterte ihre Eisschokolade, auf der die Sahnehaube mittlerweile in sich zusammenfiel. »Auf der anderen Seite bedeutet es, dass es für Nico einfacher wäre, bei der Geburt dabei zu sein. Also rein theoretisch. Aber ich schätze, er wird sie genauso verpassen wie alles andere auch.«

Sarah ließ ihren Blick über die Promenade schweifen. Um die frühe Nachmittagszeit waren viele Familien mit kleinen Kindern unterwegs. Gerade schob ein Mann einen Buggy mit einem Kleinkind am Eiscafé vorbei, während seine Frau einen älteren Jungen an der Hand führte. »Es geht dir gar nicht so sehr um eine Beziehung, oder? Du möchtest, dass Nico eurem Kind ein Vater ist.«

»Ja, letztlich schon.« Fee klang bedrückt. »Klar, ich habe mich auf den ersten Blick in Nico verliebt, aber inzwischen weiß ich natürlich, dass er nicht annähernd der Mann ist, für den ich ihn gehalten habe. Trotzdem hoffe ich immer noch darauf, dass wir wenigstens als Eltern funktionieren können. Jedes Kind sollte seinen Vater kennen.«

»Nicht jedes.« Sarahs Mund wurde plötzlich trocken. »Denk zum Beispiel an die Typen, die eine Frau vergewaltigen und dann …«

»Schon gut. Die nicht.« Leicht schüttelte Fee den Kopf. »Du darfst nicht jedes Wort von mir auf die Goldwaage legen. Aber Nico traue ich zu, dass er ein guter Vater sein könnte, auch wenn wir kein Paar sind.«

»Obwohl er euer Kind nicht will?« Sarah nahm einen Löffel von dem geschmolzenen Eis, das sich mit der Schokoladensoße zu einer marmorierten Flüssigkeit vermengt hatte. Es half ein wenig gegen den Durst, aber leider nicht genug.

»Das hat er im Schock gesagt. Und womöglich empfindet er im Moment wirklich noch nichts für das Baby. Wie sollte er auch? Er war bei keiner Ultraschalluntersuchung dabei. Er hat nie seine Hand auf meinen Bauch gelegt und die Tritte gespürt, nicht mit mir nach Namen gesucht, Babysachen gekauft oder den Geburtsvorbereitungskurs besucht. Für ihn ist dieses Baby gar nicht real.«

»Und du meinst, eine persönliche Begegnung würde das ändern?«, fragte Sarah. Das Eis in ihrem Magen schien sich zu einem schmerzhaften Klumpen zusammenzuballen. Dieses Gefühl überkam sie fast immer, wenn sie an ihre Schwangerschaft zurückdachte. Wie oft hatte sie sich damals einzureden versucht, dass das Baby in ihrem Bauch gar nicht existierte. Diese Lüge hatte ihr dabei geholfen, den Schmerz und die Angst wenigstens für eine Weile auszublenden und ihren Alltag zu bewältigen.

»Davon bin ich überzeugt«, erwiderte Fee. Zum ersten Mal, seitdem ihnen das Eis serviert worden war, saugte sie an ihrem Strohhalm.

»Schon möglich.« Sarah spürte die Kälte in ihrem Körper aufsteigen. »Aber dafür gibt es keine Garantie. Nicht alle Menschen, die ungewollt Eltern werden, sind auch in der Lage, Gefühle für ihre Kinder zu entwickeln.«

»Du meinst, Nico könnte unser Baby sehen und gar nichts dabei empfinden?«

»So etwas kommt vor.« Wenn es nicht so merkwürdig ausgesehen hätte, hätte Sarah das Schafsfell, auf dem sie saß, um ihren Oberkörper geschlungen. Inzwischen sehnte sie sich nicht mehr nach einem erfrischenden Getränk für ihre trockene Kehle, sondern nach einem warmen Kaffee. Am besten mit Schuss. Sie winkte die Bedienung herbei. »Bitte noch einen Pharisäer. Und die Rechnung.«

Fee zog die Stirn kraus. »Du willst schon wieder los?«

»Ich muss«, log Sarah. Obwohl sie Fee durchaus mochte, schaffte Martens kleine Schwester es immer wieder, genau jene Punkte zu treffen, die am meisten schmerzten.

»Schade. Ich hatte gehofft, wir könnten noch ein wenig shoppen gehen.«

»Shoppen?«

»Sachen fürs Baby. Es gibt hier in Wyk ein paar nette Läden. Ich war schon einmal mit Marten los, aber für ihn ist Klamottenkaufen ein Graus. Er hat zu allem ›Sieht gut aus‹ gesagt – bloß, um das Ganze schnellstmöglich hinter sich zu bringen.«

Die Vorstellung, Babysachen einzukaufen, erschien für Sarah ebenso reizvoll wie ein weiteres Bad in der kalten Nordsee. »Hast du denn keine Freundinnen, die du fragen kannst?«

»Habe ich«, räumte Fee zu Sarahs Erleichterung ein. »Aber lieber würde ich mit dir gehen.«

»Warum das?«

Fee rührte mit einem langen Löffel in ihrer vollständig geschmolzenen Eisschokolade herum. »Meine Freundinnen sind mittlerweile vom Thema Baby ziemlich genervt. Sie bemühen sich, mich das nicht spüren zu lassen, aber ich merke es trotzdem. Wenn ich sie bitte, würden sie mich vermutlich begleiten. Aber eben nur, um mir einen Gefallen zu tun.«

»Ein gutes Argument. Aber wie kommst du auf die Idee, dass ausgerechnet ich Spaß daran haben könnte, mit dir Sachen für das Baby auszusuchen?«

»Erstens musstest du dich erst eine knappe Stunde mit mir über meine Schwangerschaft unterhalten. Deine Schmerzgrenze dürfte also noch lange nicht erreicht sein. Und zweitens wegen der da.« Fee deutete auf Sarahs neue Strandtasche, die über der Stuhllehne hing. »Diese Taschen gibt es in einer Boutique etwa hundert Meter von hier. Das bedeutet, du warst schon shoppen. Also stöberst du gern in den Läden.«

»Das schon, aber ich habe noch nie Babysachen gekauft.« Damals, vor all den Jahren, hatte Sarah sich geweigert, Strampler für ihre Tochter auszusuchen, und die Auswahl stattdessen ihren Eltern überlassen. Es war ihr sicherer erschienen, sich gedanklich so wenig wie möglich mit dem Baby zu beschäftigen. »Ich weiß gar nicht, ob ich das überhaupt kann.«

Fee, die ihr Unbehagen nicht zu bemerken schien, lächelte sie an. »So schwer ist das nicht. Wir müssen nur auf die richtige Größe achten. Am besten fünfzig, sonst sechsundfünfzig. Bitte, bitte sag Ja.«

Sarah unternahm einen letzten Versuch, sich aus der Affäre zu ziehen. »Eigentlich wollte ich nach Gretje sehen. Sie ist doch sonst völlig allein.«

»Gretje und allein?« Fee zog die Augenbrauen bis zum Haaransatz hoch. »Gretje hat so viele Freunde, dass sie für ihre Geburtstagsfeiern einen Raum im Restaurant anmietet, weil die Gäste gar nicht alle in ihr Wohnzimmer passen. Mindestens einmal pro Woche kommen ihre Nachbarinnen zum Kaffeeklatsch. Sie wird jetzt gar keine Zeit für dich haben.«

Während Sarah sich noch eine Antwort überlegte, trat die Bedienung an ihren Tisch und stellte den Pharisäer vor ihr ab. Sarah bezahlte die Rechnung für sie beide und ignorierte Fees Proteste deswegen.

Sobald sie wieder unter sich waren, nippte Sarah vorsichtig an ihrem gesüßten Kaffee mit Rum, auf dem eine dicke Sahnehaube schwamm. Der Alkohol brannte in ihrer Speiseröhre und wärmte sie angenehm von innen.

»Ich beneide dich«, bemerkte Fee. »Was würde ich jetzt für einen Pharisäer geben.«

Sie zog so eine übertriebene Leidensmiene, dass Sarah trotz ihres eigenen Kummers schmunzeln musste. »Also gut. Ich begleite dich. Aber nur aus Mitleid.«

»Abgemacht.« Fee lächelte. »Ich verspreche dir, das wird ein Spaß.«

Kapitel 15

»Was hältst du von dem hier?« Fee nahm einen Kunststoffbügel vom Verkaufsständer, an dem ein gelber Strampler mit einem aufgenähten Teddybären hing. Prüfend strich sie über den Stoff. »Es ist geschlechtsneutral und superweich. Fühl mal.« Schon hielt sie Sarah das Kleidungsstück entgegen.

Nach kurzem Zögern streckte Sarah die Hand aus und berührte ein Bein des Stramplers mit den Fingerspitzen. Der weiche Baumwollstoff umschmeichelte ihre Haut. Dennoch zog sie so hastig die Hand zurück, als hätte sie stattdessen eine Feuerqualle berührt. »Niedlich«, bemerkte sie. »Aber es wäre bedeutend einfacher, wenn du das Geschlecht des Babys wüsstest.«

»Ich möchte mich überraschen lassen.« Fee hängte sich den Strampler samt Bügel über die Armbeuge und stöberte weiter durch die Babykleidung. »Marten versteht das nicht. Er findet, dass es höchste Zeit wird, einen Namen auszusuchen.«

Sarah stellte sich vor ein Regal, in dem Spieluhren in Gestalt von Plüschtieren dekoriert waren. »Hast du denn schon eine Idee, wie dein Sohn oder deine Tochter heißen soll?«

Fee lächelte. »Das wird nicht verraten.« Sie nahm einen Bügel mit einem roten Strampler in die Hand, hängte ihn aber nach kurzer Betrachtung wieder zurück an seinen Platz. »Was ist mit dir? Willst du eines Tages Kinder haben?«

»Nein.« Die Antwort kam schnell. Zu schnell.

Fees Lächeln erlosch. »Liegt es an deiner Freundin?«

»An Isabel? Was soll sie denn damit zu tun haben?«

»Nicht sie.« Fee zog mit dem Zeigefinger unsichtbare Linien auf dem kreisrunden Kleiderständer aus Metall. Ihr Blick huschte zu der einzigen Verkäuferin im Babymodeladen, die hinter dem Tresen stand und mit gedämpfter Stimme telefonierte. »Ich rede von eurer Schulfreundin, die mit fünfzehn schwanger geworden ist.«

Sarah fühlte sich, als hätte ihr jemand einen Eimer eiskaltes Nordseewasser über den Kopf gekippt. Einen Moment lang verschlug es ihr den Atem. Dann reckte sie das Kinn und erwiderte Fees prüfenden Blick. »Sie lebt ihr Leben und ich meins. Wir haben einander schon vor Jahren aus den Augen verloren.«

»Das mag ja sein. Trotzdem könnte dich diese Teenagerschwangerschaft, die du aus nächster Nähe miterlebt hast, immer noch belasten. Womöglich sogar unbewusst.«

»Nein«, log Sarah. Sie hätte sich nicht auf diesen Einkaufsbummel einlassen sollen. »Ich bin einfach nicht der Typ für eine Familie.«

»Und was willst du dann?«, fragte Fee.

»Einfach nur mein Leben genießen.« Leider fiel ihr das oft alles andere als leicht. »Was ist mit dir?«, versuchte sie, von sich abzulenken. »Welche Pläne hast du für die Zukunft?«

Fee zögerte. »Im Augenblick traue ich mich gar nicht, allzu genau über meine Zukunft nachzudenken. Falls Nico seine Meinung nicht ändert, werde ich mein Kind allein großziehen. Und das von einem Gehalt, das bei den Preisen hier auf der Insel kaum für eine Person ausreicht. Da sehe ich wenig Raum für große Pläne.«

Nun bereute Sarah, dass sie die Unterhaltung auf dieses Thema gelenkt hatte. Sie starrte in die Knopfaugen einer Plüschmaus, die laut Etikett das Einschlaflied »LaLeLu« spielen sollte. »Du bist nicht allein. Marten wird dir zur Seite stehen.«

»Natürlich wird er das. Er ist der beste große Bruder, den man sich wünschen kann.« Fees Stimme klang gepresst. »Trotzdem liegt die Verantwortung bei mir, und kein noch so guter Onkel kann einem Kind den Vater ersetzen. Außerdem möchte ich Marten auch nicht zur Last fallen.« Sie trat direkt neben Sarah und nahm die Spieluhr mit der Maus aus dem Regal. »Eines Tages wird er eine eigene Familie haben. Dann will ich ihm nicht im Weg stehen.«

»Das tust du nicht.« Sarah griff nun selbst nach einer Spieluhr in Form eines Plüschmonds, um ihre Hände zu beschäftigen.

»Ich fürchte doch.«

Das Windspiel nahe der Ladentür klirrte leise, als eine Kundin eintrat. Sie schob ein Kleinkind in einem blauen Buggy vor sich her, das an einem Zipfel seines Kuscheltuchs nuckelte. Die Frau hatte kinnlanges blondes Haar und war hochschwanger. Zielstrebig ging sie auf Sarah und Fee zu.

»Die hat mir gerade noch gefehlt«, brummte Fee. Lauter sagte sie: »Hallo, Nadine.«

»Fee.« Die Frau parkte ihren Buggy direkt vor Sarahs Füßen. »Schön, dass wir uns mal wieder über den Weg laufen. Hast du noch Kontakt zu den anderen?«

»Wenig.« Fee räumte die Spieluhr zurück ins Regal und stellte Nadine und Sarah einander vor. »Nadine und ich haben zusammen den Geburtsvorbereitungskurs gemacht.«

»Und nun sind wir die Letzten, die noch auf die Geburt warten«, ergänzte Nadine. »Wo steckt eigentlich Nico? Hat er wieder keine Zeit, dich zu begleiten?«

Sarah merkte, wie Fee ihrem fragenden Blick auswich. »Er musste beruflich für ein paar Tage aufs Festland. Deswegen habe ich ja Sarah zum Shoppen mitgenommen.«

»Zu schade«, bemerkte Nadine. Ihr Kind griff nach einer Spieluhr, die sie ihm vorsichtig wieder abnahm. »Ich hätte ihn gern mal kennengelernt.«

Sie wandte sich an Sarah. »Die arme Fee war die Einzige, die jedes Mal allein zu unseren Stunden mit der Hebamme gekommen ist. Mein André ist zwar bei der Arbeit auch ganz schön eingespannt, aber ein paar Mal konnte er es trotzdem zeitlich einrichten.« Ihr Kind weinte und versuchte, erneut nach dem Spielzeug zu greifen. Nadine holte eine Reiswaffel aus ihrer Tasche und gab sie ihm.

»Nico war auch untröstlich, dass es nie geklappt hat«, behauptete Fee. »Er verpasst so ungern Dinge, die unser Baby betreffen.«

»Wem sagst du das?« Nadine wühlte sich durch den Ständer mit den Stramplern. »Vielleicht können wir ja mal ein privates Babytreffen mit allen Eltern aus dem Kurs veranstalten. Irgendwann im Sommer bei uns im Garten.«

»Klingt gut.« Fees Lächeln wirkte künstlich.

Sarah spürte, wie sich ihr Magen verkrampfte. »Wir müssen leider los«, log sie.

»Stimmt, ja«, pflichtete Fee ihr bei. »Alles Gute für die Geburt!«

»Danke, dir auch.« Nadine bückte sich nach ihrem Kind, das gerade seine angekaute Reiswaffel einem Plüschbären gegen die Schnauze hielt. »Nicht den Teddy füttern.«

Sarah und Fee flüchteten sich zur Verkäuferin. Dort legte Fee den gelben Strampler auf den Tresen.

»Geht das zusammen?«, fragte die Verkäuferin und nickte in Sarahs Richtung.

Erst jetzt fiel ihr auf, dass sie immer noch die Plüschspieluhr in der Form einer Mondsichel festhielt. »Nein, getrennt«, erwiderte sie. Spontan hatte sie entschieden, dass sie Fee die Spieluhr schenken würde.

Nach dem Bezahlen verließen Sarah und Fee zügig den Laden und Sarah drückte Fee den Plüschmond in die Hände. »Für das Baby.«

»Danke.« Fee blieb vor dem Schaufenster stehen und musterte Sarah auf eine Art, die sie nicht zu deuten vermochte. »Tut mir übrigens leid, dass ich Nadine vor deinen Augen angeschwindelt habe. Es ist nur echt schwer, wieder mit dem Lügen aufzuhören, wenn man einmal damit angefangen hat.«

»Kann ich mir vorstellen«, bemerkte Sarah. Sie selbst wäre die Letzte, die Fee deswegen verurteilte. »Ich verstehe nur nicht, warum du so ein Problem mit der Wahrheit hast. Alleinerziehende Mütter gibt es doch wie Sand am Meer.«

»Ich weiß.« Fee verstaute die Spieluhr in ihrer Shoppingtasche. Dabei musste sie versehentlich am Aufziehbändchen gezogen haben, denn die Melodie von »Der Mond ist aufgegangen« erklang. »Aber ich wollte von den anderen nicht bemitleidet werden. Es gab dort noch eine Singlemutter. Sie ist damit sehr offen umgegangen und hat ihre Schwester zu einigen Treffen mitgebracht. Sie war eigentlich ziemlich cool.«

»Aber die anderen haben über sie geredet?«, tastete Sarah sich vorsichtig vor.

Fee nickte. »Sie haben nicht wirklich gelästert. Aber es fielen öfter Kommentare wie ›Die Arme!‹ oder ›Muss schwer sein so allein‹. Und so richtig dazu gehörte sie eben nicht. Also habe ich angefangen, Ausreden zu erfinden, warum ich immer ohne Begleitung bei dem Kurs auftauche. Mit der Zeit hat sich das Ganze verselbstständigt und irgendwann konnte ich nicht mehr zurück.«

Sarah schwieg. Fees schwierige Lage kannte sie nur zu gut aus eigener Erfahrung. Doch darüber wollte sie nicht sprechen.

»Aus vielen kleinen Lügen wurde eine große, fette Lüge«, fuhr Fee fort. »Am Ende des Kurses habe ich sogar mit dem Gedanken gespielt, Marten einzuweihen, damit er sich für Nico ausgibt. Aber dies ist eine kleine Insel. Und ich wollte nicht riskieren, dass ihn jemand wiedererkennt. Außerdem wäre es falsch gewesen, ihn mit in den Schlamassel reinzuziehen – ganz besonders nach allem, was er schon für mich getan hat.«

Durch die Schaufensterscheibe des Kindermodeladens beobachtete Sarah, wie Nadine ihren Buggy auf den Verkaufstresen zuschob. »Lass uns gehen, sonst läuft uns deine Bekannte gleich ein zweites Mal über den Weg.«

* * *

Sarah spazierte in der Abenddämmerung auf der Promenade am Wyker Strand entlang und dachte über ihren Nachmittag mit Fee nach. Sie mochte Martens Schwester. Unter anderen Umständen hätte sie sich gut vorstellen können, sich mit ihr näher anzufreunden. Aber da das Kinderthema in Fees Gegenwart ständig präsent war, schien ihr das im Moment keine gute Idee zu sein.

Sie erreichte den Strandabschnitt der Wassersportschule, an dem die letzten Surfer gerade ihre Sachen zusammenpackten. Zwischen ihnen entdeckte Sarah Miriam, deren Schicht in der benachbarten Strandbar vermutlich bald begann. Ein Mann mit bunt tätowierten Armen unterhielt sich mit ihr.

Miri winkte Sarah zu, drehte sich dann aber gleich wieder zu dem Surfer um. Er legte ihr locker einen Arm um die Hüfte und zog sie näher zu sich heran.

»Hallo.«

Eine Männerstimme direkt hinter ihr ließ Sarah zusammenzucken. Doch dann erkannte sie den Sprecher und wandte sich um. »Sven.« Sie lächelte. »Ist das jetzt Zufall oder wieder Schicksal?«

Er erwiderte ihr Lächeln. Heute war er ohne seine Umhängetasche unterwegs. »Ein bisschen von beidem, würde ich meinen. Eigentlich wollte ich ein Bier trinken gehen.« Er nickte in Richtung Strandbar. »Hast du Lust, mir Gesellschaft zu leisten?«

»Lust schon. Aber heute ist erst Donnerstag. Das bedeutet, ich muss morgen wieder um sechs Uhr aufstehen. Für mich wird es allmählich Zeit für den Heimweg.«

»Also doch kein Schicksal.« Sven zupfte an seinem dunkelblauen Schal. »Mein Bier kann noch ein wenig warten. Was dagegen, wenn ich dich ein Stück begleite?«

»Nein, natürlich nicht.« Sarah freute sich sogar über sein Angebot. Sie änderte die Richtung und hielt nun wieder auf das Stadtzentrum zu.

Sven lief in lockerem Schritt neben ihr her. »Hattest du noch eine schöne Zeit mit deiner Freundin?«

»Ja, sehr.« Die Umgebung wurde zusehends dunkler und Sarah entdeckte am nächtlichen Himmel die ersten Sterne. Sie leuchteten hier so viel heller als in ihrer Heimat, wo die Lichter der großen Städte sie überstrahlten. »Von allem, was ich in Königswinter zurückgelassen habe, fehlt Isabel mir am meisten.«

»Als ich vor zehn Jahren hergekommen bin, ging's mir ähnlich«, bemerkte Sven. »Ich wollte zwar unbedingt einen Neuanfang, aber ich hatte unterschätzt, wie isoliert ich mich ohne meine alten Freunde fühlen würde.«

Sarah vergrub die kalten Hände in ihren Jackentaschen. Nur zu gern wüsste sie, wovor Sven damals davongelaufen war. Aber sie konnte ihn nicht fragen. Denn falls sie das tat, würde er ebenfalls Fragen stellen. Allein die Vorstellung, über Göhler zu reden, jagte ihr einen Schauder über den Rücken.

Sven verlangsamte seine Schritte und musterte Sarah mit einem leichten Stirnrunzeln. »Du zitterst ja. Ist dir kalt?«

»Ein wenig«, schwindelte sie, ohne groß darüber nachzudenken. Die Wahrheit zu verschleiern war ihr mittlerweile zur zweiten Natur geworden. »Das liegt wahrscheinlich nur an der Müdigkeit. Seitdem ich auf Föhr bin, könnte ich immerzu schlafen.«

»Das gibt sich wieder, sobald du dich an das Reizklima gewöhnt hast.« Sven löste seinen Schal und reichte ihn ihr. »Nimm den hier.«

»Danke.« Der weiche Wollschal duftete nach Sven und nach seinem Bartöl, das ein herb-erdiges Aroma verströmte. Sarah schlang ihn sich zweimal um den Hals und machte einen lockeren Knoten, der sich beinahe wie eine tröstliche Umarmung anfühlte.

»Ich habe mich heute mit Fee getroffen und ihr gesagt, dass du leider nichts erreichen konntest«, bemerkte Sarah.

»Wie hat sie es aufgenommen?«

»Ganz gut, glaube ich.« Sie wandte sich im Gehen um und betrachtete die dunklen Meereswellen, auf deren Oberfläche sich der letzte Rest Abendröte spiegelte. »Im Grunde ihres Herzens weiß sie wohl, woran sie bei Nico ist. Sie will es sich bloß nicht eingestehen.«

Ein leises Seufzen erklang. »Wer kann ihr das verübeln? Trotzdem wäre es besser für Fee, wenn sie aufhören würde, sich falsche Hoffnungen zu machen. Manche Dinge lassen sich nun mal nicht ändern. Ganz gleich, wie sehr wir uns das wünschen.«

In Sarah keimte der Verdacht auf, dass Sven gerade nicht über Fee sprach. Auch bei ihm musste es eine alte Wunde geben, die nie ganz verheilt war und die ihn veranlasste, andere auf Abstand zu halten. Vermutlich lag es genau daran, dass sie sich bei ihm sicher fühlte. »Und nun?«

»Fee wird Zeit brauchen. Viel Zeit. Aber ich glaube – nein, ich weiß –, dass sie über Nico hinwegkommt. Sie ist eine sehr willensstarke Frau. Und wenn es so weit ist, wird sie sich vor Verehrern kaum retten können.«

»Trotz des Kindes?«, fragte Sarah verwundert.

»Natürlich. Wieso denn nicht? Heutzutage gibt es doch viele Patchworkfamilien.« Sein Tonfall klang leicht gereizt.

Sie biss sich auf die Unterlippe. Anscheinend hatte sie versehentlich einen wunden Punkt erwischt. »Damit hast du wohl recht. Ich habe mich nur ein wenig gewundert, weil du neulich auf der Fähre gesagt hast, dass du selbst keine Kinder willst.«

»Da hast du mich missverstanden.« Svens Stimme hörte sich gepresst an. In der Dunkelheit konnte sie es nicht genau erkennen, doch sie ahnte, dass er die Stirn runzelte. »Ich gehe davon aus, dass es nicht dazu kommen wird. Und vermutlich wäre ich wirklich kein sonderlich guter Vater. Aber lassen wir das.« Er blieb stehen. »Ich sollte umkehren. Ist es für dich in Ordnung, ab hier allein weiterzugehen?«

»Natürlich«, erwiderte Sarah, schluckte ihre Enttäuschung hinunter und nickte Sven zum Abschied zu.

Der verschwand grußlos mit langen Schritten in der Dunkelheit, ohne sich noch einmal umzusehen.

Auf dem restlichen Heimweg ging Sarah ihre Unterhaltung mit ihm noch einmal im Geiste durch. Aber noch immer konnte sie sich keinen Reim darauf machen. Warum hatte ihr harmloser Kommentar Sven nur dermaßen verstimmt?

Kapitel 16

Am Freitagnachmittag klingelte Sarah nach der Arbeit mit einem Kuchenpaket vom Bäcker an Gretjes Tür. Statt ihrer Kollegin öffnete Sarah eine rotwangige Frau von Mitte fünfzig. »Moin«, sagte sie. Im Hintergrund waren weitere weibliche Stimmen zu hören.

»Hallo. Ich bin Sarah. Eigentlich wollte ich zu Gretje, aber anscheinend komme ich ungelegen.«

»Ich bin Theda und du kommst genau richtig. Immer rein in die gute Stube.« Die Frau lächelte sie an. »Wir machen gerade einen kleinen Klönschnack mit Toter Tante und Butterkuchen.«

Sarah hob den verpackten Kuchen hoch. »Dann kann ich noch etwas Apfelkuchen beisteuern. Was genau ist Tote Tante?«

»Kakao mit Sahne und Rum.« Theda nahm ihr das Paket ab. »Es gibt nichts Besseres, um die Lebensgeister zu wecken.«

»Klingt verlockend.« Sarah zog sich die Schuhe aus und hängte ihre Jacke in der Garderobe auf. »Leider muss ich passen, wenn ich meinen Führerschein behalten will. Aber zu einem Kakao mit Sahne sage ich nicht Nein.«

»Dann also ohne Schuss. Gesell dich schon mal zu den anderen. Ich komme gleich nach.« Theda verschwand mit dem Kuchenpaket in Richtung Küche.

Sarah ging ins Wohnzimmer, wo die Unterhaltung bei ihrem Eintreten augenblicklich verstummte. Eine Frau in Gretjes Alter mit Dutt und Lesebrille und eine etwa Achtzigjährige, die eine dunkle Bluse und eine dreireihige Perlenkette trug, drehten sich zu ihr um.

Gretje selbst ruhte sich in ihrem Relaxsessel aus und hatte die Beine hochgelegt. Auf ihrem Schoß befand sich ein Tablett mit einem Teller Butterkuchen und einem gut gefüllten Becher, auf dem eine Sahnehaube schwamm. »Sarah! Was für eine schöne Überraschung!«, rief sie. Sie richtete sich auf und stellte das Tablett weg.

»Bitte bleib sitzen«, bat Sarah. »Ich bin nur vorbeigekommen, um dir etwas Kuchen zu bringen. Aber, wie ich sehe, bist du schon bestens versorgt.«

»Wie lieb von dir. Sarah, das sind meine Nachbarinnen Hinrike …«, sie wandte sich in Richtung der Frau mit dem Perlenschmuck, »… und Mareke. Das ist Sarah, meine neue Kollegin.« Sie lächelte Sarah an. »Du bleibst doch auf ein Stück Kuchen, oder?«

»Sehr gern.« Sarah nahm zwischen den anderen Besucherinnen auf dem Sofa Platz. »Ich hoffe, es ist in Ordnung, dass ich unangemeldet hier aufgetaucht bin.«

»Das haben wir doch genauso gemacht«, erwiderte Hinrike. »Du solltest unbedingt Thedas Butterkuchen probieren. Er ist der beste auf der Insel.«

»Das lasse ich mir nicht zweimal sagen.« Sarah wandte sich Gretje zu. »Wie geht es dir heute?«

»Seitdem ihr alle hier seid, schon viel besser.« Gretje nahm einen Schluck aus ihrem Becher. »Allerdings findet meine

Ärztin, dass es für mich an der Zeit wäre, in den Vorruhestand zu gehen.«

»Wat schal dåt tjüch? Völliger Unsinn!«, bemerkte Mareke. »Bis auf die Bandscheiben bist du noch topfit.«

»Das habe ich ihr auch gesagt«, erwiderte Gretje. »Ich gehöre doch nicht zum alten Eisen.«

»So langweilig ist der Unruhestand auch nicht«, erwiderte Hinrike. »Seitdem mein drittes Enkelkind auf der Welt ist, bin ich als Babysitter im Dauereinsatz.«

Ein winziger Schatten huschte über Gretjes Gesicht. »Da hast du wohl recht. Zu tun gibt es immer. Allein der Garten hält mich ganz schön auf Trab. Und dann wird's bald Zeit, die Kirschmarmelade einzukochen.«

»Redet ihr etwa über Gretjes berühmte Kirschmarmelade?«, fragte Theda, die mit einem Gedeck für Sarah zurückkehrte und einen dampfenden Becher Kakao vor ihr auf dem Tisch abstellte. »Die bekommt niemand so hin wie sie.« Sie wandte sich Gretje zu. »Ich glaube ja immer noch, dass du uns eine Zutat verschweigst.«

»Von wegen!« Gretje winkte lächelnd ab. »Es gibt wirklich kein Geheimrezept. Alles, was da reinkommt, sind Süßkirschen, Zucker, Zitronensaft und Amaretto.«

Sarah schmunzelte. »Klingt fast so, als bräuchte jedes eurer Rezepte einen Schuss Alkohol.«

»Bei meiner Friesentorte kann man den Rum auch weglassen«, entgegnete Gretje.

Hinrike schüttelte leicht den Kopf. »Komm ja nicht auf dumme Gedanken.«

Theda holte das Viertelblech Apfelkuchen, das Sarah beim Bäcker gekauft hatte, und stellte es auf dem Couchtisch ab. »Der sieht köstlich aus. Wer möchte ein Stück?«

Während Theda den Kuchen verteilte, blies Sarah auf ihren dampfenden Becher und nahm vorsichtig den ersten Schluck.

Ein feinherber Schokoladengeschmack breitete sich auf ihrer Zunge aus. »So guten Kakao habe ich noch nie getrunken. Welche Marke ist das?«

»Gar keine«, entgegnete Theda. »Ich habe Zartbitterschokolade in Milch geschmolzen. Das dauert zwar etwas länger, als ein Pulver einzurühren, aber wir haben ja Zeit. Vermutlich hast du bemerkt, dass wir uns von der Hektik auf dem Festland hier nicht anstecken lassen.«

»Ja, das ist mir aufgefallen.« Die Föhrer schien tatsächlich nichts so leicht aus der Ruhe zu bringen. Selbst Sarahs neue Kollegen wirkten viel entspannter, als sie es aus Königswinter gewohnt war.

»Wie hast du dich inzwischen eingelebt?«, fragte Gretje und spießte ein Stück Apfelkuchen auf ihre Gabel. »Spürst du schon etwas von dem berüchtigten Inselkoller, vor dem du dich gefürchtet hast?«

»Bisher nicht. Aber es sind ja auch erst knapp zwei Wochen.« Dabei kam es ihr so vor, als würde sie schon seit Monaten auf Föhr leben. »Die Zeit ist nur so verflogen.«

Hinrike nippte an ihrem Becher. »Wo kommst du her?«

»Aus Königswinter. Das liegt am Rhein und am Siebengebirge.«

»Ich kenne die Gegend von einem Urlaub.« Hinrike musterte sie. »Es ist dort sehr hübsch. Eigentlich kein Ort, von dem man wegzieht.«

»Ich brauchte eine Luftveränderung.« Der Satz hörte sich selbst in Sarahs Ohren einstudiert an.

Dennoch nickte Hinrike mit einem milden Lächeln auf den Lippen. »Verstehe.«

Sarah fühlte sich durchschaut, doch seltsamerweise war es kein unangenehmes Gefühl. Keine der Frauen fragte noch einmal nach. Stattdessen erzählten sie ihr Anekdoten von der Insel und tauschten sich über ein bevorstehendes Turnier im Wyker Bridgeclub aus.

Als Sarah sich eine Stunde später von Gretje und ihren Freundinnen verabschiedete, lag ihr ein Lächeln auf den Lippen, das sie durch den Rest des Tages begleitete.

* * *

»Frau Niehoff. Ich bin's noch mal. Leni Kiefer.« Über das Pfeifen des Windes und den prasselnden Regen hinweg war die junge Frau nur schwer zu verstehen, weil sie so leise sprach. Sarah presste das Handy dichter ans Ohr und bereute, den Anruf überhaupt entgegengenommen zu haben. Im Schutz der Markise eines Buchladens wartete sie mit ihrem E-Bike darauf, dass der Regen nachließ und sie ihre Tour fortsetzen konnte.

»Wir hatten doch schon alles geklärt.« Am liebsten hätte Sarah das Telefonat einfach beendet. »Ich bin mitten auf meiner Route. Müssen Sie nicht auch arbeiten?«

»Ich habe mich krankschreiben lassen. Nachdem ich Mittwoch die Personalabteilung informiert habe, war bei der Arbeit die Hölle los. Das stehe ich einfach nicht durch.«

»Tut mir leid, dass es Ihnen so schlecht geht.« Sarah strich über den Lenker ihres E-Bikes. »Was genau ist denn passiert?«

»Göhler wurde zur Personalabteilung zitiert und hat alles abgestritten. Es steht Aussage gegen Aussage. Jetzt ist auch die Personalabteilung mit im Boot.« Ihre Stimme brach weg. »Ich hatte gehofft, dass die Angelegenheit vertraulich behandelt wird. Aber da mehrere Kollegen aus meinem direkten Umfeld befragt wurden, weiß es jetzt praktisch jeder.«

»Ich verstehe, wie unangenehm Ihnen das sein muss. Aber Sie haben sich rein gar nichts vorzuwerfen.«

»Trotzdem sehen mich die Leute mit anderen Augen an. Einige glauben mir wohl. Bei anderen bin ich mir nicht so sicher.

Ständig wird hinter meinem Rücken über mich getuschelt. Und Göhler macht nun eine große Show daraus, Abstand von mir zu halten. Er hat sogar meinen männlichen Betreuer gegen eine Frau ausgetauscht. So, als würde ich es darauf anlegen, Männern eine Falle zu stellen.«

Unruhig verlagerte Sarah das Gewicht von einem Fuß auf den anderen. »Die Gerüchte legen sich bestimmt bald wieder. Es wäre aber besser, wenn Sie ihnen nicht noch neue Nahrung geben, indem Sie sich krankmelden.«

»Glauben Sie, das weiß ich nicht?« Leni Kiefer hob die Stimme. »Ich kann nur einfach nicht mehr. Die letzte Zeit, die war schon echt heftig. Und ich hatte gehofft, dass mit meiner Entscheidung alles besser würde. Dass ich die Meldung mache und sich danach was ändert. Stattdessen ist das Gegenteil der Fall.«

»Dann lassen Sie sich an einen anderen Standort versetzen«, schlug Sarah vor. Sie legte den Kopf in den Nacken und musterte die blau-weiße Markise, auf die der Regen trommelte.

»Sie meinen, so wie Sie das getan haben?« Lenis Tonfall klang nun beinahe feindselig. »Ich bin hier das Opfer. Göhler sollte gehen. Das ist einfach nicht fair.«

Sarah schloss für einen Moment die Augen und wünschte sich, das Handynetz würde zusammenbrechen. Warum nur konnte diese Frau ihr den Frieden nicht gönnen, den sie auf Föhr gefunden hatte? »Es hat auch niemand behauptet, dass es im Leben immer gerecht zugeht. Ich glaube, dass Sie mit Ihrer Beschwerde etwas bewirken. Und wenn es ist, dass Göhler sich künftig nicht mehr traut, Frauen zu belästigen. Aber erwarten Sie nicht zu viel.«

»Er wird einfach so davonkommen. Und das nur, weil ich die Einzige bin, die sich gegen ihn auflehnt.«

Fest presste Sarah die Lippen zusammen. Sie hatte geahnt, dass ihr Gespräch diese Wendung nehmen würde. »Ich habe Ihnen doch gesagt, dass ich kein Problem mit Göhler habe.«

»Weil Sie weggelaufen sind. Tragen Sie dadurch nicht eine Mitverantwortung für alles, was danach geschehen ist?«

»Ganz sicher nicht.« Bei allem Verständnis für Lenis schwierige Lage überschritt die junge Frau mit dieser Frage eine Grenze. »Sie haben sich für diesen Weg entschieden. Und Sie wussten von Anfang an, dass Sie ihn allein beschreiten werden. Also haben Sie auch kein Recht, sich zu beschweren, weil ich mich in die Sache nicht hineinziehen lasse.«

»Was Sie da tun – oder eher gesagt nicht tun –, ist zutiefst unsolidarisch. Bei einer zweiten Beschwerde über Göhler würde die Sache schon ganz anders aussehen. Was haben Sie denn zu verlieren? Sie arbeiten doch ohnehin nicht mehr mit dem Mann zusammen.«

»Mit Ihnen auch nicht. Das Ganze geht mich nichts an und ich möchte deswegen auch nie wieder von Ihnen behelligt werden.« Zögernd wagte sich Sarah aus ihrer Deckung. Der Regen schien allmählich nachzulassen. »Außerdem habe ich – im Gegensatz zu Ihnen – noch zu arbeiten. Die Leute warten auf ihre Post.«

»Schade«, entgegnete Leni. »Ich hätte Sie für mutiger gehalten.« Grußlos legte sie auf.

Sarah steckte das Smartphone ein und schob ihr Rad unter der Markise hervor. Lenis Worte hinterließen einen bitteren Nachgeschmack. Obwohl sie sich einredete, dass Leni eine erwachsene Frau und sie nicht für ihr Wohlergehen verantwortlich war, spürte sie, wie der Kloß in ihrem Hals unaufhaltsam wuchs.

Kapitel 17

Sarah kraulte durch das Wasser. Rechts von ihr schwamm Miriam in einem korallenroten Bikini und geriet allmählich außer Puste. Auch Sarahs Armmuskeln schmerzten von der ungewohnten Belastung, doch ihr Job hielt sie fit genug für ein paar weitere Bahnen im Wyker Hallenbad.

Plötzlich vibrierte die bis dahin glatte Wasseroberfläche. Schon schlug die erste Welle über Sarahs Kopf zusammen und sie schluckte Salzwasser. Zum Glück schützte eine Schwimmbrille ihre Augen, doch die Wellen erschwerten ihr Vorankommen und trieben sie seitlich in Richtung Bande ab.

»Mir reicht's!«, prustete Miri. Sie wendete und kraulte zur breiten gemauerten Treppe an der kurzen Seite des Beckens.

Sarah versuchte, auf Kurs zu bleiben. Doch dann schluckte sie zum zweiten Mal Salzwasser und hatte ebenfalls genug. Sie folgte Miriam aus dem Becken und griff nach ihrem Badetuch, das sie auf einem Plastikstuhl abgelegt hatte.

Miriam trocknete sich das Gesicht ab und legte sich dann ihr Badetuch um die Schultern. »Dusche oder warten wir aufs Ende der Wellen?«

»Dusche«, entschied Sarah. Sie stieg in ihre Badeschlappen und steuerte auf den Duschraum zu. »Die Wellen habe ich unterschätzt. Wir sollten das nächste Mal vormittags kommen, dann sind sie ausgeschaltet.«

»Vormittags schlafe ich meistens und du arbeitest.« Miri stellte eine Dusche an, zog ihren Bikini aus und trat unter den Wasserstrahl.

»Nicht am Sonntag.« Sarah behielt ihren Badeanzug an und schäumte sich, so gut es bekleidet eben ging, mit Duschgel ein.

Nackt und anscheinend völlig unbekümmert trat Miri unter der Dusche hervor und rubbelte ihr kurzes, silberblondes Haar trocken. »Wir beide sind vielleicht Expertinnen: kein kaltes Wasser und keine Wellen. So schaffen wir es nie in die Nordsee.«

»Ich habe mich inzwischen reingetraut.« Sarah verließ die Dusche und trocknete sich ebenfalls ab. Der feuchte Badeanzug klebte unangenehm an ihrer Haut.

»Echt jetzt? Das hast du gar nicht erzählt.«

»Meine Freundin hat mich überredet«, wich Sarah aus. »Und du? Bist du in all den Jahren, die du schon nach Föhr kommst, tatsächlich noch nie in der Nordsee geschwommen?«

»Nein. Ich war schon an wunderschönen Stränden in Brasilien, Kuba, Florida und in der Karibik. Dort ist das Meer angenehm warm. Aber hier kriegt mich niemand ins Wasser. Nicht einmal im Hochsommer.«

Sarah stieg wieder in die Badeschlappen und verließ den Duschraum. Sie löste ein Schlüsselarmband von ihrem Handgelenk und ging zu ihrem Spind. »Denkst du, du verpasst etwas?«

Miriam, die nur in ein Badetuch gewickelt war, räumte ihre Kleidung aus dem benachbarten Spind. »Du meinst, weil ich nicht in der Nordsee bade und mir eine Unterkühlung hole?«

»Eher, weil du dich nicht traust.« Sarah betrat gemeinsam mit Miriam den Gruppenumkleideraum der Frauen. Dort pellte sie sich aus ihrem Badeanzug, während sie gleichzeitig ein Langarmshirt überstreifte. »Fühlst du dich dadurch nicht manchmal eingeschränkt?«

»Unsinn! Ich habe einfach nur einen gesunden Selbsterhaltungstrieb.« Miriam stieg in ihre Hotpants. »Einige Insulaner sind so bekloppt, dass sie an Neujahr verkleidet in die Nordsee rennen. Soll vermutlich eine Mutprobe sein. Aber ich muss mir nichts beweisen. Ich hab ohnehin mehr verrücktes Zeug gemacht als die meisten Menschen in ihrem gesamten Leben. Was ist mit dir?«

Sarah zögerte. »Zählt ein Ausritt durchs Watt, obwohl ich nicht reiten kann?«

»Hm.« Miriam tippte sich mit dem Zeigefinger gegen das Kinn. »Für den Anfang lasse ich das gelten. Aber ich hoffe doch, dass das nicht alles ist, was du an Verrücktheiten in deinem Leben vorzuweisen hast.« Sie zwinkerte ihr zu. »Sonst muss ich dich leider für das nächste Neujahrsschwimmen anmelden.«

»Untersteh dich.« Spielerisch knuffte Sarah ihre Mitbewohnerin in die Seite.

Gemeinsam gingen sie zu den Föhnen. »Ein Ausritt durchs Watt also«, bemerkte Miri. »War das gerade erst hier auf Föhr?«

»Ja, warum?« Sarah kramte eine Bürste aus ihrer Tasche und kämmte sich das Haar.

»Reine Neugier. Sag bloß, du bist mit Sven ausgeritten?«

»Nein.« Da Sarah nicht von Martens Geständnis erzählen wollte, entschied sie sich für eine Ablenkung. »Dafür sind wir vorgestern am Strand spazieren gegangen. Vielleicht hast du uns sogar noch zusammen gesehen.«

»Leider nicht. Das habe ich verpasst. Ich war ein wenig abgelenkt.« Sie zwinkerte Sarah zu. »Ein Surfer, mit dem ich letzten Sommer einen heißen Flirt hatte, ist wieder auf der Insel.«

»Wie schön für dich.«

»Und ob. Aber reden wir lieber über dich. Was genau läuft da eigentlich zwischen Sven und dir?«

»Gar nichts. Wir sind nur Freunde.« Sarah schaltete einen Föhn ein und das laute Gebläse machte eine weitere Unterhaltung unmöglich. Hoffentlich vergaß Miri ihre Fragen in der Zeit, die Sarahs schulterlange Haare zum Trocknen brauchten.

Kaum hatte Sarah den Föhn ausgeschaltet, nahm Miri ihre Unterhaltung allerdings wieder auf. »Du und Sven nur Freunde? Das fällt mir schwer zu glauben. Und ein romantischer Abendspaziergang ist nun auch nicht gerade das, was Freunde normalerweise gemeinsam unternehmen.«

»Wenn du Sven ein wenig kennst, weißt du doch, dass *normal* nicht sein Ding ist. Außerdem hat sich das mit dem Spaziergang spontan ergeben. Wir sind uns zufällig über den Weg gelaufen und hatten Lust auf ein wenig Bewegung. Das ist auch schon alles.«

»Bist du dir da ganz sicher?« Miri schlüpfte in ihre Jacke und hängte sich die Tasche mit ihren Badesachen über die Schulter. »Eigentlich war Sven mit Robert und mir am Strand verabredet. Er ist aber nicht aufgetaucht. Deinetwegen hat er uns versetzt.«

Sarah verstaute ihre Haarbürste und das feuchte Handtuch in der blau-weißen Strandtasche, die sie kürzlich in Wyk erstanden hatte. »Das tut mir leid.«

»Mir nicht.« Miri lächelte sie an. »Nicht, wenn ihr einen schönen Abend hattet.«

»Den hatten wir.« Svens merkwürdige Reaktion auf ihre Bemerkung zu Fees Schwangerschaft und den abgebrochenen Spaziergang erwähnte Sarah nicht. Stattdessen ergriff sie ihre Tasche und steuerte auf den Ausgang zu.

Miri lief neben ihr her. Eine winzige Falte erschien auf ihrer Stirn. »Dann verstehe ich nicht, warum du so unglücklich dreinschaust.«

»Es ist im Grunde nichts. Nur …«

»Nur was?«

Sie traten durch die Tür ins Freie und spazierten auf der Uferpromenade in Richtung Wyker Innenstadt. Ein kühler Wind pfiff ihnen um die Ohren.

Sarah zog sich ihre Kapuze über den Kopf, da ihr Haar noch immer leicht feucht war. Gleichzeitig suchte sie nach einer Antwort, bei der sie Fee und ihre Schwangerschaft außen vor lassen konnte. Schließlich räusperte sie sich. »Mich hat vor Kurzem jemand um Hilfe bei einer Sache gebeten, die ich nicht tun möchte. Jetzt fühle ich mich deswegen mies und kriege das Ganze nicht mehr aus dem Kopf.«

»So was ist echt blöd. Willst du mir verraten, worum es dabei geht?«

»Besser nicht.« Sarah presste die Lippen zusammen.

»Steht die Person dir nahe?«, hakte Miri nach.

»Nein. Wir kennen uns kaum.« Im Gehen wandte Sarah den Kopf nach rechts und musterte das Watt, das sich vor ihnen ausbreitete. Augenblicklich kam ihr Marten in den Sinn. Noch jemand, den sie enttäuscht hatte.

»Warum macht dir deine Entscheidung dann so zu schaffen?«

Hilflos zuckte Sarah mit den Schultern. »Vermutlich denke ich insgeheim, dass ich doch helfen müsste, weil ich es kann. Auch, wenn es mich einiges kosten würde.«

»Unsinn!« Miris Tonfall klang ungewohnt scharf. »Es ist dein gutes Recht, auf dein Bauchgefühl zu hören. Und wenn dir das sagt: *Lass die Finger davon!*, brauchst du dir deswegen von niemandem ein schlechtes Gewissen einreden zu lassen.«

»Stimmt auch wieder.« Sarah zwang sich zu einem Lächeln. Leider verkündete ihr Bauchgefühl inzwischen laut und deutlich, dass sie sich falsch entschieden hatte.

* * *

Das laute Klingeln ihres Handys riss Sarah aus dem Schlaf. Und das ausgerechnet am Sonntag – dem einzigen Tag der Woche, an dem sie ausschlafen konnte. Mit geschlossenen Augen streckte sie die Hand in Richtung Nachttisch und tastete sich vor, bis ihre Finger das Smartphone umschlossen. Leise stöhnend drehte sie sich auf die Seite und öffnete die Augen weit genug, um den Namen auf dem Display zu lesen: *Fee Jacobsen.*

»Hallo«, murmelte Sarah und zog sich die kuschelig-warme Decke bis zum Kinn hoch.

»Hi.« Im Gegensatz zu ihr klang Fee nicht nur wach, sondern geradezu aufgekratzt. »Nicos Freund ist wieder hier. Eine Bekannte hat ihn vorhin am Strand gesehen und mir gleich eine Nachricht geschickt.«

»Hm.« Sarah reckte sich und gähnte.

»Er ist mit seinem Board raus aufs Meer zum Surfen. Wenn wir uns beeilen, können wir ihn abfangen, wenn er zurückkommt.«

»Du willst *was* tun?« Sarah hoffte, sich verhört zu haben.

»Das ist meine Chance. Ich meine, es war doch ein Leichtes, meine telefonischen Anfragen über Sven abzuwimmeln. Aber wenn wir uns von Angesicht zu Angesicht gegenüberstehen, wird er mich nicht mehr so einfach ignorieren können.«

Sarah seufzte ins Kopfkissen und rieb sich die Augen. »Nach allem, was Sven mir erzählt hat, hat sein Freund dich nicht ignoriert, sondern deine Bitte ausgerichtet. Es liegt an Nico, der keinen Kontakt zu dir will.«

»Oder dieser Freund lügt, weil er glaubt, Nico damit einen Gefallen zu tun.«

»In diesem Fall kann er dich auch ein weiteres Mal anlügen.« Müde setzte Sarah sich im Bett auf. Die Anzeige auf ihrem

Smartphone-Display zeigte 08:17 Uhr an. »Ich halte es wirklich für keine gute Idee, den Mann zu behelligen.«

»Meine Entscheidung steht fest. Du kannst natürlich versuchen, es mir auszureden. Aber das wäre reine Zeitverschwendung. Oder …«, sie machte eine kleine Pause, »… du begleitest mich.«

»Um dich in letzter Minute von einer Dummheit abzuhalten?«

»Ich hoffe eher darauf, dass du mir beistehst.«

»Vor meinem ersten Kaffee ist das ganz schön viel verlangt.« Trotz ihrer Worte schwang Sarah die Beine aus dem Bett. »Nicos Freund bleibt doch bestimmt noch etwas länger auf der Insel. Willst du nicht wenigstens eine Nacht darüber schlafen?«

»Nein. Ich möchte es hinter mich bringen. Diese absolute Funkstille zwischen Nico und mir frisst mich innerlich auf. Dabei brauche ich meine Kraft jetzt für das Baby.«

»Also schön.« Sarah stand auf und tapste mit dem Smartphone in der Hand in Richtung Badezimmer. »Vermutlich bringt Miri mich um, weil ich ihre heilige Sonntagsruhe so früh mit einer Dusche störe. Aber falls ich wider Erwarten überlebe, treffen wir uns an der Surfschule.«

»Danke! Wann kannst du da sein?«

»In einer halben Stunde.« Sarah hoffte inständig, dass Nicos Freund den Strand bis dahin verlassen hatte.

Um kurz nach neun traf Sarah mit leichter Verspätung am Treffpunkt ein. Die eine Tasse Kaffee hatte sie sich noch gönnen müssen, um das hier durchzustehen. Als sie Fee aus der Ferne dabei beobachtete, wie diese sich vor dem Eingang der Surfschule mit einem Mann im dunklen Neoprenanzug unterhielt, bereute sie allerdings die Verzögerung.

Mit schnellen Schritten legte sie das letzte Wegstück zurück und nahm die Treppe, die von der Promenade hinunter zum Strand führte.

»Es reicht jetzt!« Der Surfer hob die Stimme. Er kam Sarah vage bekannt vor. »Regelt euren Scheiß allein!«

»Würde ich ja gern.« Auch Fee wurde laut. »Aber das kann ich nicht ohne Nicos Handynummer. Rück sie einfach raus, dann hast du deine Ruhe vor mir.«

»Das würde dir so passen. Du weißt genau, was dann passiert. Schließlich …«

Sarah trat zwischen die beiden und hob beschwichtigend die Arme. »Können wir das vielleicht auch zivilisiert regeln?«

Die Augen des Mannes verengten sich. »Da gibt es nichts zu regeln. Fee sollte jetzt einfach verschwinden.«

Sie ging nicht darauf ein. »Ich bin Sarah. Und wie heißt du?«

»Robert.« Er klang immer noch verärgert, aber nicht länger feindselig.

»Jetzt weiß ich, wieso du mir so bekannt vorkommst. Du bist ein Freund von Miri, nicht wahr?«

»Stimmt.«

»Sie ist meine Mitbewohnerin.« Sarah zwang sich zu einem Lächeln, um die Situation zu entschärfen. »Ich hab euch gestern Abend zufällig bei meinem Spaziergang gesehen. Soll ich sie von dir grüßen?«

»Kannst du machen.« Die Falte auf seiner Stirn glättete sich. »Normalerweise brülle ich nicht so durch die Gegend. Du hast mich gerade in einem denkbar schlechten Moment erwischt.« Sein Blick traf Fee.

Die reckte das Kinn. »Mir scheint, du hast so einige schlechte Momente.«

Augenblicklich zog Robert wieder die Stirn kraus.

Sarah rollte mit den Augen. Fees Verhalten war das Gegenteil von hilfreich. »Können wir das bitte gesittet regeln – ohne Gebrüll oder Beleidigungen?«

»An mir soll's nicht liegen«, brummte Robert. Er scharrte mit seinen bloßen Füßen im Sand. »Ich verstehe nur nicht, was das bringen soll. Wir haben das Thema schließlich schon zigmal durchgekaut.«

»Dann fasse ich mal die aktuelle Lage zusammen«, begann Sarah. »Fee möchte mit Nico reden. Der lehnt das ab, weshalb Fee nun versucht, über dich …«, sie blickte Robert an, »… Kontakt zu ihm aufzunehmen. Du willst das nicht, weil Nico dein Freund ist und dir gesagt hat, dass er in Ruhe gelassen werden möchte. Habe ich so weit alles richtig verstanden?«

Fee und Robert nickten stumm.

»Gut.« Sarah lief vor der Seitenwand der Surfschule auf und ab. »Fee, ich möchte, dass du Robert jetzt ausreden lässt. Du hörst einfach nur zu. Ist das möglich?«

»Von mir aus.« Fee verschränkte die Arme vor der Brust.

»Schön.« Sarah blieb direkt vor Robert stehen. »Wie fühlst du dich damit, zwischen Fee und Nico zu stehen?«

Er zögerte. »Ist ein blödes Gefühl. Ich find's auch nicht gut, wie Nico sich verhält. Aber wir sind Freunde und er hat mir klipp und klar gesagt, dass es zwischen ihm und Fee vorbei ist. Daran ändert auch die Schwangerschaft nichts.«

Sarah wandte sich an Fee. »Du hast Robert gehört. Was möchtest du darauf antworten?«

»Es geht mir doch gar nicht darum, dass ich Nico zurückwill. Inzwischen habe ich begriffen, dass das nicht passieren wird und er bald heiratet. Aber wir müssen trotzdem über das Baby reden. Da ist noch so vieles ungeklärt. Und Nico trägt Verantwortung – ob er nun will oder nicht.«

»Ich finde, da hat Fee nicht ganz unrecht«, bemerkte Sarah zu Robert. »Kannst du ihren Standpunkt nachvollziehen?«

»Sicher«, erwiderte er und zupfte am Ärmel seines Neoprenanzugs. »Aber bisher hat jedes Telefonat zwischen den beiden im absoluten Chaos geendet. Das macht also wenig Sinn.«

»Und ein persönliches Treffen?«, fragte Sarah. »Fee wäre bereit, zu ihm zu fahren.«

Robert schüttelte den Kopf. »Nico möchte Fee nicht in der Nähe seiner zukünftigen Frau haben. Sie weiß nichts von Fee und dem Baby und so soll es auch bleiben.«

Sarah presste die Lippen zusammen. Dieser Nico wurde ihr von Minute zu Minute unsympathischer. Gleichzeitig tat ihr Fee, deren Gesicht alle Farbe verlor, unendlich leid. »Dann schaff ihn her.«

»Wie bitte?«

»Sag Nico, er soll auf die Insel kommen. Am besten, solange du noch hier bist. Dann können wir uns zu viert treffen. Wenn du und ich als Puffer dabei sind, wird es schon nicht eskalieren.«

»Keine schlechte Idee«, bemerkte Fee. »Ich bin damit einverstanden.«

»Ich weiß nicht, ob er dazu bereit wäre.« Robert kratzte sich am Kinn. »Gerade steckt er mitten in den Hochzeitsplanungen und bei der Arbeit gibt es auch viel Stress.«

»Du schaffst das schon«, sagte Sarah. »Und wenn es so weit ist, ruf mich an, damit wir einen Treffpunkt vereinbaren können.«

»Was ist mit mir?«, fragte Fee.

»Nicht für ungut«, erwiderte Robert. »Aber wenn, dann kläre ich das lieber mit Sarah. Wir beide haben erst mal Funkstille.« Ernst musterte er Fee. »Ich frage Nico. Aber dafür versprichst du mir, dass es keine Besuche mehr am Strand geben wird.«

Fee nickte. »Ich lass dich in Ruhe.«

Robert nickte, ließ sich Sarahs Handynummer geben und wandte sich zum Gehen.

Sarah drehte sich zu Fee um. »Gott sei Dank! Das hätten wir geschafft.« Sie wischte sich den imaginären Schweiß von der Stirn. »Lass uns frühstücken gehen. Du schuldest mir einen Kaffee.«

Kapitel 18

Am Sonntagnachmittag holte Sarah Gretje mit dem Auto ab und fuhr mit ihr nach Nieblum, um dort spazieren zu gehen. Sie war sich zwar nicht sicher, ob Gretje schon wieder fit genug dafür war, aber ihre Kollegin beharrte darauf, dass sie dringend Bewegung brauchte. Sarah parkte mit einem unguten Gefühl in der Nähe des Ententeichs.

Ächzend stemmte Gretje sich vom Beifahrersitz des Polos hoch. »Wurde aber auch Zeit, dass ich mal wieder rauskomme. Ich bin schon völlig eingerostet.«

»Du kennst meine Meinung«, erwiderte Sarah. »Auch wenn ich es inzwischen aufgegeben habe, dich überzeugen zu wollen.«

»Vernünftig von dir.« Gretje öffnete die hintere Wagentür und holte einen Jutebeutel mit altem Brot von der Rückbank. »Das spart uns unnötige Diskussionen.«

Sarah schloss den Wagen ab. »Was hat deine Ärztin denn gesagt, wann du wieder arbeiten darfst?«

»Darüber verhandeln wir noch.«

Gretje ging zum Teich. Ein Sandweg führte um das Gewässer und in regelmäßigen Abständen standen am Wegesrand weiß gestrichene Holzbänke und Strandkörbe zum Ausruhen. Auf dem Wasser selbst schwammen Enten mit ihren Küken. Weitere Enten watschelten über den angrenzenden Rasen.

Gretje nahm eine Scheibe Brot aus dem Beutel und riss im Gehen ein kleines Stück davon ab. Sofort rannten einige Enten auf sie zu. Auch zwei Möwen umkreisten sie lauernd. Gretje verließ den Sandweg und lief über das Gras, bis sie direkt am Ufer stand. Erst dort warf sie das Brotstück ins flache Wasser.

Noch mehr Enten und Möwen eilten herbei. Gretje warf ihnen weitere Brocken zu, die diese so schnell verschluckten, dass sie mit dem Füttern gar nicht hinterherkam. Ein besonders ungeduldiger Erpel mit grünem Kopf stupste sie mit dem Schnabel an.

Zögernd näherte sich Sarah dem wilden Gewusel um Gretjes Beine. Seit ihrer Kindheit hatte sie keine Enten mehr gefüttert und eigentlich geglaubt, dass sie das auch nie wieder tun würde.

Gretje reichte ihr ein hartes Sesambrötchen. »Mach doch mit. Nur zugucken ist langweilig.«

»Danke.« Kaum hatte sie das Brötchen in der Hand, wurde sie auch schon von den Enten laut schnatternd umlagert. »Die wirken auf mich ziemlich ausgehungert.«

»Das hängt damit zusammen, dass noch nicht so viele Touristen auf der Insel sind«, entgegnete Gretje. »Im Sommer kannst du auch Pech haben und nur auf pappsatte Enten treffen. Dann holen sich die Möwen alles.«

Sarah schmunzelte. »Klingt so, als hättest du viel Erfahrung mit Entenfüttern.« Sie zupfte kleine Brocken aus ihrem Brötchen und verteilte sie unter den aufdringlichsten Vögeln. Eine Ente stieg ihr sogar auf den Fuß.

»Peet hat es geliebt«, sagte Gretje leise. »Früher waren wir jede Woche hier.«

Sarah biss sich auf die Unterlippe. »Tut mir leid. Daran hätte ich ja auch selbst denken können.«

»Es gibt keinen Grund, sich zu entschuldigen.« Gretje sah ihr fest in die Augen. »Ich weiß, ich habe dir erzählt, dass ich versuche, meine Trauer um Peet auf dem Friedhof zurückzulassen. Aber nach unserer Unterhaltung habe ich lange darüber nachgedacht und …« Gretje schloss kurz die Augen. »Also, ich bin zu der Einsicht gekommen, dass das falsch war.«

»Wieso?« Sarah ließ die Hand mit dem Brötchen sinken. »Es hilft dir doch.«

»Anfangs schon. Als ich vor Trauer weder ein noch aus wusste, brauchte ich dieses Ritual, um überhaupt durch den Tag zu kommen. Aber es ist inzwischen so viel Zeit vergangen. Ich möchte versuchen, der Erinnerung an Peet mehr Raum zu geben. An Orte gehen, die ich mit ihm besucht habe, und Dinge tun, die wir gemeinsam gemacht haben.«

Es ruckte kräftig an Sarahs Hand. Eine Ente, die ihren Hals lang gemacht hatte, rupfte ihr mit dem Schnabel den Rest des Brötchens aus den Fingern. »Bist du dir sicher, dass es das Richtige für dich ist?«

»Einfach ist es nicht«, räumte Gretje ein. »Doch es tut mir gut. Es kommt mir vor wie eine Befreiung. Ich brauche nicht länger krampfhaft alles zu meiden, was mich an Peet erinnern könnte. Und dadurch, dass ich jetzt häufiger an ihn denke, schmerzt es auch weniger stark.«

»Das klingt doch gut.« Sarah blickte an den Enten vorbei auf das trübe Wasser des Teiches. Ob es ihr selbst eines Tages auch gelingen würde, so unbefangen an ihr eigenes Kind zu denken?

»Möchtest du mir sagen, was passiert ist?«, fragte Gretje sanft.

»Passiert? Wem denn?«

»Dir.« Sie warf das letzte Stück Brot zwischen die Enten. Doch eine Möwe war schneller und flog mit ihrer Beute davon.

Sarah schwieg. Auch Gretje blieb still. Seite an Seite standen sie am Ufer, während die Enten das Interesse an ihnen verloren und sich auf den Teich zurückzogen.

Schließlich räusperte Gretje sich. »Du brauchst es mir nicht zu erzählen, wenn du nicht möchtest. Ich denke nur, dass du dich danach vielleicht besser fühlen würdest.«

»Da bin ich mir nicht so sicher.« Sarah nickte in Richtung des Weges. »Wollen wir um den Teich gehen?«

»Ja, gern«, erwiderte Gretje. »Ich hatte seit Tagen kaum Bewegung.« Ihr steifer Gang und der leicht nach vorn gebeugte Rücken verrieten, dass ihre Beschwerden noch nicht überstanden waren. Dennoch marschierte sie stur an zwei Strandkörben und einer Bank vorbei, ohne dort eine Pause einzulegen.

»Du solltest dich setzen«, sagte Sarah. »Wenigstens für einen Moment.«

Gretje winkte ab. »Gesessen habe ich die letzten Tage mehr als genug. Noch eine Woche untätig zu Hause und ich setze Moos an.«

Sie hatten den Teich halb umrundet, als Gretje stehen blieb, hörbar Luft einsog und sich ans Kreuz fasste.

»Ist was passiert?«, fragte Sarah alarmiert.

»Meine Bandscheibe macht wieder Probleme. Dieses blöde Ding soll doch einfach nur funktionieren!«

»Gehen wir besser zurück.«

»Ob vor oder zurück macht keinen Unterschied. Es ist beides gleich weit.« Gretje setzte ihren Weg in krummer Haltung und mit zusammengepressten Lippen fort. »Wenn das nicht besser wird, muss ich mir morgen noch eine Spritze von meiner Ärztin holen. Dann wird sie mir wieder in den Ohren liegen, dass ich in Frührente oder wenigstens in Altersteilzeit gehen soll.« Gretje schlurfte so langsam, dass Sarah ohne sie längst am Parkplatz angelangt wäre.

»Soll ich das Auto holen?«, schlug sie vor.

»Nicht nötig. Das letzte Stück schaffe ich auch noch.« Gretjes Stimme hörte sich gepresst an. »Frührente. So weit kommt's noch!«

»Warum bist du eigentlich so sehr dagegen? Du hast doch Haus und Garten, deine Freundinnen und den Bridgeclub. Dir würde bestimmt nicht langweilig werden.«

»Aber ich liebe meine Arbeit. Ich habe sie mehr als vierzig Jahre gemacht, und die letzten beiden Jahre, die schaffe ich jetzt auch noch. Zum alten Eisen gehöre ich noch früh genug.«

»Niemand hält dich für alt«, widersprach Sarah. »Aber dieser Bandscheibenvorfall könnte ein Warnzeichen sein. Willst du wirklich riskieren, dir dauerhaft die Gesundheit zu ruinieren?«

»Natürlich nicht.« Im Schneckentempo bog Gretje vom Spazierweg in Richtung Parkplatz ab. »Aber Radfahren ist nach einem Bandscheibenvorfall sogar gesund. Das habe ich im Internet gelesen. Da werden Muskeln im Bereich der Wirbelsäule trainiert.«

»Das mag ja stimmen.« Sarah kramte im Gehen ihren Autoschlüssel hervor. »Aber ich kann mir nicht vorstellen, dass das auch für das viele Auf- und Absteigen, für das Treppensteigen und für das Bücken gilt.« Sie schloss den Wagen auf und öffnete Gretje die Beifahrertür. »Brauchst du Hilfe?«

Gretje zögerte. »Ich glaube nicht.« Vorsichtig stieg sie mit dem linken Bein in den Fußraum und suchte gleichzeitig Halt an der Kopfstütze. Es dauerte eine gefühlte Ewigkeit, bis sie auf dem Beifahrersitz Platz genommen hatte und das rechte Bein ins Wageninnere zog. »Tut mir leid, dass ich dir solche Umstände mache.«

»Unsinn! Mir tut es leid, dass du Schmerzen hast und ich dir nicht helfen kann.« Sarah stieg auf der Fahrerseite ein und startete den Motor. »Sitzt du halbwegs bequem?«

»So weit mir das möglich ist, ja.« Gretje schnallte sich an.

Sarah fuhr los und bog auf die Rundföhrstraße in Richtung Borgsum ab. Bis zu Gretjes Haus in Süderende waren es nur sieben Kilometer, aber heute kam Sarah die Strecke sehr viel länger vor.

Blass und schweigsam saß Gretje neben ihr auf dem Beifahrersitz. Sie beklagte sich nicht, doch die steile Falte über ihrem Nasenrücken verriet, dass sie im Stillen litt.

Ohne ein Wort zu wechseln, durchquerten die beiden Borgsum. Als Sarah nach rechts auf den Sarkstigh abbog, atmete sie vor Erleichterung tief durch. Gretje und sie hatten es so gut wie geschafft. Knapp drei Minuten später parkte sie den Polo vor Gretjes Haus.

»Ich fürchte, ich brauche Hilfe beim Aussteigen«, sagte Gretje.

»Natürlich.« Hastig umrundete Sarah den Wagen, öffnete die Beifahrertür und bot Gretje ihren Arm zum Festhalten an. Mit vereinten Kräften schaffte ihre Kollegin es von ihrem Sitz hoch.

Kaum stand sie am Straßenrand, fasste Gretje sich ans Kreuz. »Allmählich reicht es mir! Wenn das nicht bald besser wird, lasse ich mir doch diese Krankengymnastik verschreiben, die ich eigentlich nicht wollte.«

»Klingt nach einer guten Idee.«

»Darauf habe ich eigentlich keine Lust. Aber wenn ich dann schneller wieder arbeiten kann … Meine Ärztin meint doch tatsächlich, dass ich mit vier bis sechs Wochen Krankschreibung rechnen muss.«

»Viele würden sich darüber freuen«, entgegnete Sarah.

»Ich aber nicht. Da fällt mir die Decke auf den Kopf.«

Gemeinsam legten sie die wenigen Meter bis zur Haustür zurück. Gretje schloss auf und zog unter sichtlichen Mühen die Jacke aus.

Sarah half ihr aus den Schnürschuhen. »Du solltest dich hinlegen.«

»Meine Ärztin sagt, das sei gar nicht gut.«

»Aber gerade hast du doch starke Schmerzen.«

Gretje nickte. »Als ob mir jemand ein Messer in den Rücken gerammt hätte.«

»Dann ist es mit Sicherheit besser, wenn du dich schonst, bis das Schlimmste vorüber ist.«

Sie seufzte. »Also gut. Du hast gewonnen. Ich ruhe mich ein wenig auf dem Sofa aus.«

Sarah ging in die Küche, um Gretjes Schmerztabletten zu holen. Obwohl sie in Eile war, hielt sie einen Moment inne und bewunderte die blau-weiße Kachelbordüre über dem antik anmutenden Herd. Verschiedene Meerestiere von der Strandkrabbe über die Lachmöwe bis zur Seerobbe waren darauf verewigt. Beinahe ehrfürchtig zeichnete Sarah die Linien eines Seesterns mit dem Zeigefinger nach. Diese Fliesen waren vermutlich Jahrhunderte alt – genauso wie das Haus.

Unwillkürlich drängte sich ihr die Frage auf, was sich im Laufe der Zeit wohl alles in dieser Küche abgespielt hatte. War dieser Ort Zeuge von Dramen, Versöhnungen, Trauer und Liebe geworden? Wahrscheinlich würde die bemalte Bordüre an der Wand Gretje und sie noch lange überdauern.

Sarah riss sich von dem Anblick los, kramte eine Packung Schmerztabletten aus der Küchenschublade und füllte ein Glas mit Leitungswasser. Hoffentlich verschaffte die Medizin Gretje ein wenig Linderung.

Als Sarah kurz darauf das Wohnzimmer betrat, lag Gretje ausgestreckt auf der Couch und hatte sich mit einer karierten Wolldecke zugedeckt.

Behutsam stellte Sarah das Wasserglas und die Tabletten neben Gretjes Handy auf dem Couchtisch ab. »Kann ich dir sonst noch was bringen?«

»Nein, danke«, erwiderte Gretje. »Ich habe alles, was ich brauche.«

Sarah zog den Fußhocker des Relaxsessels zu sich heran und setzte sich schräg neben Gretje. »Sind deine Nachbarn zu Hause? Gibt es jemanden, den du anrufen kannst, falls du nachher nicht allein vom Sofa hochkommst?«

»Ja. Mach dir um mich keine Sorgen. Du kannst getrost nach Hause fahren.«

»Gleich.« Sarah reichte ihr die Packung mit den Tabletten. »Ich möchte noch einen Moment bei dir bleiben, wenn du nichts dagegen hast.«

»Natürlich nicht.« Gretje öffnete die Schachtel und drückte eine Tablette aus dem Blister. »Ich fürchte nur, ich bin heute keine sonderlich gute Gesprächspartnerin. Soll ich den Fernseher einschalten?«

»Lieber nicht.« Sarah legte die Tablettenpackung zurück auf den Tisch und gab Gretje das Wasserglas. »Bevor es vorhin mit deinem Rücken so schlimm wurde, da haben wir doch über Peet gesprochen.«

»Ich erinnere mich.« Wehmut schwang in Gretjes Stimme mit, doch ihre Augen blieben trocken. »Und ich habe dich nach deinem Kummer gefragt. Aber du wolltest nicht darüber reden.«

»Ich habe meine Meinung geändert.« Sarah räusperte sich. »Ich möchte dir davon erzählen. Hoffentlich wirst du danach nicht allzu schlecht von mir denken.«

»Das werde ich nicht«, versprach Gretje. »Du kannst mir alles sagen.« Sie nahm die Tablette mit einem Schluck Wasser ein.

Sarah wartete, bis Gretje das Glas mit einem leisen Klirren wieder auf dem Couchtisch abgestellt hatte. Dann holte sie tief Luft. »Wie du schon richtig vermutet hast, habe ich auch ein Kind verloren. Allerdings ist meine Tochter noch am Leben. Ich habe sie zur Adoption freigegeben.«

Angespannt wartete Sarah auf Gretjes Reaktion. Würde sie Sarah deswegen verurteilen, so wie Fee es getan hätte?

Doch Gretje sagte nichts. Ihr Schweigen zog sich in die Länge und zerrte an Sarahs Nerven.

»Ich war fünfzehn, als ich schwanger wurde. Sechzehn, als meine Tochter auf die Welt kam.«

»Das war sehr jung«, bemerkte Gretje.

»Viel zu jung«, stimmte Sarah zu. Doch wenn sie Gretje schon die Wahrheit erzählte, durfte sie auch den hässlichen Teil nicht verschweigen. »Deswegen wollten meine Eltern das Kind aufziehen. Ich hätte die Verantwortung abgeben und einfach nur eine große Schwester sein können. Aber ich wollte das nicht.« Sie schluckte schwer. »Ich konnte es nicht.«

»Warum nicht?« Gretje stellte ihre Frage ruhig und sachlich.

Sarah umschlang ihre Knie und wünschte, sie könnte sich zu einer Kugel zusammenrollen. »Weil ich einfach nur vergessen wollte, dass dieses Kind überhaupt existierte. Ich konnte sie nicht lieben. Ihr Anblick hätte mich immer an ihren Vater erinnert. Es ging einfach nicht.« Ihre Stimme brach. »Du musst mich jetzt für einen ziemlich schlimmen Menschen halten.«

»Natürlich nicht. Für mich klingt es so, als hättest du eine sehr schwere Zeit durchgemacht.«

»Das ist doch keine Entschuldigung dafür, dass ich mein eigenes Baby weggegeben habe. Ich habe mich gegen mein Kind entschieden.« *Und gegen meine Eltern*, fügte sie in Gedanken hinzu. Warum hatten sie nie mit ihr über die Vergewaltigung gesprochen und so getan, als wäre es nie passiert? Als sei es unwichtig, Sarah unwichtig.

»Ich sehe das ein wenig anders.« Gretje drehte sich auf die Seite und blickte Sarah offen ins Gesicht. »Du hast damals sehr richtig erkannt, dass du nicht in der Verfassung warst, dieses Kind großzuziehen. Stattdessen ist es zu Adoptiveltern gekommen, bei denen es unbelastet aufwachsen konnte.«

»Aber zu was für einem Menschen macht mich das?«, presste Sarah hervor. »Das Baby trifft doch überhaupt keine Schuld.«

»Und dich auch nicht. Wenn ich deine Bemerkung eben richtig verstanden habe, hat der Vater des Kindes dich im Stich gelassen oder auf andere Weise sehr verletzt.«

Sarahs Magen verkrampfte sich. Sie umklammerte ihre Knie mit eisernem Griff. »Es war schon etwas schlimmer. Aber ich kann dir das nicht sagen. Es ist immer noch …« Sarah brach ab.

Gretjes Augen verengten sich und eine steile Falte erschien auf ihrer Stirn. Zweifellos hatte sie Sarah auch so verstanden. »Ein Grund mehr, warum du dir keine Vorwürfe machen solltest. Selbst wenn du heute anders entschieden hättest, bringt es doch nichts, dich innerlich zu zerfleischen. Die Entscheidung von damals lässt sich schließlich nicht mehr rückgängig machen.«

»Ich weiß.« Sarah ließ ihre Knie los und hob den Kopf. »Aber ich frage mich, ob etwas mit mir nicht stimmt. Ob ich vielleicht gar nicht in der Lage bin, Muttergefühle zu entwickeln.«

Dieses Mal ließ Gretje sich mit ihrer Antwort Zeit. »Diese Frage wird dir niemand beantworten können. Du erfährst es nur, wenn du es ausprobierst.«

Sarah hatte sich vor dieser Antwort gefürchtet. Sie rutschte auf dem Polster des Hockers herum. »Das kann ich nicht tun. Das Risiko wäre einfach zu groß.«

Gretjes Augen wirkten traurig. »In diesem Fall wirst du die Antwort wohl niemals erfahren.«

Kapitel 19

Am Montag übernahm Sarah wieder ihre übliche Route, weil eine Vertretung für Gretje gefunden worden war. Während sie mit ihrem E-Transporter durch die beschaulichen Straßen von Oldsum fuhr, merkte sie, dass sie das Dorf tatsächlich ein wenig vermisst hatte.

Für Sven hatte sie heute keine Post dabei. Dennoch parkte sie vor seinem Grundstück und klingelte. Sie wollte die leidige Angelegenheit aus der Welt schaffen, die seit ihrem Strandspaziergang zwischen ihnen stand.

Als Sven nicht öffnete, klingelte sie ein zweites Mal und wartete eine Weile, bevor sie enttäuscht zu ihrem Fahrzeug zurückkehrte. Es genügte ihr, dass sie Marten seit ihrem gemeinsamen Ausritt aus dem Weg ging und dass sie Gewissensbisse wegen Leni Kiefer hatte. Da brauchte sie nicht auch noch einen ungeklärten Konflikt mit Sven.

Gerade als sie in den Transporter stieg, klingelte ihr Handy. Sie schloss die Fahrertür und zog ihr Smartphone hervor. Das Display zeigte eine unbekannte Mobilfunknummer. Einen winzigen Moment lang hoffte sie darauf, dass sich Sven bei ihr meldete, weil er nicht schnell genug an die Tür gekommen war und das DHL-Fahrzeug vor seinem Haus gesehen hatte. Doch dann fiel ihr ein, dass er ihre Nummer genauso wenig kannte wie sie die seine.

Trotzdem nahm sie den Anruf entgegen. »Sarah Niehoff. Hallo.«

»Hallo, Sarah. Hier ist Robert.«

Sarah rutschte auf dem Fahrersitz herum. »So schnell hatte ich nicht mit deinem Anruf gerechnet. Was hat Nico gesagt?«

»Dass er sich die ganze Sache durch den Kopf gehen lässt.«

»Also kein klares Ja.«

»Aber auch kein Nein«, erwiderte Robert. »Grundsätzlich wäre er bereit, nach Föhr zu kommen und mit Fee zu reden. Aber nur, wenn das Ganze vernünftig abläuft. Und genau hier liegt das Problem. Er kennt dich eben nicht.«

»Dann fürchtet er also, das Treffen könnte in einer Katastrophe enden?«

Robert ließ sich mit seiner Antwort Zeit. »Ganz so krass hat er sich nicht ausgedrückt. Trotzdem, er rechnet wohl damit, dass du Fees Verstärkung bist und zusätzlich Öl ins Feuer gießt.«

Sarah trommelte mit den Fingern auf dem Lenkrad. »Das ist gar nicht gut. Vielleicht könnte ich ihn überzeugen, dass ich ganz vernünftig bin, wenn wir beide mal telefonieren.«

»Die Idee hat was. Aber Nico will seine Nummer nicht rausgeben. Unter keinen Umständen.«

»Du darfst ihm meine geben. Er kann mich anonym anrufen. Sag ihm das bitte.«

»In Ordnung. Ich richte es ihm aus«, entgegnete Robert. »Übrigens: Fee kann von Glück sagen, dass sie dich hat.«

Sarah war sich weniger sicher, dass sie Fee mit der ganzen Aktion tatsächlich einen Gefallen tat. Doch sie hatte ihre Entscheidung nun mal getroffen. »Bis dann.«

»Tschüss!«

Nach dem Telefonat setzte Sarah ihre Route fort und fuhr weiter nach Süderende. Kurz spielte sie mit dem Gedanken,

Gretje zu besuchen. Aber nach ihrem Gespräch vom Vortag fühlte sie sich noch zu aufgewühlt dafür und brauchte ein wenig Abstand.

Stattdessen zog sie eine Postkarte, die sie in der Buchhandlung am Sandwall erstanden hatte, aus ihrer Tasche. Die Karte zeigte ein historisches Schwarz-Weiß-Foto vom Wyker Strand und von Urlaubern in knielanger Badebekleidung. Sarah schrieb einen kurzen Gruß auf die Karte und steckte sie in Gretjes Briefkasten. Hoffentlich würde das Bild sie ein wenig aufheitern.

Als Sarah kurz darauf ein Paket auf der Terrasse von Gretjes Nachbarin abstellte, klingelte ihr Handy erneut. Ob das schon Nico war? Doch der hätte wohl kaum seine Nummer übertragen. Dass die Ortsvorwahl auf dem Smartphonedisplay aus Nordrhein-Westfalen stammte, war vermutlich kein gutes Zeichen.

Nervös meldete Sarah sich.

»Mein Name ist Orlowski«, sagte eine tiefe Frauenstimme. »Ich arbeite in der Personalabteilung der Deutschen Post.«

»Gibt es ein Problem mit meiner Versetzung?« Sarah verließ das Grundstück der Nachbarin und zog die grün lackierte Gartenpforte hinter sich zu.

»Nein, da ist mir nichts bekannt. Ich rufe Sie aus einem anderen Grund an. Ich befasse mich mit einem Vorwurf der sexuellen Belästigung am Arbeitsplatz. Frau Kiefer hat Sie als mögliche Zeugin benannt.«

»Tatsächlich?« Vor Wut knirschte Sarah mit den Zähnen. Was dachte Leni sich nur dabei, sie gegen ihren Willen in diese Angelegenheit mit reinzuziehen! »Das wundert mich.«

»Inwiefern?«

»Da ich ihr bereits mehrfach gesagt habe, dass ich keine Aussage machen möchte.«

»Diese Entscheidung liegt doch nicht allein bei Ihnen«, entgegnete Frau Orlowski. »Falls Sie etwas dazu beitragen können, den besagten Vorfall aufzuklären, dann brauche ich Ihre Aussage.«

Sarah lief auf dem schmalen Gehweg auf und ab. »Nur damit wir uns richtig verstehen: Sie fragen mich gerade, ob ich gesehen habe, wie Frau Kiefer von Herrn Göhler belästigt wurde?«

»Genau. Wir haben vorhin telefoniert und Frau Kiefer sagte mir, dass Sie vermutlich die Einzige sind, die etwas mitbekommen haben könnte.«

Sollte sie nun lachen oder weinen? Leni Kiefer hatte sie auf jeden Fall in eine Zwickmühle gebracht. Wenn sie nicht über Göhler auspacken wollte, blieben ihr nur zwei Optionen: Entweder log sie und behauptete, die Belästigung tatsächlich gesehen zu haben, oder sie sagte die Wahrheit und ließ Göhler davonkommen.

»Sind Sie noch dran?«, fragte Frau Orlowski.

»Ja.« Sarah starrte auf ihre Schuhe. »Hören Sie, es ist gerade sehr ungünstig. Kann ich Sie zurückrufen?«

»Natürlich. Meine Nummer haben Sie jetzt ja. Aber bitte lassen Sie sich nicht zu lange Zeit. Je eher wir Klarheit haben, desto besser.«

»Auf Wiederhören.«

Das Smartphone in Sarahs Hand schien auf einmal so viel zu wiegen wie ein Riesenpaket. Sie hatte gehofft, mit dem Umzug nach Föhr könnte sie vor ihren Problemen davonlaufen. Aber nun sah es so aus, als würde sie hier alles wieder einholen.

* * *

Barfuß wanderte Sarah über den weichen Wattboden, der zwischen ihren Zehen hervorquoll und ihr die Fußsohlen massierte.

Die Schuhe hatte sie am Strand zurückgelassen. Ein leichter Wind blies ihr die Haare ins Gesicht. Die Sonne besaß an diesem Nachmittag so viel Kraft, dass Sarah den Reißverschluss ihrer dünnen Jacke ein Stück weit nach unten zog.

Überall auf dem wellenförmigen Wattboden befanden sich kleine Häufchen, die von den Wattwürmern stammten, die sich im Boden eingruben. Anfangs war sie diesen Hinterlassenschaften ausgewichen, weil sie die Vorstellung unangenehm fand, in etwas Derartiges zu treten. Doch da die Würmer Wattboden fraßen, schieden sie auch genau das wieder aus.

Vom Pferd aus hatte Sarah weder den Wattwürmern noch den Tausenden von Muscheln besondere Beachtung geschenkt, deren weiße, herzförmige Schalen überall im Watt verstreut lagen. Vielleicht sollte sie an einem anderen Tag mit einem Eimer zurückkehren und die schönsten Exemplare einsammeln, um damit ihre Fensterbank zu verschönern. Das Zimmer in ihrer Wohngemeinschaft konnte ein wenig Dekoration gut vertragen.

Vor ihr tauchte ein Priel auf. Vorsichtig watete Sarah, die ihre Jeans bis zur Mitte der Waden hochgekrempelt hatte, in das lauwarme Wasser. Es war klar genug, um darin winzige Fische zu erkennen, die beinahe durchsichtig wirkten und mit dem Untergrund zu verschmelzen schienen. Neugierig bückte sich Sarah und beobachtete das Treiben im Priel. Im flachen Wasser gab es Minikrebse, deren Tarnung es unmöglich machte, die Tiere zu entdecken, solange sie sich nicht bewegten.

Sie erwischte sich bei dem Gedanken, dass sie Marten gern an ihrer Seite hätte, um ihn nach diesen seltsamen Tierchen zu fragen. Doch nach seinem Geständnis bezweifelte sie, dass er sie noch einmal zu einem Ausflug einladen würde. Der Gedanke versetzte ihr einen Stich.

Nachdem Sarah den Priel durchquert hatte, zog sie ihr Handy hervor und wählte Isabels Nummer. Es wurde höchste Zeit, sich ihrer besten Freundin anzuvertrauen.

»Hallo.« Isabel klang gut gelaunt. »Rate mal, wer heute ein Haus verkauft hat.«

»Herzlichen Glückwunsch!« Sarah zwickte ihr Gewissen, weil sie sich seit einer knappen Woche nicht mehr bei Isabel gemeldet hatte. »Und die Beurkundung am Mittwoch? Ist da alles glattgelaufen?«

»Leider nicht. Die Käufer sind in allerletzter Minute abgesprungen. Aber man kann nicht immer Glück haben. Und wie läuft es bei dir?«

»Im neuen Job ganz gut. Es ist meine alte Stelle, die mir Sorgen bereitet.« Sarah wich einer Strandkrabbe aus, die seitwärts krabbelnd ihren Weg kreuzte.

»Wieso das?«, fragte Isabel.

Sarah fasste ihre Telefonate mit Leni Kiefer in wenigen Worten zusammen und ließ auch den Anruf von Frau Orlowski nicht aus. »Ich möchte weder lügen noch Göhler ungeschoren davonkommen lassen. Aber alles in mir sträubt sich dagegen, von meinen eigenen Erfahrungen zu berichten.«

»Ich verstehe, dass du dich in die Enge gedrängt fühlst. Und es war sicher nicht die feine Art, was diese Leni mit dir gemacht hat. Aber ich kann auch ihr Verhalten nachvollziehen. Sie muss wirklich verzweifelt sein.«

»Das ist sie bestimmt.« Eine Haarsträhne hing Sarah vor den Augen und sie strich sie zurück hinters Ohr. »Anfangs war ich total wütend, weil sie mich nun gegen meinen Willen in die Sache mit hineinzieht. Inzwischen tut sie mir eher leid.«

»Ändert das etwas an deiner Entscheidung?«

Sarah wandte sich in Richtung Strand. Die grün, weiß und blau bemalten Strandkörbe sahen von hier aus winzig aus.

Besser sie kehrte um, bevor sich zu viel Wasser in den Prielen sammelte. »Nein«, sagte sie leise.

»Das habe ich mir schon gedacht.« Ein leises Seufzen war zu vernehmen. »Auch wenn ich mir gewünscht hätte, dass ich mich täusche.«

Langsam machte Sarah sich auf den Rückweg. »Ich würde ihr wirklich gern helfen. Aber ich kann nicht. Der Preis wäre zu hoch.«

Isabel ließ sich mit ihrer Antwort Zeit. »Wovor genau hast du eigentlich solche Angst? Angenommen, du packst bei der Personalabteilung über Göhler aus. Was wäre denn das Schlimmste, was passieren könnte?«

»Sie könnten mir glauben.« Ein scharfer Schmerz schoss durch Sarahs rechten Fuß. Sie hob ihn an und fand ein Stück Muschelsplitter, das in ihrer bloßen Sohle steckte.

»Das verstehe ich nicht. Wieso wäre das schlecht?«

Sarah zupfte sich das Muschelstück aus dem Fuß und lief weiter. »Weil dann alles wieder von vorne losgeht. Beim ersten Mal hat es Jahre gedauert, bis ich wieder ein halbwegs normales Leben führen konnte. Jetzt geht es mir gut. Das will ich nicht aufs Spiel setzen.«

»Wenn es dir tatsächlich so gut ginge, wie du behauptest, würde ich dir zustimmen«, entgegnete Isabel. »Aber genau das ist ja der springende Punkt. Du bist eben nicht okay. Andernfalls hättest du Göhler in seine Schranken verwiesen oder sein Verhalten gemeldet. Stattdessen bist du vor ihm weggelaufen.«

»Ich habe nie behauptet, dass alles wieder so ist wie früher. Natürlich hat mich diese Erfahrung verändert. Aber ich fühle mich so wohl, wie es eben geht.«

»Das reicht nicht.« Isabel hob die Stimme. »Du hast dich von Christopher getrennt, weil er Kinder wollte, und du glaubst, du könntest keine gute Mutter sein. Was damals passiert ist, beeinflusst immer noch dein Leben.«

»Damit habe ich mich abgefunden.« Ihr Fuß pochte beim Gehen, aber der Schmerz war auszuhalten.

»Genau das ist ja dein Problem. Wenn du dich jetzt mit Göhler auseinandersetzt, ist das vielleicht die Chance, auch alles andere zu verarbeiten. Christopher weiß doch bis heute nicht, warum du dich wirklich von ihm getrennt hast. Denkst du nicht, dass er die Wahrheit verdient?«

Sarahs Hals wurde eng. »Doch. Ich sollte mit ihm reden.«

»Nicht nur mit ihm.«

»Ich weiß nicht, ob ich das mit Göhler schaffe. Ich will das alles kein zweites Mal durchstehen müssen.«

Isabel zögerte. »Glaub mir bitte, wenn ich dir sage, dass das, was dir bevorstünde, nicht annähernd an das heranreicht, was du schon durchgemacht hast. Göhler hat dich nicht vergewaltigt, sondern angetatscht und verbal belästigt. Wahrscheinlich kommt es nicht einmal zu einem Gerichtsprozess. Der Mann verliert seine Stelle oder wird abgemahnt und fertig.«

»Bist du dir sicher?«

»Ziemlich sicher. Du hast von Göhler ohnehin nichts mehr zu befürchten. Für ihn wird es unangenehm. Du hingegen führst vermutlich nur ein paar Gespräche mit der Personalabteilung und das war's.«

Nachdenklich presste Sarah die Lippen zusammen. »Die Idee gefällt mir immer noch nicht.«

»Ich weiß.«

Sarah legte den Kopf in den Nacken und sog die salzige Seeluft ein. »Aber ich werde es trotzdem tun.«

Kapitel 20

Am Dienstagvormittag stand Sarah wieder vor Svens Haus. Dieses Mal mit einem Paket. Nervös klingelte sie an der Tür und verlagerte das Gewicht von einem Fuß auf den anderen. Frau Orlowski hatte sie gestern nicht mehr erreicht und die Aussicht auf das Telefonat mit ihr lag Sarah schwer im Magen. Hoffentlich würde wenigstens das Gespräch mit Sven halbwegs angenehm verlaufen.

Sie hörte Schritte, die Tür wurde geöffnet. Sven trug Jeans und ein fleckenfreies Shirt, das nicht so aussah, als hätte er damit gemalt. Trotz der eher frischen Temperatur lief er barfuß. Der Ausdruck in seinen braunen Augen ließ sich schwer deuten. »Hallo.«

»Hi.« Wie zur Erklärung hob Sarah das Paket hoch. »Ich habe Post für dich.«

»Danke.« Sven nahm ihr die Sendung ab. Schweigend stand er im Türrahmen.

Sarah hatte gehofft, er würde sie hineinbitten. Doch ihr Anliegen konnte sie auch zwischen Tür und Angel vorbringen. »Es tut mir leid, wenn ich dir neulich am Strand zu nahe getreten bin. Ob du nun einen Kinderwunsch hast oder nicht, geht mich nichts an. Und auf gar keinen Fall wollte ich dich wegen deiner Haltung dazu kritisieren.«

»Das war es gar nicht, worüber ich mich geärgert habe«, entgegnete Sven. »Ich finde es einfach nur daneben, wenn Kinder nach der Trennung wie Altlasten betrachtet werden. Und alleinerziehende Mütter als chancenlos in der Liebe.«

»Damit hast du natürlich recht. Nur sieht die Realität leider anders aus. Ich habe bloß gesagt, wie es meiner Meinung nach in der Welt da draußen zugeht. Nicht, dass ich das gut finde.«

»Mag sein. Aber indem du diese Haltung einfach hinnimmst, unterstützt du sie doch indirekt – und wenn auch nur durch dein Schweigen.« Er musterte sie ernst. »Stell dir vor, du wärst selbst betroffen – oder eine deiner Freundinnen. Würdest du dir dann nicht wünschen, dass die Menschen in deiner Umgebung dir vorurteilsfrei begegnen?«

Sarahs Hals fühlte sich an wie zugeschnürt. »Doch, natürlich. Und ich hoffe, dass Fee eines Tages jemanden findet, der sie wirklich verdient. Denn dieser Nico scheint das nicht zu tun. Glaube ich zumindest. Ich kenne ihn ja nicht.«

Svens Mundwinkel bogen sich eine Winzigkeit nach oben. »Keine Sorge! Du darfst ruhig Vorurteile gegenüber Männern haben, die eine schwangere Frau im Stich lassen. So etwas ist schließlich das Allerletzte.«

»Ja, das sehe ich auch so.« Sie spürte, wie ein Teil der Anspannung von ihr abfiel. »Ich mag Fee wirklich und ich wünsche ihr alles Gute. Übrigens sieht es jetzt so aus, als würde Nico möglicherweise doch noch einlenken und mit ihr reden.«

»Das freut mich für sie.« Sven stellte das Paket neben sich auf dem Boden ab. »Hoffentlich läuft diese Unterhaltung einigermaßen friedlich ab. Tut mir übrigens leid, dass ich so ruppig auf deine Bemerkung reagiert habe. Ich weiß ja, dass du es nicht böse gemeint hast.«

»Schon okay.« Sarah musterte ihn. »Wenn ich es nicht besser wüsste, würde ich sagen, dass ich bei dir einen wunden Punkt getroffen habe.«

Sven nickte. »Damit liegst du gar nicht mal falsch.« Er zupfte an seinem goldenen Ohrring. »Zwar bin ich keine alleinerziehende Mutter, aber mit Vorurteilen kenne ich mich aus.«

Wie von selbst huschte Sarahs Blick zu seinem schwarzen Ärmeltattoo.

»Die Tattoos sind es nicht«, bemerkte er. »Da reagieren die meisten Leute eher positiv drauf und fragen mich, was die Muster bedeuten oder bei wem ich die habe stechen lassen.« Sven schien zu zögern und räusperte sich. »Aber wenn jemand, der dir sehr nahesteht, sich das Leben nimmt ...« Er senkte den Blick und sprach leise weiter. »Ja, dann wirst du schnell mit ziemlich schlimmen Vorurteilen konfrontiert.«

»Das tut mir leid.« Plötzlich fühlte sich Sarah befangen. Auf keinen Fall wollte sie nun etwas Falsches sagen.

Sven strich sich über das bärtige Kinn. »Lass mich raten. Du überlegst gerade fieberhaft, was jetzt die passende Reaktion wäre.«

Sarah lächelte matt. »Ja, so in etwa.«

»Tu das nicht. Ich finde es furchtbar, wenn mich deswegen jemand wie ein rohes Ei behandelt. Ich bin immer noch derselbe wie vor ein paar Minuten.«

»Ich weiß.« Sie hätte diese Unterhaltung lieber im Haus fortgeführt, aber Sven schien sie nicht hereinbitten zu wollen. »War das der Grund, warum du mit dem Malen angefangen hast?«

Er nickte. »Ich hab damals eine Kunsttherapie gemacht und dabei entdeckt, dass mir Malen und Zeichnen sehr viel mehr Spaß bringen als mein Bürojob. Also habe ich gekündigt, meine Sachen gepackt und bin hierhergezogen.«

»Warum ausgerechnet Föhr?«

»Warum nicht? Die Insel hat doch alles, was man sich wünschen kann: Strände, schöne Architektur, Kunst und Kultur, Sportangebote und Menschen, die das Herz auf dem rechten Fleck haben. Außerdem kannte mich hier niemand. Ich konnte noch mal ganz von vorne anfangen.«

Sarah sah ihm in die dunklen Augen, die von winzigen Lachfältchen umgeben waren. Welche inneren Dämonen auch immer Sven in der Vergangenheit das Leben schwer gemacht hatten, er schien seinen Frieden mit ihnen geschlossen zu haben.

»Wenn du heute noch einmal vor der Entscheidung stündest, würdest du es dann wieder tun?«, fragte sie.

»Kündigen und Künstler werden?«

»Alles hinter dir lassen und nach Föhr ziehen.«

Sven ließ sich mit der Antwort Zeit. »Diese Frage habe ich mir nie gestellt. Ahnst du auch, warum nicht?«

»Nein.«

»Weil es keine Rolle spielt. Wenn ich etwas aus diesem Suizid gelernt habe, dann, dass es niemandem nützt, die Vergangenheit ändern zu wollen. Du kannst dich tausendmal fragen, ob du etwas hättest merken müssen. Oder ob du etwas hättest sagen können, um alles abzuwenden. Oder etwas hättest tun können – rechtzeitig. Tausend Fragen, aber keine Antwort, ganz einfach, weil es keine gibt. Deswegen ist es besser, nach vorne zu blicken. Alles andere macht dich nur fertig.«

Sarah spürte einen Kloß im Hals und räusperte sich. »Funktioniert es tatsächlich für dich? Ich meine, ohne Reue und Bedenken zu leben und nicht zurückzublicken?«

»Ja, das tut es«, erwiderte er. »Aus meiner Sicht ist es der einzige Weg, seinen inneren Frieden zu finden. Ich kann nur hoffen, dass Fee das auch erkennt. Es nützt ihr nichts, einem Urlaubsflirt nachzutrauern, der nie dazu bestimmt war, die Ferien zu überdauern. Fee ist eine starke Frau. Sie kommt auch ohne Nico zurecht.«

»Es muss damals schwer für dich gewesen sein.« Sarah schluckte, doch ihr Mund fühlte sich immer noch trocken an. »Wen hast du verloren?«

Er zögerte. Seine Lippen wurden schmal und über dem Nasenrücken bildete sich eine steile Falte. Als Sarah schon glaubte, er würde ihr die Antwort schuldig bleiben, sprach er doch noch. »Meine Lebensgefährtin.«

Fassungslos starrte Sarah ihn an. Sie hatte mit vielem gerechnet, aber nicht damit, dass Sven jemals mit einer Frau zusammengelebt hatte. Das schien viel zu verbindlich für einen Freigeist wie ihn. Doch vielleicht war er früher ganz anders gewesen. Sie selbst hatte sich schließlich auch verändert. Damals, als ihre Welt zusammengebrochen war.

Sven hob das Paket von der Schwelle auf. »Ich muss jetzt arbeiten. Danke fürs Vorbeischauen.«

»Keine Ursache.«

Im nächsten Moment zog er bereits die Tür hinter sich zu und ließ Sarah stehen. Sie fühlte sich regelrecht ausgesperrt. Und ein wenig überfordert. Wie konnte Sven ihr so etwas sagen und danach das Gespräch abwürgen? Doch vielleicht war dies die einzige Art, wie er sich ihr überhaupt hatte öffnen können.

Der Hauch eines Lächelns huschte über ihr Gesicht. Sven mochte sie immer noch auf Abstand halten. Doch für einen kostbaren Augenblick hatte er sie in sein Innerstes blicken lassen.

* * *

Am Nachmittag fuhr Sarah mit einem Leih-Rad über die Insel. Bis zu ihrem Jobwechsel hatte sie täglich viele Stunden auf dem Fahrradsattel verbracht und die Bewegung fehlte ihr. Für den heutigen Tag hatte sie sich eine relativ einfache Route auf gut befestigten Wegen im Südosten von Föhr ausgesucht.

Sie passierte ein langes Stück Küstenstreifen von Wyk und bog dann ins Inselinnere in Richtung Nieblum ab. Das vertraute Gefühl des Fahrtwinds in ihrem Gesicht verlieh ihr ungeahnte Energie. Sie trat noch fester in die Pedale, betrachtete die Getreidefelder und Kuhweiden, an denen sie vorbeifuhr, und genoss die Stille.

Heute bestimmte sie selbst das Tempo, brauchte nicht ständig anzuhalten, um Briefe zu verteilen, und konnte ungehindert ihren Gedanken nachhängen. Leider führten diese sie immer wieder zu Marten.

Knapp eine Woche war vergangen, seitdem er ihr seine Gefühle gestanden hatte. In der ganzen Zeit hatte sie nichts mehr von ihm gehört. Sarah vermisste ihre noch junge Freundschaft. Doch auf Marten zuzugehen, wagte sie nicht.

Sie passierte gerade das Ortsschild von Nieblum, als das Handy in ihrer Jackentasche klingelte. Aber direkt am Straßenrand an einer Stelle ohne Fußweg wollte sie nicht anhalten. Stattdessen fuhr sie weiter.

Auch der belebte Ortskern, den sie kurz darauf erreichte, schien ihr ungeeignet für ein Telefonat. Deshalb setzte sie ihren Weg fort, bis die aus rotem Backstein erbaute Kirche St. Johannis vor ihr auftauchte. Hier hatte Sarah ohnehin eine Rast einlegen wollen. Sie stellte ihr Rad auf dem schmalen Weg ab, der über den Friedhof bis zur Kirche führte, und holte ihr Handy aus der Jacke.

Das Display zeigte eine neue Nachricht an. Sarah rief ihre Mailbox an und eine fremde männliche Stimme erklang. »Hallo. Hier spricht Nico. Robert hat mir deine Nummer gegeben, damit wir uns unterhalten können. Anscheinend passt es gerade nicht. Ich versuche es später noch einmal. Bis dann.«

Die Nachricht klang genauso nichtssagend wie Nicos Stimme. Sarah hatte sie sich tief und sexy vorgestellt. Stattdessen nuschelte Nico leicht. Aber etwas musste er wohl an sich haben, wenn es ihm gelungen war, Fee für sich einzunehmen.

Da Sarah befürchtete, dass Nicos zweiter Anrufversuch sie erreichen könnte, während sie auf der Landstraße fuhr, rief sie Robert an. »Hi. Hier ist Sarah. Kannst du Nico bitten, sich jetzt gleich bei mir zu melden? Ich bin gerade mit dem Rad unterwegs und die meiste Zeit kann ich keine Anrufe entgegennehmen.«

»In Ordnung«, sagte Robert. »Falls er nicht ans Handy geht, schreibe ich dir eine SMS, damit du Bescheid weißt.«

»Danke.«

Sarah unterbrach die Verbindung, ließ ihr Fahrrad stehen und verließ den schmalen Kiesweg. Nervös lief sie auf dem Rasen vor der Kirche zwischen den alten Grabsteinen hindurch. Sie las einige der jahrhundertealten Inschriften, um sich abzulenken, doch es half nicht. Zu viel hing davon ab, dass sie es schaffte, Nico von einem Treffen mit Fee zu überzeugen.

Falls es ihr nicht gelang, würde Fee sich vermutlich für den Rest ihres Lebens die *Was-wäre-wenn*-Frage stellen. Und die wäre schlimmer als jede noch so herbe Enttäuschung. Sarah musste es wissen, denn sie stellte sich diese Frage jede Nacht vor dem Einschlafen. In dieser Phase, wenn die Gedanken unkontrolliert zu kreisen begannen und die Grenze zwischen Wachsein und Traum verschwamm.

Ein Klingeln riss Sarah aus ihren Grübeleien. Der Anruf war anonym, kam also wahrscheinlich von Nico. Ein letztes Mal atmete sie tief durch. Dann wischte sie mit dem Daumen über das Display. »Hallo, Nico. Danke für deinen Anruf.«

»Hi.« Nach dieser knappen Begrüßung schwieg er.

Sarah lief einen Slalom um die Grabsteine. Sie zwang sich, die Stille auszuhalten. Doch irgendwann ging das nicht mehr. »Robert hat mir erzählt, dass du mich gern kennenlernen möchtest, bevor du dich entscheidest, ob du herkommst. Also frag mich, was immer du wissen willst.«

Er räusperte sich. »Ja, das … Gerade komme ich mir total bescheuert vor, weil mir keine einzige Frage einfällt. Ich möchte wohl einfach nur wissen, worauf genau ich mich da einlasse.«

»Ich dachte, das wäre klar. Wir treffen uns hier zu viert: du, Robert, Fee und ich. Und dann reden du und Fee darüber, wie es weitergehen soll, wenn euer Baby auf der Welt ist.«

Nico schwieg eine Weile. »Okay, so weit, so gut. Aber was habe ich zu erwarten? Ich meine, wird das ein sachliches Gespräch oder fängt Fee wieder davon an, dass wir eine Familie sein sollen?«

»Keine Ahnung.« Sarah beschloss schon jetzt, dass sie Nico nicht mochte. »Spielt das eine Rolle?«

»Und ob!«, entgegnete Nico. »Wenn Fee wieder in Tränen ausbricht und einen auf Dramaqueen macht, muss ich mir das echt nicht geben.«

»Doch, das musst du.« Allmählich verlor sie die Geduld mit ihm.

»Es wäre ein reines Entgegenkommen von mir, wenn ich mitten in den Hochzeitsvorbereitungen durch halb Deutschland gurke, nur um zu reden. Das mache ich bestimmt nicht, um mir noch mehr Ärger einzuhandeln.«

Nur weil Sarah sich auf einem Friedhof befand, verkniff sie sich einen lautstarken Fluch. »Du hast hier etwas Wesentliches nicht begriffen. Fee bringt euer gemeinsames Kind zur Welt. Du wirst in wenigen Wochen Vater – ob dir das nun passt oder nicht. Also musst du auch Verantwortung übernehmen.«

»Finanziell ja. Aber ich muss mich nicht emotional erpressen lassen. Wir wussten beide von Anfang an, dass es nur eine Urlaubsaffäre ist. Und plötzlich will sie mehr und stellt mich als den Bösen hin.«

»Das liegt nur daran, dass Fee ein völlig falsches Bild von dir hat«, entgegnete Sarah scharf. »Sie glaubt tatsächlich, dass du im Grunde deines Herzens doch ein Vater sein möchtest.«

»Aber nicht für ihr Kind.« Nico wurde laut. »Ich habe andere Pläne. Ich werde in ein paar Wochen heiraten. Das muss Fee doch einsehen.«

Sarah rollte mit den Augen. Wenn es nach ihr ginge, würde sie Nico nur zu gern eine Feuerqualle an den Kopf werfen oder einen Seeigel ins Bett legen. Aber sie musste auch daran denken, was Fee wollte. Also zählte sie im Geiste bis drei und holte tief Luft. »Fee wird erst aufgeben, wenn du ihr dein wahres Gesicht zeigst.«

»Wie meinst du das?«

»Sie appelliert an das Gute in dir. Komm her und nutz die Gelegenheit, um ihr klarzumachen, dass da nichts Gutes ist.«

»Moment mal! Jetzt wirst du aber beleidigend.«

»Sehen wir uns die Fakten an.« Sarah marschierte in Schlangenlinien zwischen den Gräbern hindurch, um ihre Wut abzureagieren. »Erst betrügst du deine Freundin mit Fee, dann kehrst du zu ihr zurück, als sei nichts gewesen. Du willst, dass Fee euer Kind abtreibt, und brichst den Kontakt ab, weil sie das nicht tut. Und jetzt steckst du einfach den Kopf in den Sand, heiratest deine ahnungslose Freundin und hoffst, dass dein Lügengebäude nicht einstürzt wie eine Sandburg bei Flut.«

»Das ist ziemlich harter Tobak, was du dir da zusammengereimt hast. Außerdem war ich Single, als ich den Urlaub auf Föhr gemacht habe, und …«

»Die Details interessieren mich nicht. Das sind doch nur Haarspaltereien. Fee setzt Hoffnungen in dich, die völlig unbegründet sind. Und ich glaube nicht, dass sie aufgeben und dich jemals in Ruhe lassen wird, solange du ihr ausweichst. Komm her und sag ihr ins Gesicht, dass du nichts von ihr und von eurem Kind wissen willst.«

Er zögerte. »Wäre das nicht unnötig grausam?«

»Nicht so grausam, wie Fee noch länger zappeln zu lassen.« Sarah blickte zum Glockenturm der St.-Johannis-Kirche hinauf. »Also, was ist nun? Bist du mutig genug, um zu deinen Fehlern zu stehen?«

Kapitel 21

Sarah stellte die Platte mit den belegten Brötchenhälften in der kleinen Teeküche der Poststation ab. Zwar war sie reichlich spät dran, um ihren Einstand zu feiern, aber besser spät als nie. Auch wenn sie bedauerte, dass Gretje nicht dabei sein konnte.

Hannes griff nach einer Serviette und nach einer Brötchenhälfte mit Rührei. »Danke. Das mit dem zweiten Frühstück ist eine wirklich gute Idee.«

»Finde ich auch«, stimmte eine Kollegin mit blondem Pferdeschwanz zu, deren Name Sarah wieder entfallen war. »Hat jemand von euch in letzter Zeit mal mit Fee gesprochen?«

»Ja, ich.« Sarah nahm sich selbst ein Schinkenbrötchen. »Es geht ihr so weit gut. Das Kind ist aber noch nicht da.«

»Wäre ja auch etwas zu früh.« Hannes lehnte sich gegen den Kühlschrank. »Wir sollten trotzdem schon mal anfangen, für ein Babygeschenk zu sammeln. Normalerweise hätte Gretje das wohl übernommen. Aber wer weiß, wie lange sie noch krankgeschrieben ist.«

»Hoffentlich nicht mehr allzu lange. Ich werde sie nachher besuchen, wenn ich an ihrem Haus vorbeikomme.«

Hannes musterte Sarah. »Ihr habt euch schon richtig angefreundet, nicht wahr?«

»Ein bisschen.« Genussvoll biss sie in ihr Schinkenbrötchen. Es stammte vom selben Bäcker, bei dem auch Marten neulich eingekauft hatte. Die Erinnerung an ihre spontane Mittagspause vor der Tierarztpraxis stimmte sie wehmütig. Doch bevor sie länger darüber nachgrübeln konnte, schreckte das Klingeln ihres Handys sie auf.

Sarah zog es ungeschickt mit der freien linken Hand aus ihrer Gesäßtasche und erstarrte. Ausgerechnet jetzt rief Frau Orlowski an. »Tut mir leid, aber da muss ich rangehen.«

Eilig verließ sie die Küche und ging mit Brötchen und Handy in den Waschraum der Damentoiletten. Sie wischte mit dem Daumen über das Display. »Sarah Niehoff.«

»Guten Morgen! Orlowski hier. Wir haben uns ja gestern leider verpasst.«

»Und jetzt ist es auch ungünstig. Ich bin auf der Arbeit.« Sarah senkte die Stimme. »Hier kann jederzeit jemand ins Zimmer kommen.«

»Dann fasse ich mich kurz. Können Sie Angaben zu einer möglichen sexuellen Belästigung von Frau Kiefer machen?«

»Nein.« Sarah lief vor den Waschbecken auf und ab. Dabei musterte sie ihr blasses Gesicht im Spiegel. »Tut mir leid. Aber davon habe ich nichts mitbekommen.«

»Warum haben Sie das nicht schon am Montag erwähnt? Dann hätten wir uns diesen Rückruf doch sparen können.«

»So einfach ist das nicht.« Tief holte Sarah Luft. »Ich kann Ihnen nichts darüber sagen, aber ich möchte trotzdem eine Aussage zu Herrn Göhler machen. Und zwar in einem anderen Fall.«

»Wovon reden Sie?«, fragte Frau Orlowski.

»Von mir.«

In der Leitung herrschte eine Weile Schweigen. Schließlich räusperte sich Frau Orlowski. »Nur, damit wir uns nicht missverstehen. Sie wurden selbst von Herrn Göhler belästigt?«

»Das stimmt.« Der Geruch des Schinkenbrötchens verursachte Sarah auf einmal Übelkeit und sie warf es in den Abfallbehälter neben dem Papiertuchspender. »Die Sache zog sich über Monate hin. Schließlich habe ich es nicht mehr ausgehalten und mich versetzen lassen.«

»Wieso haben Sie sich nicht an den Betriebsrat oder an uns gewandt? Wir hätten Ihnen helfen können.«

»Ich wollte keine Hilfe. Bloß meine Ruhe.« Sarah spürte, wie sie in Schweiß ausbrach.

»Wir brauchen eine schriftliche, unterzeichnete Aussage von Ihnen«, fuhr Frau Orlowski fort. »Mit allen Details, an die Sie sich erinnern können.«

Sarah drehte einen Hahn auf und spritzte sich kühles Wasser ins Gesicht.

»Frau Niehoff, sind Sie noch dran?«

»Ja, natürlich.« Sie drehte das Wasser ab und wischte sich mit dem Ärmel über die feuchte Haut. »Ich bin jetzt bei der Arbeit. Hier kann ich wirklich nicht frei reden.«

»Das verstehe ich. Ich schicke Ihnen gleich meine E-Mail-Adresse. Schreiben Sie Ihren Bericht später ganz in Ruhe. Aber bitte sehen Sie zu, dass ich ihn noch diese Woche erhalte. Ihre Aussage könnte großes Gewicht für die laufenden Untersuchungen gegen Herrn Göhler haben.«

Sarah nahm ihre Wanderung durch den Waschraum wieder auf. »Sie bekommen das Schreiben noch heute. Das verspreche ich Ihnen.«

* * *

Mit einem Kuchenpaket in den Händen klingelte Sarah an Gretjes Tür. Heute hatte sie ihre Route extra so gelegt, dass Gretjes Straße die letzte auf der Tour war.

Doch als Sarah die Tür geöffnet wurde, erlebte sie eine Überraschung.

Marten, ganz lässig in Cargohose und T-Shirt, musterte sie aus meerblauen Augen. »Moin, Sarah.« Nichts in seinem Gesicht verriet, ob er sich über ihr unverhofftes Wiedersehen freute.

»Hallo.« Sie schluckte. Marten hatte ihr gefehlt. Doch nach seinem Geständnis während ihres Wattausritts fühlte sie sich in seiner Gegenwart seltsam befangen. »Wie kommt es, dass du heute nicht arbeiten musst?«

»Muss ich. Ich habe nur meine Mittagspause etwas ausgedehnt, um Gretje ihren neuen Mitbewohner vorbeizubringen.«

Aus dem Inneren des Hauses erklang ein leises Maunzen. »Gretje hat jetzt eine Katze?«

»Einen Kater«, korrigierte Marten. »Einer der Bauern hat es versäumt, seine Katze kastrieren zu lassen. Also habe ich mich unter den Besitzern meiner Patienten umgehört, wer ein Jungtier bei sich aufnehmen könnte.«

»Und wie bist du da bei Gretje gelandet?«

»Komm doch erst mal rein.« Marten trat beiseite. »Soll ich dir das da abnehmen?« Er deutete auf das Kuchenpaket in ihren Händen.

»Ja, bitte.« Sarah reichte ihm den Kuchen und zog Jacke und Schuhe aus.

Während Marten in Richtung Küche abbog, ging sie direkt ins Wohnzimmer. Dort saß Gretje auf ihrem Relaxsessel. Ein schwarzes Katzenbaby mit gelbgrünen Augen turnte auf ihren Beinen herum.

»Hallo, Sarah.« Gretje lächelte sie an. »Ich suche noch nach einem Namen für diesen kleinen Racker hier. Hast du einen Vorschlag?«

»Vielleicht Blacky oder Shadow?« Sarah kniete sich neben Gretjes Fußhocker, um den Kater näher zu betrachten. Er tapste auf sie zu.

»Nichts Englisches.« Gretje nahm eine gefiederte Plüschmaus in die Hand und hielt sie dem kleinen Kater vor die Nase. Der schlug blitzschnell mit der Pfote danach.

»Du hast nie erwähnt, dass du dir eine Katze anschaffen möchtest.«

»Der Gedanke kam immer mal wieder auf. Eigentlich wollte ich damit noch warten, bis ich mehr Zeit habe. Aber nun brauchte diese Fellnase ein Zuhause und ich habe spontan zugesagt.«

»Wer kann diesen Augen schon widerstehen?« Ganz langsam streckte Sarah ihre Hand aus und strich dem Kater über den Rücken. Sein Fell fühlte sich so weich an, dass Sarah es am liebsten nie mehr losgelassen hätte.

Doch der kleine Kerl entzog sich ihr und nahm seine Plüschmaus zwischen die Krallen.

»Meine Ärztin hat mich für zwei weitere Wochen krankgeschrieben«, sagte Gretje. »Da kann ich dem Kater erst mal Gesellschaft leisten. Und wie es danach weitergeht, steht in den Sternen.«

»Das tut mir sehr leid.« Sarah nahm auf dem Sofa Platz. »Wäre Altersteilzeit nicht vielleicht doch eine Lösung?«

Gretje zuckte mit den Schultern. »Ich habe das immer weit von mir geschoben. Aber jetzt denke ich zum ersten Mal ernsthaft darüber nach. Wenn Fee in der Elternzeit ebenfalls in Teilzeit geht – und damit rechne ich –, wird hier langfristig eine Stelle frei.« Prüfend sah Gretje sie an. »Du könntest hierbleiben, wenn du möchtest.«

»Du weißt, dass ich das nie vorhatte«, wehrte Sarah ab.

»Pläne können sich ändern«, erwiderte Gretje. Sie senkte die Stimme. »Und wenn ich nicht komplett auf dem Holzweg bin, gibt es hier einen Mann, der dich sehr mag.«

Sarah spürte, wie ihr die Hitze in den Kopf schoss. »Das bildest du dir nur ein.«

»Bestimmt nicht. Ich hatte schon nach diesem Abendessen meinen Verdacht, als …«

Marten kehrte mit einem Tablett aus der Küche zurück. Darauf befanden sich der Butterkuchen aus der Bäckerei und drei dampfende Teetassen. »Bedauerlicherweise muss ich in zehn Minuten wieder los. Es warten noch zwei Zahnstein-Behandlungen und eine Kastration auf mich.«

»Keine Details bitte«, bat Sarah. »Lasst uns einfach nur den Tee genießen.«

»Und deinen Kuchen«, ergänzte Gretje.

»Leider nicht selbst gebacken«, bemerkte Sarah. »Die Küche in meiner WG hat keinen Ofen, nur eine Mikrowelle und zwei Herdplatten.«

Gretje zog die Augenbrauen hoch. »Was sind denn das für Zustände?«

Marten verteilte die Kuchenteller und die Tassen. Dann setzte er sich neben Sarah. »In Fees alter Wohngemeinschaft sah es kaum besser aus. Bei der aktuellen Wohnungsknappheit können die Eigentümer jede Bruchbude zu einem horrenden Preis vermieten.«

Sarah goss Sahne in ihren Tee. »Das halbe Jahr kann ich mich damit arrangieren.«

Marten und Gretje tauschten einen Blick, den Sarah nicht zu deuten vermochte. Der kleine Kater hüpfte vom Fußhocker und zischte unter das Sofa.

Gretje sah ihm hinterher. »Er braucht dringend einen Namen, damit er merkt, wenn ich mit ihm rede.«

»Meine Vorschläge wurden bereits abgelehnt.« Sarah rührte noch einen Löffel Kandiszucker in ihren Friesentee.

»Hm.« Marten klopfte sich mit dem Zeigefinger gegen das Grübchen in seinem Kinn. »Wie wäre es mit Matthias nach dem Glücklichen Matthias?«

»Keine schlechte Idee«, erwiderte Gretje. »Der Name gefällt mir.«

»Wer ist der Glückliche Matthias?«, fragte Sarah. Sie schob sich eine Gabel voll Butterkuchen in den Mund. Der Teig schmeckte saftig und besaß genau die richtige Süße.

»Matthias Petersen war ein Kapitän und Walfänger aus Oldsum, der im 17. Jahrhundert gelebt hat und wegen seines Erfolgs den Beinamen der Glückliche annahm. Er soll dreihundertdreiundsiebzig Wale erlegt haben und dadurch ziemlich wohlhabend geworden sein.«

Sarah verzog das Gesicht. »Keine sonderlich schöne Art, sein Geld zu verdienen.«

»Das haben die Menschen vor vierhundert Jahren vermutlich anders gesehen«, meinte Marten. Er saß so dicht neben ihr, dass ihre Knie sich beinahe berührten.

Sie konnte die Wärme spüren, die sein Körper ausstrahlte. Sein Aftershave roch ein wenig herb und erinnerte Sarah an eine frische Meeresbrise. Viel bräuchte es nicht. Nur ein winziges Stück nach links und sie würde seine Finger mit ihren streifen.

Ein Teil von ihr fragte sich, wie es wohl wäre. Doch sie hatte neulich im Watt die Entscheidung getroffen, nicht auf Martens Annäherungsversuche einzugehen. Und dabei musste sie bleiben, wenn sie nicht die nächste Beziehungskatastrophe riskieren wollte. Vorsichtig rückte sie von ihm ab.

Er schien es nicht zu bemerken – vielleicht tat er auch nur so – und trank schweigend seinen Tee.

Sarah sagte ebenfalls nichts mehr. Sie lauschte auf das Ticken der Wanduhr und auf die kleinen Geräusche, die der Kater unter dem Sofa machte, während er mit seiner Plüschmaus spielte. Wann hatte sie das letzte Mal in völliger Stille eine Tasse Tee getrunken? Sie konnte sich nicht erinnern.

Schließlich stellte Marten seine Tasse mit einem leisen Klirren auf dem Couchtisch ab. »Ich muss jetzt auch wieder. Danke für den Tee und den leckeren Kuchen.«

»Ich danke dir, dass du den kleinen Matthias vorbeigebracht hast«, entgegnete Gretje. »Er ist zuckersüß.«

Lächelnd stand Marten auf. »Das sind Katzenbabys doch immer. Sarah, kannst du mich bitte kurz zum Wagen begleiten? Ich habe da noch ein paar Dinge im Kofferraum, die Gretje für Matthias braucht.«

»Natürlich.« Auch Sarah erhob sich.

Sie folgte Marten in den Hausflur, wo beide ihre Schuhe und Jacken anzogen.

Lächelnd hielt Marten Sarah die Tür auf. »Nach dir.«

Sein Auto stand wenige Meter vom Grundstück entfernt am Straßenrand und entpuppte sich als silberner Volvo Kombi älteren Baujahrs. Der praktische Wagen, der nicht dazu geeignet schien, mit ihm anzugeben, passte gut zu Marten. Der öffnete den Kofferraum und förderte ein Katzenklo mit Deckel und eine Großpackung Streu zutage.

Sarah nahm ihm das Klo ab. »Hast du das etwa alles in deiner Mittagspause gekauft?«

Er nickte. »Normalerweise gehört das nicht mit zum Service. Aber da Gretje gerade nicht mobil ist …« Er räusperte sich. »Da drinnen wollte ich das Thema nicht anschneiden, weil ich nicht genau weiß, wie viel Fee Gretje über Nico erzählt hat. Danke, dass du mit ihm gesprochen hast.«

»Hab ich gern gemacht. Na ja, vielleicht nicht wirklich gern. Aber es war okay für mich.«

»Ich verstehe, was du meinst.« Sein Lächeln wirkte traurig. »Es bedeutet mir wirklich viel, dass du Fee so hilfst. Eine Freundin wie dich kann sie gut gebrauchen.«

»Danke.« Sarah umklammerte das Katzenklo und fühlte sich um Worte verlegen.

Marten stand mit der Streu im Arm vor ihr und wirkte genauso verloren, wie sie sich fühlte. »War schön, dich mal wiederzusehen. Meinetwegen müssen wir uns jetzt auch nicht aus dem Weg gehen, nur weil ich …« Seine Wangen überzog ein roter Hauch. »Ich meine, wir können doch immer noch Freunde sein, oder nicht?«

»Natürlich.« Sarah fürchtete, dass ihr Lächeln ein wenig verkrampft ausfiel. Dabei freute es sie doch, dass Marten es ihr so leicht machte. »Das wäre schön.«

* * *

Sarah lag bäuchlings auf ihrem Bett und starrte auf das Display ihres Notebooks, bis ihr die Buchstaben vor den Augen verschwammen. Jede Zeile für das Schreiben an Frau Orlowski kostete Überwindung. Nach zwei Stunden hatte sie nicht einmal die Hälfte des geplanten Textes geschafft, der zudem vor Rechtschreib- und Grammatikfehlern nur so strotzte – ein sicheres Anzeichen dafür, wie aufgewühlt Sarah war.

Mit einem Seufzen klappte sie das Notebook zu. Sie brauchte dringend eine Pause von der Erinnerung an Göhler und seine widerlichen Finger, die er einfach nicht bei sich behalten konnte.

Ihr Blick fiel auf das Smartphone, das auf dem Nachttisch lag. Vielleicht wurde es Zeit, ihren zweiten guten Vorsatz in die Tat umzusetzen und Christopher anzurufen. Allein die Aussicht auf das Telefonat genügte, damit es in ihrem Magen rumorte. Aber länger zu warten würde es auch nicht einfacher machen.

Zwar hatte sie Christopher schon vor Monaten aus ihrem Telefonbuch gelöscht, doch seine Handynummer kannte sie immer noch auswendig. Sie wählte und presste angespannt die Lippen zusammen, während sie dem Freiton lauschte. Würde Christopher überhaupt rangehen, wenn er ihre Nummer sah? Bei ihrer letzten Begegnung waren schließlich harte Worte gefallen.

Es klingelte ein Dutzend Mal, dann nahm Christopher doch noch ab. »Hi.« Bloß dieses eine Wort und danach Schweigen.

»Hallo.« Auch Sarah wusste plötzlich nicht mehr, was sie sagen sollte. Dabei hatte sie doch selbst angerufen. Sie räusperte sich. »Ich war mir nicht ganz sicher, ob du überhaupt bereit bist, mit mir zu reden.«

»Doch, natürlich.« Seine Stimme klang belegt. »Ich habe selbst schon darüber nachgedacht, dich anzurufen. Ein paar der Dinge, die ich dir an den Kopf geworfen habe, waren wirklich nicht schön. Ich wollte mich dafür entschuldigen.«

Sarah krallte sich mit der freien linken Hand im Kopfkissen fest. »Du hattest jedes Recht, wütend auf mich zu sein. Ich an deiner Stelle hätte vermutlich noch ganz anders reagiert.«

»Nein, das glaube ich nicht. Gerade weil du so ein lieber Mensch bist, kam es für mich wie ein totaler Schock, dass du wie aus heiterem Himmel Schluss gemacht hast. Und alles, was du mir zu sagen hattest, fühlte sich an wie vorgeschobene Ausflüchte.«

»Du kennst mich eben viel zu gut.«

»Ich hatte also recht?« Selbst ein Jahr später schwang die alte Verletzung noch hörbar in seiner Stimme mit.

Fest knautschte Sarah das Kissen in ihrer Faust. Während ihres Telefonats mit Isabel hatte sie sich das hier deutlich leichter vorgestellt. »Ich hatte Angst davor, Mutter zu werden. Aber das konnte ich dir nicht sagen. Und als mir klar wurde, wie ernst es dir mit deinem Kinderwunsch ist, da hab ich die Reißleine gezogen.«

»Darum ging es?« Christophers Tonfall hörte sich ungläubig an. »Ich dachte, du liebst mich einfach nicht genug für den nächsten Schritt.«

»Doch. Das habe ich getan.« Ihre Kehle fühlte sich seltsam eng an. »Ich möchte, dass du das weißt. Christopher, es lag wirklich nicht an dir. Und ich wünsche dir und deiner neuen Freundin alles Gute.«

»Danke. Ich habe mir schon gedacht, dass Isabel dir von unserer Begegnung im Supermarkt erzählt. Es ist alles noch sehr frisch und ich … Meine Güte! Wieso habe ich bloß nicht begriffen, dass dich mein Kinderwunsch so dermaßen abgeschreckt hat? Ich hätte dir besser zuhören sollen.«

»Gib dir dafür nicht die Schuld. Ich habe das nie so klar geäußert.«

»Aber warum denn nicht? Wir konnten uns doch sonst alles sagen.«

»Nein, das hast du nur geglaubt.« Es kostete Sarah mehr Überwindung, als sie angenommen hatte, die nächsten Worte auszusprechen. »Es gab immer einen Teil von mir, den ich dir nicht gezeigt habe.«

»Wovon sprichst du, in Gottes Namen?«

Sie schluckte und holte tief Luft. »Bevor wir uns kennengelernt haben, war ich schon einmal schwanger und ich … Ich weiß einfach nicht, ob ich …« Mehr brachte sie trotz aller Mühen nicht heraus.

»Schon gut. Du brauchst es nicht auszusprechen«, entgegnete Christopher, der sie immer noch viel zu genau kannte. »Ich hatte ja keine Ahnung. Warum hast du nie ein Wort gesagt?« Seine Stimme knickte ein. »Ich hätte es verstanden. Ganz gleich, ob es nun eine Fehlgeburt oder ein Abbruch war.«

Sarah sparte es sich, ihn aufzuklären. Beide Varianten klangen für sie besser als die bittere Wahrheit – und erfüllten ihren Zweck. »Ja, du hättest mich verstanden und mir zuliebe womöglich sogar auf eigene Kinder verzichtet. Aber das wollte ich nicht. Niemand sollte ein solches Opfer bringen.«

»Wenn wir damals offen darüber gesprochen hätten …« Seine Stimme hörte sich gepresst an. »Wer weiß schon, was passiert wäre? Vielleicht hätte ich dir deine Ängste sogar eines Tages nehmen können und …«

»Nein, Christopher«, entgegnete sie scharf. »Dieser Tag wäre niemals gekommen. Es tut mir leid, wie wir uns getrennt haben. Aber ich glaube immer noch, dass die Entscheidung an sich richtig war.«

»Ich bin mir da nicht mehr so sicher. Aber die Zeit lässt sich nun mal nicht zurückdrehen.«

»Nein, das kann man nicht.« Sarah strich das zerknautschte Kissen glatt. »Einigen wir uns doch darauf, dass wir beide Fehler gemacht und hoffentlich aus ihnen gelernt haben.«

»Einverstanden.« Er klang traurig. »Dann bleibt mir wohl nichts mehr übrig, als dir ein schönes Leben zu wünschen.«

»Danke«, erwiderte Sarah mit feuchten Augen. »Das wünsche ich dir auch.«

Kapitel 22

»Komm doch mit!«, bat Miri. Sie nahm Sarahs leichte Sommerjacke vom Garderobenhaken und drückte sie ihr in die Hand. »Du störst auf keinen Fall. Ich würde dir wirklich sagen, wenn's so wäre.«

Unschlüssig knautschte Sarah den Stoff zwischen ihren Fingern. »Aber weder Robert noch Sven rechnen mit mir. Ihr wolltet doch einen Abend zu dritt verbringen.«

»Das ist kein Staatsbankett, sondern ein Grillabend. Entspann dich. Wenn wir uns nur zu dritt treffen, müssen Robert und ich uns die ganze Zeit zusammenreißen, um Sven nicht mit unserem Geknutsche zu nerven. Du tust mir also einen Gefallen. Und Sven auch. Der freut sich bestimmt, dich zu sehen.«

»Hast du mir nicht selbst gesagt, dass Sven der Falsche für mich wäre?«

»Der Meinung bin ich nach wie vor. Aber du sollst ihn ja nicht heiraten, sondern nur mit ihm grillen. Ganz locker und ohne Hintergedanken.«

Sarah seufzte theatralisch. »Einverstanden.« Sie schlüpfte in ihre Jacke. »Wollen wir noch einen Zwischenstopp im Supermarkt einlegen?«

Miri zog die Brauen hoch. »Hast du etwa Angst, dass das Essen nicht reicht? So wie ich Robert und Sven kenne, haben die für eine ganze Fußballmannschaft eingekauft.«

»Wenn ich schon uneingeladen auftauche, sollte ich wenigstens etwas zu trinken mitbringen.«

»Auch das wird uns nicht ausgehen.« Miri berührte sie am Arm. »Mach dir nicht so viele Gedanken, okay?«

Sarah nickte. Nachdem sie den größten Teil des Nachmittags an ihrem Schreiben für Frau Orlowski gesessen hatte, brauchte sie dringend ein wenig Ablenkung. Und ihr Magen knurrte auch.

Eine Viertelstunde später parkte Sarah den Polo vor Svens Grundstück am Straßenrand. Kaum dass der Wagen stand, riss Miri auch schon die Beifahrertür auf und sprang aus dem Fahrzeug, während Sarah sich mit dem Aussteigen etwas mehr Zeit ließ. Aus sicherer Entfernung beobachtete sie Sven und Robert, die in einer Ecke des Vorgartens beim Grill standen. Draußen war es bereits dunkel. Doch der Schein der Flammen in einer großen Feuerschale direkt neben dem Grill erhellte ihre Gesichter.

Tief holte Sarah Luft. Nach ihrer letzten Begegnung mit Sven wusste sie nicht so recht, was sie von ihrem Wiedersehen erwarten sollte. Er hatte sich ihr gegenüber zum ersten Mal wirklich geöffnet und etwas sehr Persönliches preisgegeben. Hob das ihre Freundschaft auf eine neue Stufe oder bereute er seine Offenheit mittlerweile?

Langsam folgte Sarah Miri, die Robert mit einem kurzen Kuss und Sven mit einer Umarmung begrüßte. Auf dem Rost brutzelten einige Würstchen vor sich hin und ihr Duft vermengte sich mit dem Geruch des Rauches, der von den glühenden Kohlen aufstieg.

»Hallo.« Sarah winkte in die Runde. »Ich hoffe, es ist in Ordnung für euch, dass ich einfach so mitgekommen bin.«

»Natürlich.« Robert lächelte sie an. »Schön, dass du hier bist.«

»Sehe ich auch so.« Sven wendete die Würstchen auf dem Grill mit einer Zange, ohne Sarah dabei aus den Augen zu lassen. »Ich habe gedacht, das hier sei zu spät für dich.« Er machte eine Geste, die Miri, Robert und den Grill einschloss. »Weil du doch immer so früh mit der Arbeit anfängst. Sonst hätte ich dich gleich mit eingeladen.«

»Jeden Tag kann ich mir so was nicht erlauben«, räumte Sarah ein. »Aber *eine* kurze Nacht ist kein Problem.« Sie umrundete die Feuerschale und den Grill. Der Rauch brannte ihr in den Augen, aber sie wollte näher bei Sven stehen.

Robert öffnete eine Bierflasche und reichte sie Miri. Danach wandte er sich an Sarah. »Trinkst du auch eins?«

Normalerweise hätte sie abgelehnt, wenn sie am nächsten Morgen um sieben zur Arbeit erscheinen musste. Doch heute wollte sie ein wenig über die Stränge schlagen. »Ja, bitte.«

Die Flasche fühlte sich angenehm kühl an ihren Fingern an, während die heiße Luft vom Grill ihr das Gesicht wärmte. Sarah nippte an dem Bier und genoss seinen herben Geschmack.

Miri und Robert, die auf der anderen Seite des Grills standen, steckten die Köpfe zusammen und unterhielten sich so leise, dass Sarah nur die Hälfte verstand. Anscheinend ging es um einen Surfkurs, den Robert gerade belegte.

»Ich hoffe, du magst Würstchen«, bemerkte Sven. »Wenn nicht, kann ich auch Mais oder Bananen auf den Grill werfen.«

Sie schmunzelte. »Ist dir der Spinat etwa ausgegangen?«

»Ich fürchte ja.« Er grinste schelmisch. »Aber ich hätte noch gefrorene Karotten und Erbsen im Angebot.«

»Nein, danke. Dann doch lieber ein Würstchen.« Erleichtert registrierte sie, dass Sven sich ihr gegenüber genauso ungezwungen verhielt wie vor ihrer letzten Unterhaltung an der Haustür.

»Robert hat mir erzählt, dass Nico dieses Wochenende auf die Insel kommt«, bemerkte Sven. »Und das ist wohl allein dein Verdienst.«

»Ja, ich hatte dabei meine Finger im Spiel. Allerdings frage ich mich allmählich, ob ich Fee damit wirklich einen Gefallen tue.«

»Wer kann das schon wissen. Aber was passieren soll, passiert.« Sven musterte sie. »Und wenn du das akzeptierst, kannst du dich auch sicher besser entspannen.«

»Wieso sagst du das?«

»Weil ich deinen hochgezogenen Schultern ansehe, dass dich etwas belastet. Und ich nehme einfach mal an, es geht dabei um Fee.«

»Da irrst du dich.« Sarah trank einen Schluck Bier. Sie zögerte, entschied sich aber, Sven nicht auszuweichen. »Mir geht gerade so einiges durch den Kopf. Ich musste heute eine schwierige Entscheidung treffen. Es ist zwar der richtige Weg, aber trotzdem könnte es unangenehme Konsequenzen haben.«

»Möchtest du darüber reden?«, fragte Sven.

»Nicht jetzt. Heute möchte ich lieber alles für ein paar Stunden vergessen.« Die schwierige Unterhaltung mit Christopher, aber vor allem den Bericht über Göhler. Wie schön wäre es, diese Dinge aus ihrem Kopf zu verbannen und einfach nur den Moment zu genießen.

»Gute Entscheidung.« Sven nahm mit der Zange ein Würstchen vom Grill und hob die Stimme. »Wenn ihr die Dinger essen möchtet, bevor sie sich in Kohle verwandeln, solltet ihr eine Pause einlegen.«

Miri löste ihre Lippen von Roberts. »Nicht so ungeduldig!« Sie holte einen Stapel Teller vom kleinen Beistelltisch und verteilte das Geschirr an Sarah, Robert und Sven.

Letzterer legte jedem eine goldbraun gebratene Schinkenwurst auf den Teller.

Kritisch beäugte Sarah ihr Exemplar, doch vom Zustand der Verkohlung war diese Wurst zum Glück noch weit entfernt. Ganz im Gegenteil. Ihr Duft machte ihr den Mund wässrig, obwohl sie vorhin noch befürchtet hatte, dass ihr das Schreiben an Frau Orlowski auf den Magen geschlagen wäre.

Sie stellte das Bier neben sich auf dem Boden ab und nahm sich Weißbrot und Currysoße. Die anderen taten es ihr gleich. Gemeinsam aßen sie einträchtig und Miri und Robert schafften es tatsächlich mit nur zwei kurzen Kusspausen, ihre Bratwürste zu vertilgen.

Sarah tunkte ihren letzten Wurstzipfel in die Soße, schob ihn in den Mund und seufzte genussvoll. »Das war mit Abstand die beste Currywurst, die ich je gegessen habe.«

Sven lächelte sie an. »Ich würde ja gern behaupten, dass es mein Verdienst als Grillmeister ist. Aber wir haben hier einfach eine super Schlachterei.«

»Ich glaube, es liegt an der Currysoße.«

»Die ist allerdings selbst gemacht.« Er legte weitere Würstchen auf den Rost. »Ich gehe davon aus, dass ihr alle einen Nachschlag wollt?«

»Was für eine Frage!« Robert grinste breit. »Der Abend ist schließlich noch jung.« Er hob seine halb volle Bierflasche. »Auf uns! Und auf Föhr, den wohl schönsten Flecken auf diesem Planeten.«

Miri zog bei Roberts letztem Satz ein wenig spöttisch die Augenbrauen hoch, doch sie prostete ihm dennoch zu.

Verspätet hob auch Sarah ihre Flasche auf. »Auf Föhr!«, sagte sie. Zwar bezweifelte sie stark, dass diese kleine nordfriesische Insel das Paradies auf Erden war, aber einen gewissen Charme konnte sie Föhr nicht absprechen.

»Auf meine Wahlheimat!«, wiederholte Sven und ließ seine Flasche gegen Sarahs klirren. »Es gibt keinen besseren Ort, um eine verletzte Seele zu heilen.«

Sarah nippte an ihrem Bier. »Große Worte.«

»Aber nichts als die Wahrheit.« Er sah sie an, als ahnte er, was wirklich in ihr vorging.

Hastig leerte Sarah ihr Bier. Heute wollte sie einfach nur mit Freunden zusammensitzen und ihre Sorgen vergessen. Selbst wenn sie dafür einen Kater in Kauf nehmen musste.

* * *

Das nervtötende Klingeln des Handy-Weckers schlich sich in Sarahs Träume. Noch mit geschlossenen Augen streckte sie den Arm aus und tastete sich vor, bis ihre Finger das Smartphone umfassten. Vorsichtig blinzelte sie. Das frühe Sonnenlicht blendete ihre schmerzempfindlichen Augen und hinter ihren Schläfen pochte es. Doch immerhin gelang es ihr, den Handy-Alarm abzuschalten.

Stöhnend sank sie zurück ins Kissen. Gestern Abend hatte sie es mit dem Feiern übertrieben. Miri, die Glückliche, hatte Spätschicht und konnte noch stundenlang im Bett liegen bleiben. Das Gleiche galt vermutlich für Robert und Sven. Nur Sarah musste spätestens um sieben in der Poststelle sein, um ihre Sendungen zu sortieren.

Ein zweiter Alarm schrillte. Sarah konnte sich nicht daran erinnern, ihn eingestellt zu haben. Doch anscheinend hatte sie trotz der vielen Biere noch genügend Voraussicht dazu besessen.

Gerade jetzt wäre sie allerdings lieber wieder eingenickt. Im Halbschlaf-Modus wischte sie über das Display.

»Guten Morgen!« Das Handy redete mit ihr. Und die weibliche Stimme kam ihr vage bekannt vor. »Ich hoffe, es ist nicht zu früh für einen Anruf.«

»Doch«, stöhnte Sarah. Sie wälzte sich auf der Matratze herum. »Es ist kurz nach sechs. Also praktisch mitten in der Nacht.«

»Aber doch nicht für Frühaufsteher wie uns.« Die Stimme klang aufgekratzt und sie gehörte zu Leni Kiefer. »Ich wollte Sie nicht bei der Arbeit stören. Also dachte ich, jetzt wäre ein guter Zeitpunkt, um zu reden.«

»Das haben wir doch alles längst hinter uns.« Schwerfällig schwang Sarah die Beine aus dem Bett und warf die wärmende Decke zur Seite. »Beim letzten Mal haben Sie mir mehr als deutlich zu verstehen gegeben, was Sie von mir halten, und danach aufgelegt.«

»Es tut mir leid. Ich hätte das nicht sagen sollen. Aber ich war einfach so enttäuscht, dass Sie sich geweigert haben, mir zu helfen. Da ist mir diese Bemerkung rausgerutscht. Ich konnte doch nicht ahnen, dass Sie Ihre Meinung noch ändern werden.«

»Sie haben mit Frau Orlowski gesprochen.«

Es war keine Frage. Dennoch bejahte Leni Kiefer. »Als sie mich gestern angerufen hat, konnte ich es kaum glauben. Ich meine, ich habe natürlich darauf gehofft, dass Sie wenigstens meine Geschichte bestätigen.«

»Dafür hätte ich lügen müssen«, erwiderte Sarah scharf.

»Es wäre doch nicht wirklich eine Lüge gewesen, wenn wir beide wissen, wozu Herr Göhler fähig ist.«

Sarah schüttelte den Kopf, auch wenn Leni sie gar nicht sehen konnte. »In diesem Punkt sind wir wohl unterschiedlicher Meinung. Für mich kommt es nicht infrage, einem Mann eine Belästigung zu unterstellen, auch wenn er eine andere Frau tatsächlich belästigt hat.«

»Also geben Sie endlich zu, dass Göhler Sie belästigt hat?«

»Ich dachte, das wüssten Sie längst. Genau aus diesem Grund haben Sie mich schließlich angerufen.« Sarah rieb sich den Schlaf aus den Augen. Für eine solche Unterhaltung fühlte sie sich längst nicht munter genug.

»So genau wollte Frau Orlowski mir das nicht verraten. Sie hat lediglich gesagt, dass Sie Angaben zu einem anderen Belästigungsfall gemacht haben. Den Rest habe ich mir dann zusammengereimt.«

»Vielleicht liegt es daran, dass ich geistig noch nicht auf der Höhe bin, aber ich verstehe nicht ganz, warum Sie überhaupt anrufen.«

»Na ja. Nachdem wir beide nun Leidensgenossinnen sind, denke ich, dass wir uns absprechen sollten.«

»Absprechen?« Dieses Telefonat kam Sarah inzwischen genauso unwirklich vor wie der Traum von Sven, ihr und zwei durchgehenden Islandpferden, aus dem sie vorhin der Wecker herausgerissen hatte. »So was dürfen wir vermutlich gar nicht.«

»Ich meine damit nicht unsere Aussagen«, entgegnete Leni Kiefer. »Sondern wie wir weiter vorgehen.«

Sarah schlüpfte in ihre Hausschuhe, weil sie allmählich kalte Füße bekam. »Ich glaube nicht, dass wir noch etwas unternehmen müssen. Frau Orlowski hat mir gesagt, dass sie sich um alles Weitere kümmert.«

»Was die interne Klärung betrifft, ja. Aber nun, da wir zu zweit sind und dadurch glaubwürdiger wirken, stehen uns noch andere Möglichkeiten offen.«

Kälte kroch Sarahs Beine hoch und breitete sich in ihrem Körper aus. Einhändig zog sie die Decke vom Bett und schlang sie sich um die Schultern. »Ich werde keine Strafanzeige erstatten, falls Sie darauf anspielen.«

»Und warum nicht?«

»Weil ich es nicht will.« Die Vorstellung, noch einmal eine Aussage bei der Polizei machen zu müssen, womöglich sogar ein zweites Mal im Gerichtssaal zu sitzen, ließ sie in kalten Schweiß ausbrechen.

»Göhler könnte davonkommen. Wenn es schlecht läuft, wird er nur versetzt oder abgemahnt. Das ist doch keine richtige Strafe. Er soll büßen für das, was er getan hat.«

»Es geht Ihnen also um Rache.« Das Pochen hinter Sarahs Schläfen verstärkte sich, dafür war ihre Müdigkeit wie weggeblasen. »Hätte ich das geahnt, hätte ich Ihnen nicht geholfen. Ich dachte, Sie würden höhere Ziele verfolgen. Dass Sie andere Frauen vor Göhler schützen wollen, damit ihnen nicht das Gleiche passiert.«

»So ist es doch auch.« Lenis Stimme hörte sich gepresst an. »Kann ich nicht beides wollen?«

»Wollen schon. Aber Ihren Feldzug gegen Göhler werde ich nicht unterstützen. Ich habe meine schriftliche Erklärung eingereicht und das war's für mich. Bei allem, was nun noch kommt, sind Sie auf sich allein gestellt.«

»Sie haben immer noch Angst, nicht wahr?«

»Wie bitte?« Sarah erstarrte. Die Bettdecke rutschte ihr von den Schultern und fiel zu Boden.

»Als wir das letzte Mal telefonierten, habe ich zu Ihnen gesagt, dass ich Sie für mutiger gehalten hätte. Diesen Fehler habe ich gerade ein zweites Mal gemacht. Keine Ahnung, warum Sie überhaupt etwas geschrieben haben. Aber nun scheint Ihr Mut aufgebraucht zu sein, nicht wahr? Fürchten Sie sich etwa immer noch vor Göhler?«

»Unsinn!« Sarah versetzte der Bettdecke zu ihren Füßen einen Tritt. »Ich lasse mich nur nicht für Ihre Zwecke einspannen. Wenn Sie Anzeige erstatten wollen, nur zu! Ich halte Sie nicht davon ab. Aber versuchen Sie nie wieder, mich zu einer Falschaussage zu nötigen wie der, dass ich gesehen hätte, wie Göhler Sie anfasst. Denn falls Sie das doch tun, läuft es das nächste Mal nicht so glimpflich für Sie ab.«

»Drohen Sie mir etwa?«

»Ich spreche nur eine Warnung aus«, presste Sarah hervor. »Rufen Sie mich nie wieder an.«

Kapitel 23

Nachdem der Tag so schlecht begonnen hatte, wurde er nicht besser. Übel gelaunt verteilte Sarah die Post im strömenden Regen, blieb mit ihrer Jacke an einer Gartenpforte hängen und riss sich ein Loch in den Stoff. Stumm stieß sie einen Fluch aus und schleppte das schwere und inzwischen auch noch feuchte Paket, das sie nicht losgeworden war, zurück zum Transporter.

Die beiden Kopfschmerztabletten, die sie eingenommen hatte, hatten zwar das Pochen hinter ihren Schläfen vertrieben, nicht aber die bleierne Müdigkeit.

Sarah verstaute das Paket im Transporter und nahm die Briefumschläge für die nächsten drei Häuser aus dem Kunststoffcontainer. Dabei schnitt sie sich an einer scharfen Umschlagkante. Ein beißender Schmerz schoss ihr durch den Zeigefinger und Blut tropfte auf den Umschlag.

Ihr reichte es. Sarah fischte ein Papiertaschentuch aus der Jacke, wischte damit notdürftig den Umschlag ab und steckte ihren Finger in den Mund. Der metallische Geschmack verstärkte die leichte Übelkeit, die ihr seit dem Aufstehen zu schaffen machte. Für die nächste Zeit war Bier von ihrer Getränkekarte gestrichen.

Sie stieg in die Fahrerkabine und öffnete das Handschuhfach auf der Beifahrerseite, in dem sich eine Packung Pflaster befand. Mit feuchten Fingern riss sie eine Schutzverpackung auf und klebte das Pflaster auf ihren verletzten Finger. Danach begutachtete sie den Schaden an der Jacke. Das Loch würde sie nähen müssen, aber zumindest war es nicht besonders groß.

Als Sarah die Fahrerkabine verlassen wollte, klingelte ihr Handy. Die Nummer auf dem Display kannte sie nicht. Aber der Vorwahl nach stammte der Anrufer aus ihrer Heimat. Wer konnte das sein?

Nach ihrer Pechsträhne war Sarah versucht, so lange zu warten, bis der unbekannte Anrufer auf ihrer Mailbox landete. Andererseits regnete es draußen gerade Bindfäden und sie konnte eine kleine Pause gut gebrauchen.

Kurz entschlossen strich sie über das Hörersymbol auf ihrem Display. »Sarah Niehoff. Hallo?«

»Hallo. Göhler hier.«

Allein der leicht kratzige Klang seiner verhassten Stimme ließ sie erschaudern. »Was wollen Sie von mir? Wer hat Ihnen überhaupt meine Nummer gegeben?«

»Ich habe gerade eine Mail von der Personalabteilung erhalten. Ich muss schon sagen, das hätte ich nie von Ihnen gedacht.«

Haltsuchend klammerte Sarah sich mit der freien linken Hand am Lenkrad fest. Wenn sie bisher geglaubt hatte, der Tag könnte nicht mehr schlimmer werden, wurde sie nun eines Besseren belehrt. »Ich will wissen, woher Sie meine Telefonnummer haben! Und behaupten Sie nicht, die hätte Ihnen die Personalabteilung gegeben.«

»Nun halten Sie mal die Luft an. Wie Sie sich vielleicht noch erinnern, war ich bis vor Kurzem Ihr direkter Vorgesetzter. Da hatte ich selbstverständlich Zugriff auf Ihre private Handynummer.«

Sarah starrte durch die Windschutzscheibe, auch wenn sie wegen der vielen Regentropfen nur die äußerst verschwommenen Umrisse der Straße wahrnahm. »Sie waren nie mein Vorgesetzter. Als Sie es wurden, habe ich mich augenblicklich versetzen lassen.«

»Haarspaltereien!« Sie konnte regelrecht sehen, wie er großspurig abwinkte. »Wir hatten unsere Schwierigkeiten, zugegeben. Aber das ist noch lange kein Grund, mich jetzt bei der Personalabteilung in die Pfanne zu hauen. Sie sind eine wirklich schlechte Verliererin.«

»Moment mal!« Sarah sprang halb vom Fahrersitz auf und stieß dabei gegen die Hupe. Das laute Geräusch ließ sie zusammenzucken.

»Fahren Sie etwa?«, fragte Göhler.

»Natürlich nicht.« Das käme ihm gerade recht, wenn er sie dafür melden könnte, dass sie beim Fahren telefoniert hatte. »Ich parke hier ganz gesittet am Straßenrand.«

»Und wieso dann die Huperei?«

Ihr Mund fühlte sich plötzlich ausgetrocknet an und sie schluckte. Doch es half nichts. »Weil ich so unglaublich wütend bin«, sagte sie leise.

»Was?«

»Ich bin wütend«, wiederholte sie nun lauter. »Und zwar auf Sie. Nach allem, was Sie sich geleistet haben, dachte ich eigentlich, der Tiefpunkt wäre erreicht. Aber nun unterstellen Sie mir auch noch, dass ich Sie bei der Personalabteilung anschwärze, weil Sie die Beförderung bekommen haben, die ich wollte.«

»War es nicht so?« Göhlers Tonfall klang nun offen feindselig. »Erst haben Sie einen auf Sexbombe gemacht, damit der Holzinger sich für Sie entscheidet. Und als er darauf nicht angesprungen ist, haben Sie ständig krankgefeiert. Ziemlich unkollegial, wenn Sie mich fragen.«

»Ich könnte jetzt anfangen, Ihnen meine Sicht der Dinge zu erklären. Aber ich fürchte, wir leben in zwei völlig unterschiedlichen Welten. Allein, dass Sie mich als Sexbombe betiteln, ist sexistisch und beleidigend und wäre Grund genug, Sie abzumahnen.«

»Dann schminken Sie sich halt nicht so auffällig, wenn Sie mit den Reaktionen darauf nicht klarkommen. Und der Rock, den Sie auf der Betriebsfeier getragen haben, der ging doch auch nur knapp bis über den Hintern.«

»Jetzt reicht es! Den Rest dieser Unterhaltung zeichne ich mit meiner Diktier-App auf«, drohte Sarah. Feuchtigkeit sammelte sich in ihren Augenwinkeln, doch sie würde nicht zulassen, dass sie wegen Göhler auch nur eine weitere Träne vergoss.

»Das ist verboten. Außerdem machen Sie sich gerade lächerlich. Genau diese Überempfindlichkeit hat Sie doch überhaupt erst in Ihre missliche Lage gebracht.«

»Ich bin nicht derjenige von uns, dem das Wasser bis zum Hals steht. Sie müssen um Ihren Job zittern.« Am liebsten hätte Sarah das Gespräch einfach beendet und Göhlers Nummer gesperrt. Doch ein trotziger, mutiger Teil von ihr wehrte sich dagegen, ein weiteres Mal klein beizugeben.

»Herr Göhler«, ihre Stimme klang überraschend fest dafür, dass sie sich wie ein Wrack fühlte, »ich habe zu arbeiten und Sie doch auch. Also kommen Sie bitte zum Punkt.«

»Ich dachte, das wäre ich längst. Rufen Sie bei der Personalabteilung an und sagen Sie denen, dass alles ein großes Missverständnis war.«

»Wie bitte?« Die Unverfrorenheit des Mannes rang Sarah gegen ihren Willen Bewunderung ab. Hätte sie sich an Göhlers Stelle befunden, wäre sie vor Scham auf den Grund der Nordsee gesunken.

»Spielen Sie nicht das Dummerchen. Sie haben mich schon ganz richtig verstanden. Ich gebe Ihnen diese eine Chance, aus der Sache unbeschadet rauszukommen. Aber wenn Sie Ihre Aussage nicht zurückziehen, muss ich andere Saiten aufziehen.«

Aus alter Gewohnheit versteifte Sarah sich bei seiner Drohung und zog unwillkürlich den Kopf zwischen die Schultern. Doch gleich darauf ärgerte sie sich über ihre Reaktion. »Das sind doch nur leere Drohungen. In Wahrheit gibt es rein gar nichts, was Sie tun können. Sie sind am Ende und das wissen Sie auch genau. Und dieser Anruf ist ein letzter, verzweifelter Versuch, mich einzuschüchtern.«

»Von wegen!«, polterte Göhler. »Ich habe auch Rechte. Persönlichkeitsrechte. Was Sie da vorhaben, ist üble Nachrede. Oder sogar Verleumdung. Dafür kann ich Sie anzeigen. Jawohl! Also denken Sie noch mal scharf nach, ob Sie Ihren Zickenkrieg fortführen wollen.«

Es fehlte nicht viel und Sarah wäre trotz ihrer misslichen Lage in hysterisches Lachen ausgebrochen. Dieser Mann, vor dem sie sich so sehr geekelt und gefürchtet hatte, wirkte nicht länger Furcht einflößend auf sie. Er war einfach nur armselig.

Sie richtete sich auf dem Fahrersitz auf und holte tief Luft. »Dass ausgerechnet Sie das Wort *Persönlichkeitsrechte* in den Mund nehmen, ist wirklich stark. Wie steht es denn mit meinen Persönlichkeitsrechten? Oder denen von Frau Kiefer? Denn die wurden um ein Vielfaches mehr verletzt.«

»Das ist wohl Auslegungssache«, brummte Göhler. Er hörte sich aber schon ein wenig kleinlaut an. »Ich bin im Grunde ein friedfertiger Mensch und ich denke, wir könnten das alles im Guten regeln. Wenn Sie noch mal mit Frau Kiefer reden, merkt sie hoffentlich auch, dass sie sich mit ihrer Sturheit vor allem selbst schadet.«

»Das sehe ich nicht so«, entgegnete Sarah.

»Was?«

»Frau Kiefer schadet damit Ihnen. Nicht sich selbst.«

»Unsinn! Sie ist ein junges Ding und weiß es nicht besser. Aber wir beide haben Lebenserfahrung. Wenn eine Frau einen Mann beschuldigt, sie belästigt zu haben, fällt das immer auch auf sie zurück. Ganz besonders, wenn die Frau sich in der Hierarchie weit unten befindet.«

Sarah zögerte verunsichert. Konnte Göhler mit seiner dreisten Behauptung womöglich sogar richtigliegen? Nein, die Zeiten waren vorbei. »Träumen Sie weiter. So war es früher vielleicht mal. Und außerdem: Es ist besser, einen Knick in der Karriere zu riskieren, als sich Ihre Belästigungen gefallen zu lassen.«

»Nun zielen Sie aber unter die Gürtellinie.«

»Leider viel zu spät.« Sarah ließ das Lenkrad los, das sie so lange umklammert hatte. »Ich werde nicht mit Frau Kiefer sprechen und ich ziehe auch nicht meine Meldung bei der Personalabteilung zurück. Aber etwas haben Sie mit Ihrem Anruf heute erreicht.«

»Ach ja?«

»Eigentlich wollte ich es dabei belassen, die Personalabteilung zu informieren. Aber nun ist mir klar geworden: Das genügt nicht.« Sie straffte die Schultern. »Ich werde ebenfalls Anzeige gegen Sie erstatten.«

Eine Weile blieb es in der Leitung still. Göhler schien es tatsächlich die Sprache verschlagen zu haben. »Sie sind ja völlig verrückt geworden!«, sagte er schließlich. »Ich meine, das war nichts weiter als eine kleine Fopperei unter Kollegen. Ich hab doch nichts Schlimmes gemacht.«

»Dann finden Sie es also völlig normal, wenn Ihnen jemand im Vorbeigehen an den Hintern tatscht?«

»Das sollte doch nur ein Spaß sein.«

»Ich fand das nicht zum Lachen. Und was war das auf der Betriebsfeier, als Sie mir bei den Toiletten aufgelauert haben? Erinnern Sie sich nicht daran, wie Sie mich gegen die Wand gedrückt haben?« Sarah schluckte, als sie die Szene wieder vor ihren Augen sah. »Und Ihre Hand unter meinem Rock?«

»Das war nicht ernst gemeint. Ich hatte zu viel getrunken und Sie …«

»Erzählen Sie das der Personalabteilung und der Polizei. Was wäre passiert, wenn ich mich nicht gewehrt hätte?« Sarah hob die Stimme, um endlich in die Tiefen von Göhlers vernebeltem Verstand vorzudringen. »Es mag Zeiten gegeben haben, in denen ein Mann mit einem solchen Verhalten durchgekommen ist. Aber die sind lange vorbei.«

»Sie ziehen das wirklich durch.« Göhler hörte sich ungläubig an. »Haben Sie überhaupt eine Ahnung, wie sehr Sie mir damit schaden? Sie zerstören praktisch mein Leben.«

»Was ist mit meinem Leben? Ihretwegen habe ich die Stelle gewechselt. Dabei hätten Sie gehen müssen.«

Göhler zögerte mit seiner Antwort. »Das wusste ich nicht. Ich meine, dass Sie meinetwegen gegangen sind. Ich dachte, es wäre, weil Sie Holzingers Posten nicht bekommen haben.«

»Nein. Ich bin gegangen, weil ich Sie nicht als Vorgesetzten wollte. Sie waren schon schlimm genug als Kollege.« Sarah konnte kaum fassen, dass sie endlich den Mut fand, Göhler diese Dinge offen zu sagen. Es fühlte sich gut an, nicht mehr zu schweigen. Sie hätte ihm schon viel früher seine Grenzen aufzeigen sollen.

»Vielleicht können wir uns irgendwie einigen«, fuhr Göhler fort. Anscheinend kämpfte er immer noch darum, die Oberhand zu behalten. »Mit einer Strafanzeige ist doch niemandem gedient. Ich meine: Was haben Sie denn davon?«

Sarah starrte auf das Pflaster an ihrem Finger. »Vielleicht hilft es mir ja, mit der ganzen Geschichte endlich abzuschließen. Und wenn nicht, dann verhindere ich zumindest, dass Sie je wieder einer anderen Frau das Gleiche antun.«

»Und wenn ich Ihnen ein Schmerzensgeld zahle? Könnten wir damit die Angelegenheit aus der Welt schaffen?«

Göhlers Unverfrorenheit hätte ihr gestern noch die Sprache verschlagen. Aber heute nicht mehr. »Ich lasse mich nicht von Ihnen bestechen. Und Frau Kiefer auch nicht. Also versuchen Sie es gar nicht erst bei ihr.«

»Sie verdrehen mir ja die Worte im Mund. Das sollte keine Bestechung sein, sondern eine Wiedergutmachung. Schließlich habe ich ja anscheinend – wenn auch völlig ahnungslos – Ihre Gefühle verletzt.«

Sarah konnte sich bildlich vorstellen, wie Göhler beim Wort *Gefühle* spöttisch den Mund verzog. »Spielen Sie nicht den Unschuldigen. Sie haben sehr wohl mitbekommen, was Sie mit Ihrem Verhalten bei mir angerichtet haben. Die Nummer, dass Sie bis eben völlig ahnungslos waren, kaufe ich Ihnen nicht ab. Ich will Ihr Geld nicht. Wenn Sie tatsächlich etwas wiedergutmachen möchten, dann stehen Sie zu dem, was Sie getan haben.«

»Genau darum geht es doch.« Göhler wurde wieder laut. »Sie machen hier aus einer Mücke einen Elefanten. Nur, weil ich einmal versehentlich an Ihren Hintern gekommen bin ...«

»Na, dann haben Sie ja nichts zu befürchten. Wir sollten jetzt aufhö...«

»Bei so was bleibt immer etwas hängen«, fiel Göhler ihr ins Wort. »Selbst wenn die rausfinden, dass ich unschuldig bin.« Er räusperte sich. »Was halten Sie davon? Ich entschuldige mich bei Ihnen und Sie vergessen die Anzeige. Dafür verspreche ich Ihnen, dass ich zu jeder Frau im Job zwei Meter Sicherheitsabstand einhalte. Na, wie klingt das?«

Sarah rutschte auf dem Fahrersitz herum. Wie hatte sie sich nur jemals vor einem Mann wie Göhler fürchten können? Sein Verhalten war einfach nur erbärmlich. »Es hört sich für mich an, als ob Sie verzweifelt versuchen, Ihren Kopf aus der Schlinge zu ziehen. Sie könnten mir fast leidtun, wenn ich nicht wüsste, dass Sie im Grunde Ihres Herzens nichts davon bedauern.«

»Woher wollen Sie das wissen?« Sein Tonfall klang beinahe flehend. »Alles, worum ich Sie bitte, ist eine zweite Chance.«

Sarah holte tief Atem. »Die hatten Sie schon. Sie hätten Leni Kiefer in Ruhe lassen sollen.«

Ohne seine Antwort abzuwarten, legte sie auf.

Kapitel 24

Gemeinsam mit Fee und Robert wartete Sarah in Wyk am Fähranleger darauf, dass die *Uthlande* anlegte. Nach dem heftigen Regen vom Vortag begrüßte heute die Sonne alle Neuankömmlinge auf der Insel. Sarah nahm allerdings an, dass Nico das gute Wetter herzlich egal sein würde.

»Damit wir uns verstehen«, wiederholte Robert mit verkniffener Miene zum gefühlt hundertsten Mal. »Keine Beschimpfungen, keine Vorwürfe und vor allem keine Tränen. Sonst nimmt Nico die nächste Fähre in Richtung Festland.«

»Schon klar.« Fees Tonfall klang schnippisch. »Du hast es oft genug erwähnt.«

Sarah pulte an ihrem Fingerpflaster. Nach der Arbeit hatte sie zwei Stunden lang an einem Schreiben an die Polizei herumgefeilt. Inzwischen war die Euphorie über ihren kleinen Sieg gegen Göhler verflogen. Doch sie war fest entschlossen, ihrer Drohung auch Taten folgen zu lassen. Selbst wenn das bedeutete, eine gefühlte Ewigkeit auf dasselbe Blatt Papier zu starren und dabei auf ihrem Stift herumzukauen, während der Ekel immer größer wurde.

Robert scharrte mit seiner Schuhspitze über das Pflaster. »Ich will einfach vermeiden, dass es zu einer hässlichen Szene kommt. Nico reist nur an, weil er darauf vertraut, dass das Ganze hier friedlich abläuft.«

Fee verzog das Gesicht. Ihr Bauch hatte sich in den letzten Tagen noch mehr gerundet und wölbte sich nun wie eine Kugel über den Hosenbund. Sarah wusste, wie unangenehm das lange Herumstehen in dieser Phase der Schwangerschaft sein konnte. Dennoch hatte Fee es sich nicht nehmen lassen, Nico mit von der Fähre abzuholen.

Fee sparte sich eine Antwort und auch Robert sagte nichts mehr. Schweigend warteten sie darauf, dass die Fähre anlegte. Dankbar über die Ruhepause von den Streitereien beobachtete Sarah einige Möwen, die im Hafenbecken nach Fischen jagten. Kurz darauf schob sich die *Uthlande* in ihr Sichtfeld. Knapp drei Wochen war es her, dass Sarah selbst mit der Fähre angereist war. Ihr kam es allerdings vor, als wären seitdem Monate vergangen.

Fee, die neben Sarah unruhig auf und ab lief, hielt mitten in der Bewegung inne. »Ich sehe ihn.«

Sarah folgte ihrem Blick, konnte in dem Gedränge an Deck des Schiffes aber nicht erkennen, wen genau Fee meinte. Kurz darauf verschwanden die Fußgänger aus ihrem Sichtfeld in Richtung der gläsernen Fußgängerbrücke. Zur gleichen Zeit fuhren auch die ersten Autos von Bord.

»Hoffentlich werde ich das hier nicht bereuen«, brummte Robert. Mit schnellen Schritten ging er auf die Fußgängerbrücke zu.

Sarah und Fee folgten ihm in einigem Abstand.

»Du ahnst gar nicht, wie nervös ich bin«, sagte Fee leise.

Sarah wandte sich zu ihr um. »Doch. Das sieht man dir an.« Dass sie die Hoffnungen, die Fee in diese Begegnung mit Nico setzte, nicht nachvollziehen konnte, behielt sie für sich.

Robert blieb vor einem Mann stehen, der alle anderen überragte. Nico musste mindestens zwei Meter messen. Seine durchtrainierten Arme verrieten, dass Surfen nicht der einzige Sport war, den er betrieb. Er hatte kurzes, dunkles Haar und eine von der Sonne gebräunte Haut.

Betont lässig schlenderte Nico ihnen entgegen. Sein Gepäck bestand nur aus einem Rucksack, der schief über seiner Schulter baumelte.

»Hallo.« Er reichte Sarah die Hand. Sie fühlte sich verschwitzt an.

Dann schob er die Hände in die Jackentasche und wandte sich an Fee. »Da bin ich also.« Viel zu lange starrte er schweigend auf ihren Bauch.

Fee schien ebenfalls nicht zu wissen, wie sie reagieren sollte. Oder wollte sie Nico einfach schmoren lassen? Als Sarah schon nicht mehr damit gerechnet hatte, dass Fee überhaupt noch etwas sagen würde, öffnete sie den Mund. »Ist ganz schön komisch, sich unter diesen Umständen wiederzusehen, nicht wahr?«

»Das kannst du laut sagen.« Nicos linker Mundwinkel bog sich minimal nach oben und Sarah bekam eine Ahnung davon, dass sein Lächeln vermutlich ganz charmant wirkte. »Für mich war das Ganze mit meinem Urlaub erledigt. Ich meine, wir haben uns nichts versprochen.«

»Glaubst du etwa, ich bin absichtlich schwanger geworden?« Fees Tonfall klang scharf.

»Natürlich nicht. Ich meine bloß, dass ich mir nichts vorzuwerfen habe. Es war völlig okay, dass ich danach wieder mit Jennifer zusammengekommen bin. Ich konnte schließlich nicht wissen, dass du schwanger bist.«

»Aber jetzt weißt du es.«

»Soll ich deswegen etwa die Hochzeit platzen lassen? Das wäre doch total daneben.«

Robert verdrehte die Augen und auch Sarah wünschte sich weit weg. Sie rechnete es Fee hoch an, dass sie zu der Steilvorlage von Nico schwieg.

Robert räusperte sich. »Vielleicht sollten wir erst mal dein Gepäck zu mir ins Hotel bringen.«

»Gute Idee. Wir sehen uns.« Nico nickte Sarah und Fee zum Abschied zu. Dann trottete er neben Robert davon.

Fassungslos blickte Sarah ihm hinterher.

»Sag jetzt nichts«, bat Fee. »Ich weiß, dass Nico gerade wie der größte Idiot auf diesem Planeten rüberkommt. Aber so verhält er sich sonst nicht.«

»Vielleicht ja doch«, bemerkte Sarah düster. »Gut möglich, dass du während seines Urlaubs nur seine Schokoladenseite kennengelernt hast und das hier der wahre Nico ist.«

Fee strich sich eine weißblonde Haarsträhne aus der Stirn. »Ich weigere mich, das zu glauben. Natürlich habe ich mir eine etwas andere Begrüßung erhofft.« Sie warf Sarah einen leicht verzweifelten Blick zu. »Ganz schön dumm, wenn man bedenkt, wie lange er mir ausgewichen ist.«

»Du bist nicht dumm. Du gibst nur nicht so leicht auf, was ich sehr an dir bewundere. Ich frage mich allerdings, ob du hier für das Richtige kämpfst.«

»Finden wir es heraus.«

* * *

Fee, Sarah, Robert und Nico trafen sich in einem Oldsumer Café. Die Besitzerin verkaufte neben Kuchen und Torten auch selbst getöpfertes Geschirr, das überall in dem historischen Friesenhaus dekoriert war. Statt eines großen Raumes gab es in dem ehemaligen Wohngebäude mehrere kleine Zimmer, in denen die Tische und Stühle für die Gäste standen.

Damit sie ungestört reden konnten, hatte Fee einen separaten Raum reserviert. Sie und Sarah saßen nebeneinander auf einem antiken, mit rotem Samt bezogenen Sofa, während Robert und Nico ihnen gegenüber auf weiß lackierten, ebenfalls antiken Stühlen Platz genommen hatten.

Trotz der behaglichen Umgebung fühlten sich Sarahs Nerven zum Zerreißen gespannt an. Sie zupfte an der gepunkteten Tischdecke und fragte sich, ob es eine kluge Entscheidung gewesen war, ein Stück Trümmertorte zu bestellen. Gerade beschlich sie die ungute Vorahnung, dass ihr jeder Bissen davon im Halse stecken bleiben würde.

Robert, der sich ebenfalls sichtlich unwohl fühlte, rutschte auf der Sitzfläche seines Stuhles herum. »Vielleicht sollten wir mal anfangen, oder?«

»Das denke ich auch«, bemerkte Nico. »Und nur damit eines von Anfang an klar ist: Es wird nur dieses eine Treffen geben. Den Abend verbringen Robert und ich ohne euch und morgen früh reise ich wieder ab.«

Fees Augen verengten sich. »Dann sollten wir keine Zeit verlieren.« Sie öffnete ihre Handtasche und holte ein Notizbuch mit Blumenmuster heraus, das sie vor sich auf dem Tisch ablegte. Ein Kugelschreiber folgte.

»Was wird das?«, fragte Nico.

»Ich mache mir Notizen.« Fee ließ die Mine ihres Kugelschreibers aufklicken. »Damit es später keine Unklarheiten gibt.«

»Das hier sind keine Vertragsverhandlungen.« Nico drehte den Kopf hin und her, als suchte er nach einem Fluchtweg.

Dieser wurde ihm allerdings von einer freundlich lächelnden Bedienung mit weißer Schürze abgeschnitten, die ein voll beladenes Tablett hereintrug. Sie platzierte vor jedem Teller ein selbst getöpfertes Teekännchen aus Keramik auf einem Stövchen. »Wer bekommt die Waffel mit Vanilleeis und Schlagsahne?«

»Ich«, meldete Fee sich zu Wort.

»Und den Käsekuchen?«

»Der ist für mich«, erwiderte Robert.

Sobald alle Kuchenteller verteilt waren und die Bedienung durch die Tür ins angrenzende Zimmer verschwunden war, beugte Robert sich über den Tisch. »Bitte lasst uns versuchen, das Ganze sachlich zu klären. Wenn Fee sich Notizen machen möchte, warum nicht?«

»Von mir aus.« Nico stocherte in seinem Rosinenkuchen herum.

Sarah verspürte den starken Drang, ihn mit der Gabel zu piken. »Vielleicht hilft es ja, wenn ihr beide erst einmal sagt, was ihr euch jeweils von diesem Gespräch erhofft.«

»Dann fange ich mal an.« Fee zog den Teebeutel aus ihrer Kanne und legte ihn auf der Untertasse ab. »Ich möchte mit dir klären, ob und in welcher Form du in Zukunft für unser Kind da sein wirst. Und keine Sorge: Dass es zwischen uns aus ist, habe ich begriffen. Deshalb bist und bleibst du aber trotzdem der Vater unseres Kindes.«

»Etwas, das ich mir nicht ausgesucht habe«, erwiderte Nico. »Wenn es nach mir gegangen wäre, würde es dieses Kind nicht geben, und das weißt du auch genau.«

In Sarahs Fuß zuckte es. Falls der Typ so weitermachte, würde sie ihm einen kräftigen Tritt gegen das Schienbein verpassen.

»Die Bemerkung war echt daneben«, erwiderte Fee.

»Ich bin nur ehrlich zu dir. Was ich mir von diesem Treffen erhoffe? Dass du mich danach endlich in Ruhe lässt. Ja, wir hatten eine schöne Zeit. Aber die ist jetzt vorbei. In wenigen Wochen werde ich heiraten. Mein Gott, Fee. Hast du überhaupt eine Ahnung, in welche Lage du mich hier bringst? Was, wenn Jennifer von all dem hier erfährt?«

»Du musst es ihr sagen. Früher oder später wird sie es sowieso herausfinden. Besser, es kommt von dir.«

»Nein!« Nico hob die Stimme. »Wenn ich ihr das erzähle, dann war's das. Sie sagt die Hochzeit ab und trennt sich von mir – dieses Mal endgültig.«

Fee umklammerte den Kugelschreiber so fest, dass ihre Fingerknöchel weiß hervortraten. Tröstend streckte Sarah die Hand nach ihr aus und berührte sie am Arm.

»Ich bin bereit, den Mindestunterhalt nach der Düsseldorfer Tabelle zu zahlen«, fuhr Nico fort. »Darauf können wir uns einigen, ohne deshalb vor Gericht zu ziehen. Aber meine Bedingung ist, dass du mich darüber hinaus in Ruhe lässt. Ich will keinen Kontakt zu diesem Kind.«

Sarah blinzelte ungläubig. Ja, sie hatte Nico gebeten, sich von seiner hässlichen Seite zu zeigen, damit Fee über ihn hinwegkam. Aber doch nicht so!

»Mein Gott!« Fees Stimme zitterte leicht. »Dass du dich traust, mir das ins Gesicht zu sagen.«

»Damit es endlich mal bei dir ankommt. Sonst glaubst du es mir ja doch nicht. Ich habe dich aus gutem Grund gebeten abzutreiben.«

»Du hast was getan?« Robert wurde blass. »Sag mir, dass das nicht wahr ist!«

»Was hast du denn gedacht? Dieses Kind bringt doch mein ganzes Leben durcheinander. Das will ich nicht.«

»Mensch, Nico!« Robert schüttelte den Kopf. »Ich kann ja verstehen, dass du nicht ständig von Fee bedrängt werden willst. Aber so was über dein eigenes Kind zu sagen ist das Allerletzte!«

Im Stillen spendete Sarah Robert Beifall. Plötzlich verspürte sie sogar ein wenig Appetit und probierte ihre Trümmertorte. Der süße Baiserboden mischte sich in ihrem Mund mit dem säuerlichen Rhabarber und der Schlagsahne zu einer wahren Geschmacksexplosion.

»Als ich das gesagt habe, war das doch noch gar kein richtiges Kind, sondern bloß ein Zellhaufen«, verteidigte Nico sich. »Ich bin einfach nicht bereit, schon mit siebenundzwanzig Vater zu werden. Und Jennifer …«

»Jennifer verlässt dich sowieso«, erwiderte Robert. »Oder du sie. So geht das schon seit fünf Jahren mit euch: on-off. Ich gebe eurer Ehe höchstens sechs Monate.«

Sarah nippte an ihrem Friesentee, während sie aus dem Augenwinkel Fee musterte, deren Mund leicht offen stand. Diese Unterhaltung wurde wirklich immer absurder.

»Ich dachte, du bist auf meiner Seite.« Nico klang fassungslos.

»Das bin ich auch«, antwortete Robert. »Aber als dein Freund muss ich dir sagen, dass du gerade einen Fehler machst. Dich komplett von deinem Kind abzuwenden ist falsch. Mensch, Nico, das musst du doch selbst einsehen.«

Fee sog hörbar die Luft ein und verzog dabei das Gesicht.

»Alles in Ordnung mit dir?«, fragte Sarah besorgt.

»Ja, das sind nur Vorwehen. Meine Hebamme hat mich gewarnt, dass so etwas passieren kann.« Sie legte eine Hand auf ihren geschwollenen Bauch und wandte sich an Nico. »Ich habe mir das hier auch nicht ausgesucht. Aber versetz dich mal für einen Moment in die Lage unseres Kindes. Soll es dich etwa niemals kennenlernen? Wie würdest du dich fühlen, wenn dein eigener Vater nichts mit dir zu tun haben wollte?«

Sarah musste schlucken. Zwar galten die Worte Nico und nicht ihr. Dennoch dachte sie an ihre Tochter, die sie gleich nach der Geburt aufgegeben hatte. Fragte die sich manchmal, wer ihre leibliche Mutter war? Oder fühlte sie sich rundum glücklich und zufrieden mit ihren Adoptiveltern?

Nico schob seinen Teller von sich weg. »Natürlich ist das schlimm für ein Kind. Genau aus diesem Grund wäre es besser gewesen, wenn du auf mich gehört hättest. Aber meine Meinung war dir egal. Deswegen finde ich es unfair, mir jetzt ein schlechtes Gewissen einzureden, weil ich dieses Kind nicht will.«

»Unser Kind«, sagte Fee.

»Eben nicht. Es ist dein Kind. Das versuche ich dir doch schon die ganze Zeit klarzumachen. Ich bin nicht mit an Bord und …«

»Oh Gott!« Fee krümmte sich am Tisch zusammen.

Sofort rutschte Sarah auf dem Sofa näher zu ihr heran. »Wie schlimm ist es?«

»Ziemlich schlimm.« Fee atmete mehrmals hintereinander hörbar ein und aus. »So stark sind doch keine Senkwehen, oder?«

Sarah schüttelte den Kopf. »Nein, eigentlich nicht.« Und wenn es sich gar nicht um Senkwehen handelte? Zwar waren es noch knapp drei Wochen bis zum Stichtag, doch das musste nichts bedeuten.

Nico krauste die Stirn. »Du wirst doch nicht ausgerechnet jetzt das Kind kriegen?«

Robert knuffte ihn in die Seite. »Reiß dich mal zusammen, Mann! Wir müssen in die Klinik.«

»Ich etwa auch?«

Keiner der anderen drei würdigte die Frage einer Antwort.

Kapitel 25

Sarah dankte dem Schicksal, dass Robert mit seinem eigenen Wagen nach Oldsum gefahren war und Nico bei ihm mitfuhr. Sie war sich nicht sicher, ob sie dessen Anwesenheit noch länger ertragen hätte. So aber fuhr sie nur in Fees Begleitung quer über die Insel zurück nach Wyk.

»Lass uns bitte einen Zwischenstopp bei mir zu Hause einlegen«, bat Fee. »Ich habe da eine gepackte Tasche stehen.«

»Natürlich.« Aus eigener Erfahrung wusste Sarah, dass sich die Wehen noch stundenlang hinziehen würden – wenn Fee Pech hatte, sogar tagelang. »Willst du wirklich hier auf der Insel entbinden? Es gibt in der Klinik doch keine Geburtenstation mehr. Du könntest in anderthalb Stunden auf dem Festland sein.«

»Den Kreißsaal gibt es noch, für Notfälle. Ich bleibe lieber hier bei Marten.« Fees Stimme klang angespannt. »Ich möchte ihn nicht allein lassen.«

»Du ihn?«

»Er spricht nicht darüber. Aber ich merke, dass es ihm nicht gut geht.« Fee wandte den Kopf zu ihr um und sagte flüsternd. »Ich glaube, es ist deinetwegen.«

Darauf wusste Sarah nichts zu erwidern. Also schwieg sie.

»Es geht mich ja auch nichts an, aber Marten wirkte so glücklich vor eurem Date.«

Sarah umklammerte das Lenkrad. »Das war nur ein Ausritt unter Freunden.«

»Marten empfindet sehr viel mehr für dich.« Fees letzte Worte gingen in ein Stöhnen über und sie hielt sich den Bauch.

»Kommen die Wehen schon in kürzeren Abständen?«, fragte Sarah. Bilder von ihrer eigenen Entbindung tauchten ungewollt vor ihrem inneren Auge auf. Damals hatte sie sich im Kreißsaal – trotz der Hebamme und der Ärztin – schrecklich allein gefühlt.

»Weiß ich nicht.« Fee sah Sarah an. »Wir bleiben aber Freunde, oder?«

Aus purer Gewohnheit wollte Sarah ihr antworten, dass sie in fünf Monaten die Insel verlassen und vermutlich nie zurückkehren würde. Doch stattdessen hörte sie sich sagen: »Ja, natürlich.« Aus dem Augenwinkel glaubte sie, Fee lächeln zu sehen.

Schweigend legten sie die letzten Kilometer zurück. Sarah hielt direkt vor der Tierarztpraxis.

»Hoffentlich schaffe ich es nach oben in die Wohnung, ohne dass Marten es mitbekommt«, sagte Fee.

»Und warum?« Sarah stieg aus dem Wagen und öffnete Fee die Beifahrertür.

»Weil er sonst sofort die Praxis schließt. Dabei kann das hier noch ewig dauern.« Fee deutete auf ihren Bauch. »Und wer weiß, was passiert, wenn er Nico begegnet.«

Sarah nickte. »Wäre es nicht ohnehin besser, wenn Nico schnell abreist?«

»Nein.« Fees Gesicht nahm einen entschlossenen Ausdruck an. »Er soll wenigstens ein einziges Mal unser Baby sehen. Wenn das bei ihm nichts auslöst, gebe ich auf.«

Sarah schloss die Augen. Wieder sah sie wie durch einen Schleier auf ein rotgesichtiges, zerknautschtes Neugeborenes. Es streckte die dicken Ärmchen nach ihr aus und sie empfand – nichts. »Du hoffst da auf ein Wunder.«

»Ich muss es versuchen, Sarah.« Fee ging voraus und schloss die Tür auf. »Ich gehe nach oben und hole meine Tasche. Bleib bitte am Empfangstresen und lenke Petra ab. Sie darf nicht mitbekommen, wenn ich mit der Krankenhaustasche rauskomme.« Fee musterte sie streng. »Und falls du Marten siehst, kein Wort zu ihm! Er darf nicht mal wissen, dass ich überhaupt hier bin.«

»Aber was soll ich ihm erzählen?«

Fee blieb Sarah die Antwort schuldig und gab ihr einen leichten Schubs in Richtung Empfang. Mit einer Geschwindigkeit, die Sarah ihr gar nicht zugetraut hatte, lief sie die Treppe nach oben.

Widerwillig schlenderte Sarah auf den Tresen zu. Wenn sie Fee wirklich helfen wollte, musste sie Petra vom Empfang in ein Gespräch verwickeln.

Die Tierarzthelferin lächelte höflich. »Moin! Wen haben Sie denn mitgebracht?«

»Niemanden.« Hastig spähte Sarah über die Schulter, aber Fee befand sich zum Glück bereits außer Sichtweite. »Ich bin allein gekommen.« Verspätet fiel ihr ein, dass diese Antwort in einer Tierarztpraxis vermutlich ungewöhnlich war.

Prompt runzelte Petra die Stirn. »Worum geht es? Brauchen Sie Entwurmungstabletten?«

»Ja. Genau.« Hoffentlich waren die Dinger nicht so teuer.

»Hund oder Katze?«

»Für meinen Hund«, schwindelte Sarah. Sie zückte ihr Portemonnaie. Wenn sie bar bezahlte, würde Marten mit etwas Glück nicht mitbekommen, dass sie überhaupt hier gewesen war.

»Was wiegt denn Ihr Hund?«, fragte Petra.

Sarah stöhnte innerlich auf. »Zehn Kilo?«

Die Mitarbeiterin schien den fragenden Unterton bemerkt zu haben, denn sie runzelte erneut die Stirn. »Wenn Sie sich nicht ganz sicher sind, kann ich auch im System nachschauen. Dazu brauche ich nur den Namen.«

»Meinen oder den von meinem Hund?«, fragte Sarah. Wenn Fee sich nicht beeilte, würden ihr gleich die Ideen ausgehen.

»Ihren.« Petra klang immer noch freundlich, doch Sarah registrierte eine leichte Ungeduld in ihrer Stimme.

Zum Glück erklang in diesem Moment der Türsummer. Ein Mann mit einem Labrador betrat die Praxis. Sein Hund winselte kläglich und zog an der Leine in Richtung Ausgang. Doch sein Herrchen streichelte ihm beruhigend über den Kopf und stellte sich hinter Sarah an.

Sie sah ihre Chance zur Flucht gekommen. »Wenn ich so darüber nachdenke, habe ich ja doch noch Entwurmungstabletten. Hatte ich völlig vergessen. Tut mir leid.« Mit einem verkrampften Lächeln wich sie rückwärts vom Tresen zurück und stieß dabei gegen jemanden. Es war Marten.

»Sarah.« Er zupfte an seinem weißen Kittel. »Was machst du hier?«

Da die Wahrheit keine Option war, musste sie erfinderisch werden. »Ich wollte mich nach dem Fasanenweibchen erkunden.«

»Dem geht's gut.« Marten lächelte sie an. »Nächste Woche wird es wieder in die Freiheit entlassen. Aber bist du wirklich deshalb hergekommen?«

»Nicht nur.« Sie schluckte, weil ihr Mund sich plötzlich trocken anfühlte. Martens blaue Augen hatten sie für einen Augenblick aus dem Tritt gebracht. Sie räusperte sich leise. »Ich dachte, ich frag mal nach, ob Gretje noch etwas für Matthias braucht. Vielleicht Entwurmungstabletten?«

»Das ist sehr nett von dir. Aber der kleine Kerl ist rundum versorgt.« Marten strich sich mit dem Zeigefinger über das

Grübchen in seinem Kinn, das ständig Sarahs Blick auf sich lenkte. »Ich dachte eigentlich, dass du dich mit Fee und diesem Nico triffst. Ist alles in Ordnung?«

»Ja, natürlich.« Sarah spürte, wie ihr die Hitze ins Gesicht schoss. Aus dem Augenwinkel nahm sie eine Bewegung auf der Treppe wahr. Leider sah Marten genau in diese Richtung. »Können wir kurz ungestört reden?«

Er nickte und bedeutete ihr vorauszugehen. Gemeinsam betraten sie ein leeres Behandlungszimmer. Marten schloss die Tür hinter ihnen. »Was ist los?«

»Im Grunde läuft es doch nicht so gut. Das wollte ich dir nur nicht draußen auf dem Flur sagen.«

Marten seufzte tief. »Genau das habe ich befürchtet. Wie schlimm ist es? Soll ich mitkommen?«

»Nein, auf keinen Fall!«

Martens Augen weiteten sich und Sarah ruderte zurück. »Fee hat mir ausdrücklich gesagt, dass sie das nicht möchte. Sie fürchtet, dass du und Nico in Streit geraten könntet.«

»Damit könnte sie recht haben.« Er fuhr sich mit der Hand durchs Haar. »Was genau ist denn passiert?«

Sarah zog mit dem Zeigefinger die Kante des Behandlungstischs nach. »Ich finde, das sollte Fee dir selbst sagen.«

»Wieso bist du jetzt nicht bei ihr?« Der Ausdruck in Martens blauen Augen ließ sich nicht deuten. »Nicht, dass ich mich über deinen Besuch nicht freue. Aber ich wundere mich.«

»Die Unterhaltung im Café wurde ziemlich laut. Wir haben uns deshalb für einen Ortswechsel entschieden. Ich wollte dir nur Bescheid geben, dass es später wird.«

»Wirklich?« Marten zog die Augenbrauen hoch und kam näher. »Das wäre doch wohl eher Fees Aufgabe gewesen.«

»Sie ist gerade ziemlich beschäftigt – mit Streiten. Außerdem hat sie gesagt, dass du eher auf mich hören würdest. Du sollst auf keinen Fall vorzeitig die Praxis schließen und deine Patienten nach Hause schicken.«

»Das würde ich auch nicht tun«, erwiderte Marten. »Es sei denn, Fees Wehen setzen ein.« Er runzelte die Stirn. »Und das weiß sie eigentlich auch.« Er sah Sarah fragend an.

»Ich muss jetzt los«, sagte Sarah, ehe Marten weiterfragen konnte. »Bevor Fee und Nico sich die Köpfe einschlagen.«

Sie wollte durch die Tür entschwinden, doch Marten war schneller und stellte sich ihr in den Weg.

»Ist es so?«, fragte er.

»Wie bitte?«

»Haben die Wehen eingesetzt?« Marten musterte sie ernst. »Und jetzt antworte nicht, was Fee dir gesagt hat, das du sagen sollst, sondern sag mir die Wahrheit.«

Sarah zögerte. Sie wollte ihn nicht anschwindeln. Allerdings durfte sie Fee auch nicht in den Rücken fallen.

Auf Martens Stirn erschien eine steile Falte. »Das genügt mir als Antwort.« Er zog seinen Arztkittel aus. »Ich begleite dich.«

Sarah streckte die Hand aus und berührte ihn am Arm. »Nein, das geht nicht. Das Letzte, was Fee jetzt gebrauchen kann, ist Stress. Wenn du mitkommst, muss sie sich die ganze Zeit sorgen, dass du und Nico euch in die Haare bekommt.«

»Ich kann mich schon zusammenreißen – auch wenn's mir schwerfällt.« Ohne eine Antwort abzuwarten, riss Marten die Tür auf und steuerte direkt auf Petra und den Empfangstresen zu. »Bitte sagen Sie all meine Termine für heute ab.«

»Ist was passiert?«, erkundigte sich Petra.

»Noch nicht.« Er wandte sich ab, zog seinen weißen Kittel aus und lief die Treppe nach oben, um seine Jacke zu holen.

Als er zurückkam, baumelte ein kleiner Stoffbeutel über seiner Schulter.

Sarah deutete auf den Jutebeutel. »Was ist das?«

»Meine Notfalltasche. Die habe ich schon vor Wochen gepackt.« Energisch zog Marten die Haustür auf. Er hielt direkt auf Sarahs Polo zu und klopfte gegen die Beifahrertür.

Fee, die längst wieder auf dem Beifahrersitz saß, ließ das Fenster herunter. »Was machst du hier?«

»Dich begleiten. Was sonst? Und ja, ich halte mich wegen diesem Typen zurück.« Marten beugte sich durchs offene Fenster und drückte Fee einen Kuss auf die Stirn. »Aber später kann ich für nichts mehr garantieren.«

»Das muss genügen.« Fee stöhnte. »Es geht schon wieder los.«

»Wir beeilen uns besser«, sagte Sarah. Sie drehte sich zu Marten um. »Fährst du mit uns oder nimmst du dein eigenes Auto?«

»Mein eigenes.« Er deutete auf seinen silbernen Volvo, der wenige Meter weiter parkte. »Wir sehen uns in der Klinik.«

»Bis gleich.« Sarah nahm auf der Fahrerseite des Polos Platz und fuhr los. Marten folgte ihnen.

»Tut mir leid, Fee«, sagte Sarah. »Ich habe wirklich versucht, dir Deckung zu geben. Aber Marten hat das Ablenkungsmanöver durchschaut.«

»Ist vermutlich besser so«, bemerkte Fee mit schmerzverzerrtem Gesicht. »Marten hätte es dir ganz schön übel genommen, wenn er die Geburt verpasst hätte.«

»Und warum hast du mich dann überhaupt darum gebeten?«

»Wer weiß, was passiert, wenn Nico und Marten aufeinandertreffen. Und außerdem kann es dir doch egal sein, wenn Marten schlecht auf dich zu sprechen ist.« Aus dem Augenwinkel sah Sarah, dass Fee ihr zuzwinkerte.

Sarah stöhnte leise. »Dass ich nicht mit Marten zusammen sein möchte, bedeutet noch lange nicht, dass es mir egal ist, was er von mir hält.«

»Ach ja?« Fee zog die Augenbrauen hoch. »Wieso willst du ihn eigentlich nicht? Findest du meinen Bruder nicht attraktiv?«

»Wow!« Sarah musste aufpassen, dass sie nicht das Lenkrad verriss. »Du nimmst wirklich kein Blatt vor den Mund.«

»Ich habe Schmerzen und muss mich ablenken. Also?«

»Marten sieht gut aus. Sogar mehr als gut. Ja, ich mag ihn.« Sarah war dankbar dafür, dass sie den Blick auf die Straße richten musste und Fee nicht ins Gesicht blicken konnte. »Aber ich habe nicht vor hierzubleiben. Und ich glaube, es wäre Marten gegenüber unfair, ihm falsche Hoffnungen zu machen.«

»Geht es hier wirklich um Martens falsche Hoffnungen?«, fragte Fee überraschend sanft. »Gefällt dir mein Bruder nicht sehr viel besser, als du dir selbst eingestehst?«

»Mag schon sein, dass Selbstschutz eine gewisse Rolle spielt«, räumte Sarah ein. »Aber das ändert nichts an meiner Entscheidung. Ich kann hier nicht bleiben.«

»Aber wieso? Gibt es jemanden in Nordrhein-Westfalen, der auf dich wartet?«

Sie näherten sich der Klinik und Sarah fuhr langsamer, um die Einfahrt zum Parkplatz nicht zu verpassen. »Keinen Mann, aber meine Eltern und meine Freundin Isabel. Isabel wäre tief getroffen, wenn ich nicht zurückkomme. Ich habe es ihr versprochen.«

Sarah setzte den Blinker und bog auf den Parkplatz ab. Im Rückspiegel sah sie Martens Volvo, der immer noch direkt hinter ihr fuhr. »Dein Bruder kennt mich gar nicht wirklich. Glaub mir: Wenn er alles von mir wüsste, würde er anders über mich denken.«

»Und du nimmst ihm diese Entscheidung einfach ab?« Fee schüttelte den Kopf. »Für mich hört sich das ganz schön verkorkst an.«

»So verkorkst wie deine Aktion mit Nico?« Langsam fuhr Sarah in eine Parklücke.

»Ja.« Fee grinste gequält. »Das ist wirklich kaum noch zu toppen.«

Kapitel 26

Seit zwei Stunden saß Sarah nun schon zwischen Nico und Marten im Warteraum des Krankenhauses. Die beiden Männer ignorierten einander weitestgehend. Trotzdem war die Stimmung so angespannt, dass Sarah sich fragte, ob es nicht angenehmer wäre, Fee im Kreißsaal Gesellschaft zu leisten.

Robert, der sich ebenfalls sichtlich unwohl fühlte und ständig auf die Wanduhr starrte, als könnte er die Zeit mit purer Willenskraft beschleunigen, blätterte fahrig durch ein Automagazin.

Mit ihnen im Warteraum befanden sich noch ein älteres Ehepaar und ein Mann, der einen blutigen Verband am rechten Arm trug. Vermutlich war es hauptsächlich der Anwesenheit der Fremden zu verdanken, dass Marten bis auf einen unfreundlich geknurrten Gruß noch kein einziges Mal das Wort an Nico gerichtet hatte.

Der saß blass und in sich zusammengesunken auf seinem Besucherstuhl und wirkte einen halben Kopf kleiner. Er beugte sich zu Robert vor und senkte die Stimme. »Hast du eine Ahnung, wie lange so was dauert?«

Robert zuckte nur mit den Schultern.

»Das kann sich noch eine Weile hinziehen«, bemerkte Sarah und empfand ein wenig Schadenfreude, als Nico bei ihren Worten auch noch den letzten Rest Farbe im Gesicht verlor.

»Etwa die ganze Nacht?«, fragte er so kläglich, als würde er höchstpersönlich die Wehen durchleiden.

»Aber nein.« Sarah wartete Nicos kleinen Seufzer der Erleichterung ab, bevor sie hinzufügte. »Sehr viel länger. Ich kenne eine Frau, bei der hat die Geburt zwei volle Tage gedauert.«

»Meine Fähre geht aber morgen um zehn.«

Robert verdrehte die Augen. Anscheinend verlor auch er die Geduld mit seinem Freund.

Marten, dessen Miene sich immer weiter verfinsterte, erweckte den Eindruck, als würde er am liebsten vom Stuhl aufspringen und Nico gründlich die Meinung sagen.

Zwar fand Sarah, dass der es verdient hatte, aber sie wollte auch nicht riskieren, dass beide hinausgeworfen wurden. Beruhigend berührte sie Marten am Unterarm. Die Wirkung war verblüffend. Augenblicklich entspannte sich sein Kiefer und die hochgezogenen Schultern sackten nach vorn. Fragend sah er sie an.

»Ich glaube, Fee hätte jetzt gern jemanden bei sich«, sagte sie. »Frag doch mal bei der Hebamme nach, ob du zu ihr in den Kreißsaal kommen sollst.«

Marten zögerte. »Denkst du nicht, es wäre ihr unangenehm, mich jetzt in ihrer Nähe zu haben?«

»Das weiß ich nicht. Allerdings vermute ich, dass sie jemanden an ihrer Seite braucht. Die Schmerzen können sehr stark werden – habe ich gehört.«

»Okay.« Er stand auf und verließ den Warteraum, ohne Robert und Nico auch nur eines Blickes zu würdigen.

Kaum war er fort, seufzte Nico hörbar auf. »Na endlich! Die Laune von dem war ja nicht auszuhalten.«

»Du bist auch nicht gerade ein Sonnenschein«, erwiderte Sarah spitz. »Wie würdest du denn den Mann behandeln, der deine Schwester schwängert und dann sitzen lässt?«

»Ich hab keine Schwester.« Nico streckte die Beine aus. »Wenn das wirklich noch so lange dauert, wie du gesagt hast, gibt es keinen Grund für uns, die ganze Zeit hierzubleiben.«

Roberts Augenbrauen schnellten nach oben. »Du willst weg?«

»Warum nicht? Es bringt doch nichts, dass wir uns alle hier die Nacht um die Ohren schlagen.«

»Es ist gerade mal halb sieben«, erwiderte Sarah scharf. »Du hast hoffentlich nicht ernsthaft vor, Fee ausgerechnet jetzt allein zu lassen?«

»Sie ist doch nicht allein.« Nico rieb sich die Nase. »Die Ärzte und die Hebamme sind bei ihr und dazu noch ihr komischer Bruder. Und du kannst ja auch bleiben, wenn du willst. Aber ich habe Hunger und brauche meinen Schlaf. Morgen sitze ich noch mindestens sechs Stunden im Auto.«

»Hast du vor abzureisen, bevor du überhaupt euer Baby gesehen hast?« Sarah ahnte die Antwort, wollte sie aber dennoch von Nico selbst hören.

»Geht es nicht genau darum?« Er musterte sie aus schmalen Augen. »Du hast mir doch gesagt, wenn ich herkomme und mich wie ein Arschloch aufführe, dann würde Fee endlich genug von mir haben und mich in Ruhe lassen. Aber bisher sieht es nicht danach aus.«

»Das war der Plan?« Robert starrte ihn an. »Du bist nur hergekommen, um Fee wehzutun?«

»Komm schon. Du wusstest die ganze Zeit, dass ich dieses Kind nicht will.«

Robert rückte so weit von ihm ab, wie sein Stuhl es zuließ. »Wenn ich geahnt hätte, dass es das ist, was du vorhast, hätte ich mich nie dafür hergegeben. Ich dachte, du bist hier, damit ihr versucht, vernünftig miteinander zu reden.«

»Aber Jennifer …«

»Vergiss doch mal einen Moment Jennifer. Wenn das mit dir und ihr eine Zukunft haben soll, musst du ihr endlich reinen Wein einschenken.«

Was immer Nico darauf erwidern wollte, blieb ungesagt, denn in diesem Moment kehrte Marten zurück. Mit schmalen Augen trat er direkt vor den sitzenden Nico und sah auf ihn herab. »Sie will dich im Kreißsaal dabeihaben, nicht mich.«

Einen Augenblick lang herrschte fassungslose Stille. Das ältere Pärchen, das für sich in einer Ecke saß, blickte auffällig in ihre Richtung. Der Mann mit dem blutigen Verband wurde über eine Durchsage aufgerufen, wandte im Vorbeigehen den Kopf und verlangsamte sogar seine Schritte, als er an Marten vorbeikam.

Nico, den die Zuschauer anscheinend nicht kümmerten, schoss von seinem Stuhl hoch. Nun überragte er Marten um einen halben Kopf. »Ich gehe da nicht rein. Ihr seid ja alle völlig verrückt geworden!«

»Doch, das tust du.« Auch Sarah stand auf. »Hier geht es um Fee. Wenn sie dich dabeihaben will, dann gehst du jetzt zu ihr in den Kreißsaal.«

Nico verschränkte die Arme vor der Brust. »Was denkst du eigentlich, wer du bist?«

»Fees Freundin.« Sarah reckte das Kinn. »Und das ist auch der einzige Grund, warum ich mich überhaupt mit dir abgebe. Das mache ich nur für sie.«

Marten musterte Nico mit spöttisch hochgezogenen Augenbrauen. »Du siehst aus, als würde dir übel. Brauchst du ein Beruhigungsmittel? Ich hab immer was im Wagen dabei. Ist eigentlich für Hunde und Katzen gedacht, wirkt vermutlich aber auch bei Angsthasen.«

Nico wandte sich kopfschüttelnd an Robert. »Die spinnen hier doch alle. Lass uns gehen.«

»Nein.« Robert stand ebenfalls auf und fasste Nico nicht gerade sanft am Arm. »Als dein Freund kann ich nicht tatenlos dabei zusehen, wie du dich so verhältst. Komm mit.«

Mit sanfter Gewalt schob er Nico aus dem Zimmer. Dieser leistete nur kurz Widerstand und ergab sich dann mit hängendem Kopf in sein Schicksal.

Sarah sah den beiden hinterher und wusste nicht, ob sie schmunzeln oder den Kopf schütteln sollte.

»Ich fasse es nicht, dass Fee diesen Feigling bei der Geburt dabeihaben will«, bemerkte Marten düster. »Der kippt doch garantiert um, sobald er den ersten Tropfen Blut sieht.«

»Sie hofft wohl immer noch, dass er seine Meinung ändert und sich zumindest zu dem Kind bekennt.«

»Könnte tatsächlich funktionieren. Die Frage ist allerdings, ob es das Beste für Fee und das Baby wäre, wenn ein solcher Mann Teil ihres Lebens würde.«

»Da gibt es schlimmere«, murmelte Sarah.

Marten runzelte leicht die Stirn. »Sprichst du da aus eigener Erfahrung?«

»Was? Wieso?«

»Ich meine, ob du so schlechte Erfahrungen mit einem Mann gemacht hast, dass du deswegen jetzt niemanden mehr an dich heranlässt.«

Ihr stockte der Atem. Marten kam der Wahrheit gefährlich nahe. »Und wenn es so wäre?«, fragte sie leise.

Er rückte so dicht an sie heran, dass sein warmer Atem ihre Stirn streifte. »Dann könnte ich vielleicht hoffen, dass es gar nicht an mir liegt, wenn du mich zurückweist.«

»Tut es nicht.« Ganz langsam beugte sie sich vor und schmiegte sich in seine Halsbeuge. »Aber das macht auch keinen Unterschied.«

Marten bewegte sich keinen Millimeter. Weder zog er sie an sich noch wich er zurück. Er ließ es einfach geschehen. »Für mich schon«, sagte er so leise, dass sie beinahe glaubte, sich die Worte nur eingebildet zu haben.

»Holla! Störe ich etwa?« Roberts Stimme ließ sie auseinanderfahren. Er stand in der offenen Tür des Warteraums und musterte sie mit einem leichten Stirnrunzeln.

»Nein. Natürlich nicht.« Nervös ordnete Sarah ihr Haar und nahm wieder Platz.

Marten setzte sich neben sie und griff betont gleichmütig nach einem Promiklatsch-Magazin. Sarah bezweifelte, dass er sich wirklich für das wahre Vermächtnis von Lady Di interessierte.

Robert blieb stehen und räusperte sich vernehmlich. »Nico ist jetzt bei Fee drinnen. Wäre es für euch in Ordnung, wenn ich mich verabschiede?«

»Natürlich«, sagte Sarah. »Du hast von uns allen am wenigsten hier verloren.«

»Du doch genauso wenig. Einen schönen Abend noch.« Er zwinkerte ihr zu.

Sie spürte, wie ihr die Hitze ins Gesicht schoss. Plötzlich wurde ihr überdeutlich bewusst, dass Marten und sie praktisch allein waren – von dem älteren Ehepaar in der Ecke mal abgesehen.

Marten vergrub die Nase noch tiefer im Promiklatsch. Doch seine Augen bewegten sich nicht mit den Zeilen wie bei einem Lesenden, sondern starrten ständig auf dieselbe Stelle.

»Interessierst du dich für die Royals?«, fragte Sarah.

»Nicht im Geringsten.« Er schlug die Zeitschrift zu und legte sie vor sich auf dem Tischchen ab. »Ich weiß gerade nur einfach nicht, wie ich mich verhalten soll.«

»Nervös zu sein ist in einer solchen Situation doch völlig normal.«

»Nicht wegen der Geburt.« Marten fuhr sich mit den Fingern durchs Haar. »Das hier ist wahrscheinlich der komplett falsche Ort dafür, aber ich würde gern noch mal mit dir über alles reden.«

»Einverstanden.« Sarah wunderte sich über ihre klare Antwort und fügte schnell hinzu: »Aber nicht jetzt und nicht hier. Wir verschieben das auf ein anderes Mal.«

»Versprochen?« Marten klang beinahe schüchtern, aber er schien ihr Zögern bemerkt zu haben. »Du wirst nicht bei Nacht und Nebel deine Sachen packen und mit der Fähre aufs Festland flüchten, nur um mir auszuweichen, oder?«

»Nein, das habe ich bestimmt nicht vor.« Sarah wusste selbst nicht, was sie dazu brachte, Marten dieses Versprechen zu geben. In diesem Moment fühlte es sich überraschend richtig an.

Das Ehepaar wurde aufgerufen und schlurfte davon.

Nun waren sie wirklich allein. Sarah griff nach der von Marten verschmähten Illustrierten, während er ein medizinisches Fachblatt las. Schweigend saßen sie nebeneinander und der Abstand zwischen ihnen schien kaum breiter als ein Blatt Papier zu sein. Martens herbes Aftershave wurde fast vollständig von dem Krankenhausgeruch nach Desinfektionsmittel überlagert, doch sein Körper strahlte eine beruhigende Wärme aus.

Ohne groß darüber nachzudenken, rutschte Sarah noch dichter an ihn heran. Ihr linker Oberschenkel berührte nun seinen rechten. Ganz sacht lehnte sie den Kopf gegen seine Schulter. *Was machst du da?*, fragte sie sich, ohne eine Antwort zu bekommen.

Marten blieb bewegungslos sitzen, schien abzuwarten, was sie tun würde. Als sie an seiner Schulter verharrte und die Augen schloss, legte er einen Arm um sie.

Sarah war dankbar dafür, dass er keine Fragen stellte. Sie nicht dazu drängte, Entscheidungen zu treffen und sich zu erklären, sondern sie einfach nur hielt. Es schien eine Ewigkeit her zu sein, dass jemand das für sie getan hatte. Und noch sehr viel länger, dass sie es hatte zulassen können. Aber genau in diesem Moment fühlte sie sich sicher und geborgen. Sie spürte seinen Herzschlag unter ihrer Wange und den weichen Stoff seines Shirts. Eine tiefe Ruhe breitete sich in ihr aus. Langsam schlummerte sie ein.

Sarah schreckte hoch und schlug die Augen auf.

»Tut mir leid«, sagte Marten leise. »Ich wollte dich nicht wecken.«

»Das macht doch nichts.« Sie ordnete ihre leicht zerzausten Haare mit den Fingern.

Marten lächelte. Er holte sein Handy aus der Tasche. »Mir ist eingefallen, dass unsere Eltern noch gar nicht Bescheid wissen. Ich muss sie dringend anrufen. Aber hier drinnen ist Telefonieren nicht erlaubt.«

»Es ist sicher kein Problem, wenn du kurz nach draußen gehst.«

Er musterte sie aus blauen Augen. »Eigentlich habe ich gehofft, dass du mich begleitest.«

»Du willst mich bei dem Telefonat dabeihaben?«

»Ich dachte, wir könnten danach hier in der Gegend schnell eine Kleinigkeit essen.«

Sarah erhob sich und streckte die müden Glieder. »Wir bleiben aber nur kurz weg, ja? Worauf hast du Appetit?«

»Ich weiß nicht.« Er zuckte mit den Schultern. »Eigentlich habe ich überhaupt keinen Hunger.«

Sarah sah ihn fragend an.

Er schmunzelte. »Na ja, dein Magen hat vorhin so laut geknurrt, dass es vermutlich noch im Kreißsaal zu hören war.«

Kapitel 27

Nachdem Marten seine Eltern angerufen hatte, setzten er und Sarah sich in ein kleines Fischrestaurant in der Wyker Innenstadt, das Marten empfohlen hatte.

Sarah kam es beinahe unwirklich vor, dass sie die Speisekarte studierten, während Fee nur wenige Hundert Meter entfernt in den Wehen lag. Marten hatte im Stationszimmer seine Handynummer hinterlassen und darum gebeten, angerufen zu werden, falls etwas passieren würde. Jetzt legte er das Smartphone neben seinem Teller ab und erntete dafür ein leichtes Stirnrunzeln vom Kellner, der an ihren Tisch trat und die Kerze anzündete. »Was darf ich Ihnen bringen?«

»Ein Mineralwasser und ein Schollenfilet mit Röstkartoffeln, bitte«, sagte Sarah.

»Für mich das Gleiche.« Marten reichte dem Kellner die zusammengeklappten Speisekarten zurück.

Kaum hatte der Mann ihren Tisch verlassen, kontrollierte Marten auch schon sein Smartphone auf verpasste Nachrichten. »Tut mir leid. Ich habe es stumm geschaltet, damit wir hier niemanden stören.« Er seufzte leise. »Normalerweise gehöre ich nicht zu den nervösen Typen.«

»Ich weiß.« Sarah lächelte ihn über den Tisch hinweg an. Wäre die Situation nicht so ungewöhnlich, wäre sie vermutlich selbst völlig verkrampft und würde sich Sorgen machen, wohin ein Essen bei Kerzenschein noch führen mochte.

»Hat eigentlich eine deiner Freundinnen schon ein Kind?«, fragte Marten.

»Nein, wieso fragst du?«

Er zuckte mit den Schultern. »War nur so ein Gedanke. Bei manchen Dingen, die du sagst, habe ich den Eindruck, du kennst dich mit dem Thema gut aus.«

»Ach das.« Sie wich seinem Blick aus. »Ist keine schöne Geschichte und eindeutig nichts, was ich dir ausgerechnet heute Abend erzählen würde. Lass uns lieber über etwas anderes reden.«

»Wenn du meinst.« Er wirkte nicht so richtig überzeugt, hakte aber auch nicht nach.

Der Kellner kehrte mit dem Mineralwasser an ihren Tisch zurück. In dem langstieligen Glas, das er vor Sarah abstellte, schwammen Eiswürfel und eine Zitronenscheibe. Auch die leise Klaviermusik und das blütenweiße Tischtuch unterstrichen das edle Ambiente.

Sarah faltete die Stoffserviette auf und legte sie sich auf den Schoß, um ihr leichtes Unbehagen zu überspielen, weil sie normalerweise keine so teuren Restaurants besuchte und sich ein wenig fehl am Platz fühlte. »Was glaubst du, wann deine Eltern hier sein werden?«

»Ich denke nicht, dass sie die Zwanzig-Uhr-Fähre noch schaffen. Von Husum aus sind es vierzig Minuten Fahrt bis nach Dagebüll und sie müssten eine halbe Stunde vorher am Anleger sein, um das Auto mit rüberzunehmen. Also kommen sie vermutlich morgen früh mit der ersten Fähre und sind dann gegen acht hier.«

Marten drehte den Stiel seines Glases zwischen den Fingern. »Ich weiß, du hast vorhin gesagt, heute sei nicht der richtige Zeitpunkt, um über alles zu sprechen. Aber womöglich ist er das doch. Möchtest du mir nicht sagen, was mit dir los ist?«

Sie atmete tief durch und schüttelte den Kopf.

Ein Schatten huschte über sein Gesicht. »Vertraust du mir nicht?«

»Doch, schon.« Ein Kloß steckte ihr im Hals. »Aber heute ist ein besonderer Tag, den du in guter Erinnerung behalten solltest. Das will ich nicht mit einer unschönen Geschichte ruinieren.«

»Das kannst du gar nicht.« Die Kerzenflamme spiegelte sich in seinen Augen. »Allein wegen dem, was du vorhin zu mir gesagt hast, und weil wir hier zusammen sitzen, werde ich mich immer gern an diesen Tag erinnern. Ganz gleich, was du mir erzählst.«

Sie zog die Schultern hoch und starrte auf das Silberbesteck. »Wie kannst du dir da so sicher sein?«

»Ich weiß es eben.«

Der Kellner kehrte mit ihren Schollen zurück und ersparte Sarah eine Erwiderung. Mit vorgetäuschtem Heißhunger machte sie sich über das Essen her.

Das Filet war auf den Punkt gebraten und zerfiel Sarah beinahe auf der Zunge. Auch die goldbraunen Bratkartoffeln schmeckten köstlich. Dennoch konnte sie die Mahlzeit nicht genießen. Immer wieder schweiften ihre Gedanken zurück zu der Unterhaltung, die sie unterbrochen hatten.

Marten, höflich und rücksichtsvoll wie immer, aß schweigend seinen Fisch. Er würde kein weiteres Mal nachhaken, das ahnte sie. Ob sie heute ihr Innerstes offenbarte oder nicht, lag ganz allein bei ihr.

Die Versuchung war groß, einfach zu lächeln und so zu tun, als hätten sie das Thema nie angeschnitten. Aber es nagte an ihr und jetzt auch an Marten.

Tief holte sie Luft und legte ihr Besteck auf dem Tellerrand ab. »Du hast recht damit, dass ich schon eine schlechte Erfahrung mit einem Mann gemacht habe. Eigentlich waren es sogar zwei.«

Marten legte ebenfalls das Besteck beiseite.

»Der erste Fall liegt ewig zurück – praktisch mein halbes Leben. Aber seitdem habe ich ein Problem im Umgang mit Männern, die zudringlich werden. Ich kann mich da nicht richtig abgrenzen und gegen sie behaupten.«

Sie griff nach ihrem Wasserglas und trank es in einem Zug leer. Nur zu gern hätte sie stattdessen etwas Stärkeres die Kehle hinuntergespült.

Marten schwieg. Er ließ ihr die Zeit, die sie brauchte. Sie wusste nicht einmal, warum, aber sie hätte ihr Leben darauf verwettet, dass er nicht wieder auf sein Smartphone sehen würde, bis sie fertig war. Seine ganze Aufmerksamkeit galt nur ihr. Und das, obwohl Fee in den Wehen lag.

Vermutlich sollte Sarah deswegen ein schlechtes Gewissen haben. Doch die Vorstellung fühlte sich tröstlich an.

Nach kurzem Zögern sprach sie weiter: »Vor einigen Monaten ist ein Kollege auf meiner Poststelle zudringlich geworden. Er hat mich immer wieder angefasst und auch verbal belästigt. Einmal war es nur kurz davor, dass er mich …« Sarah atmete tief durch. »Ich hätte ihn melden sollen, doch stattdessen habe ich mir eine andere Stelle gesucht und bin hierhergezogen. Ich bin vor diesem Menschen davongelaufen, anstatt mich zu wehren.«

Marten schwieg noch immer. In seinem Blick las sie kein Urteil, nur Akzeptanz. Auch aus dem Grund fand sie die Kraft weiterzusprechen. »Aber dieser Mann war nie das eigentliche

Problem. Es ging immer noch um Dominic.« Sie zerknautschte die Stoffserviette auf ihrem Schoß. »Wir haben uns zufällig auf einem Open-Air-Konzert auf der Museumsmeile in Bonn kennengelernt. Ich war fünfzehn, er ein paar Jahre älter. Wir kamen ins Gespräch und haben uns sofort verstanden. Nach dem Konzert hat er angeboten, mich nach Hause zu fahren. Die Züge waren total überfüllt und ich hatte keine Lust, in einen Waggon voller Betrunkener einzusteigen. Also habe ich ihn begleitet. Dominic hatte aber nie vor, mich nach Hause zu fahren.« Ihre Stimme brach.

Eine Träne floss ihr die linke Wange hinab und Sarah wischte sie mit dem Handrücken weg. »Normalerweise hätte ich nie allein ein Konzert besucht. Aber Isabel, schon damals meine beste Freundin, hatte die Grippe. Sie hat gesagt: *Amüsier dich für mich mit.* Und das ist dabei herausgekommen.«

Sie hob den Kopf und sah Marten direkt in die Augen.

Er erwiderte ihren Blick. »Danke, dass du es mir erzählt hast.«

Sarah wartete darauf, dass er noch mehr sagen würde, aber er schwieg. Als sie die Stille nicht mehr ertrug, sprach sie selbst weiter. »Das ist der Teil der Geschichte, über den ich mit dir reden kann. Den Rest werde ich dir vermutlich niemals erzählen.« Sie hielt einen Augenblick inne. »Kommst du damit zurecht?«

»Ja.« Er musterte sie mit ernster Miene. »Und du?«

»Ich habe keine so große Wahl.« Sarah strich ihre zerknautschte Serviette wieder glatt. »Das ist jetzt fast sechzehn Jahre her. Normalerweise komme ich damit halbwegs klar. Bloß durch diesen fürchterlichen Kollegen ist einiges wieder hochgekommen, von dem ich dachte, ich hätte es lange hinter mir gelassen.«

»Das hört sich beinahe so an, als seist du enttäuscht von dir selbst«, bemerkte Marten.

»Ja, vielleicht hast du recht. Ich verstehe einfach nicht, wie so ein Typ nach all der Zeit noch solche Macht über mich haben kann. Wieso ich das überhaupt zulasse.« Sie fuhr sich mit den Fingern durchs Haar. »Dabei habe ich damals sogar eine Therapie gemacht. Ich sollte längst darüber weg sein.«

»Ich bin kein Psychologe, aber ich nehme an, jeder Mensch reagiert auf ein solches Erlebnis anders. Es gibt da kein Richtig und kein Falsch.«

»Trotzdem fühle ich mich seitdem irgendwie … beschädigt. Als ob etwas mit mir nicht stimmt. Manchmal weiß ich nicht, wie ich das Verhalten eines Mannes richtig einordnen soll. Ist es unangemessen oder bin ich einfach nur zu empfindlich? Soll ich es ignorieren oder mich wehren? Kann ich das überhaupt?« Sie fasste sich an den Kopf. »Es ist einfach nur frustrierend.«

Marten runzelte leicht die Stirn und sah sie mitfühlend an. »Hattest du danach jemals eine intime Beziehung?«

»Ja, natürlich.« Sarah spürte, wie ihr das Blut in den Kopf schoss. »Dieses Trauma habe ich zum Glück schon vor Jahren überwunden. Es geht eher darum, dass es mir schwerfällt, jemandem zu vertrauen oder mich ganz auf ihn einzulassen.«

Er zog die Augenbrauen hoch. »Darum der feste Abreisetermin in fünf Monaten?«

Sie nickte. »Ja, unterbewusst mag das eine Rolle gespielt haben.« Dass sie auch deswegen Probleme mit festen Beziehungen hatte, weil sie keine Kinder wollte, behielt sie für sich. »Ich bin ganz schön verkorkst und werde das vermutlich auch bleiben. Das solltest du wissen.«

»Ist angekommen.« Über den Tisch hinweg streckte er die Hand nach ihr aus und streichelte ihr über die Finger. »Nehmen wir mal an, dass alles, was du mir eben gesagt hast, mich nicht abschreckt. Wie stünden dann meine Chancen auf ein viertes Date?«

»Ein viertes?«

»Die Vogelbeobachtung, der Wattausritt und unser Restaurantbesuch heute zählen doch wohl als Dates, oder?« Er zwinkerte ihr zu.

Sarah schmunzelte. »Na, wenigstens hast du unser Treffen vor deiner Praxis, als wir im Stehen ein Brötchen gegessen haben, nicht mitgerechnet.«

»Natürlich nicht. Auch wenn mir dein Überraschungsbesuch sehr gefallen hat. Aber du bist damals nicht gekommen, um mich zu sehen, sondern wegen Fee.« Er musterte sie. »Wie lautet deine Antwort?«

Sie zögerte. Marten wusste nun eine Menge über sie, aber ihr schlimmstes Geheimnis kannte er nicht. Und sie ahnte bereits, dass sie es niemals übers Herz bringen würde, es ihm zu beichten.

Kurz streiften ihre Gedanken auch Sven, mit dem alles so leicht und unbeschwert wirkte. Der aber – ebenso wie sie selbst – mit den Dämonen aus seiner Vergangenheit kämpfte und keine echte Nähe zuließ.

Martens Mundwinkel bogen sich enttäuscht nach unten. Das gab den Ausschlag. »Also schön«, hörte Sarah sich zu ihrer eigenen Überraschung sagen. »Ein Date. Aber das ist kein Versprechen auf mehr. Wir lassen es ganz entspannt auf uns zukommen, okay?«

»Total entspannt.« Er strahlte sie an. »Wenn du möchtest, können wir gemeinsam das Fasanenweibchen wieder freilassen. Es ist ein ganz besonderer Moment, wenn …« Er zog die Stirn kraus. »Ist das dein Handy, das klingelt?«

»Du hast recht.« Sie hatte den Ton zwar angelassen, aber die Lautstärke für den Restaurantbesuch ein wenig nach unten geregelt. Und nun glatt das Klingeln überhört, weil Martens blaue Augen und das Grübchen in seinem Kinn sie abgelenkt hatten.

Hastig durchwühlte sie ihre Handtasche.

Marten reckte den Hals. »Glaubst du, das Baby ist schon da?«

»Es wäre sehr schnell für eine erste Geburt. Aber es kann vorkommen.« Endlich fand sie das Smartphone und zog es heraus. Der Anruf war inzwischen beendet. Doch die Nummer, die Sarah auf dem Display angezeigt wurde, gehörte Isabel.

»Es war niemand aus dem Krankenhaus. Meine Freundin hat sich gemeldet«, verkündete Sarah. Mit schlechtem Gewissen fiel ihr ein, dass Isabel und sie schon eine ganze Weile nicht mehr miteinander gesprochen hatten.

»Willst du sie nicht zurückrufen?«, fragte Marten.

»Morgen.« Sarah schob das Handy zurück in ihre Handtasche. »Das mache ich, wenn das Baby da ist.«

Kapitel 28

Auf dem Rückweg zum Krankenhaus beschlossen sie spontan, lieber in Martens Wohnung auf den Anruf aus der Klinik zu warten. Sarah, für die der morgige Samstag ein normaler Arbeitstag war, hatte eigentlich vorgehabt, sich früh schlafen zu legen, begleitete Marten dann aber doch, ohne lange darüber nachzudenken.

Nach ihrem Gespräch im Fischrestaurant war keinem von ihnen nach Reden zumute. Sie saßen auf der Couch in Martens Wohnzimmer und vertrieben sich die Wartezeit mit dem Spiel des Lebens. Schon zweimal hatte Sarah beim Erreichen des Ruhestands das meiste Geld angesammelt und gewonnen. Doch Marten, dem das nichts auszumachen schien, verteilte eifrig die Scheine für eine dritte Partie.

»Hast du immer noch nicht genug?«, scherzte Sarah.

»Aller guten Dinge sind drei.« Er ordnete sein Spielgeld. »Die ersten beiden Male waren Anfängerglück. Gib mir wenigstens noch eine Chance für den Ausgleich.«

Sie merkte, dass er trotz seiner lockeren Worte schon wieder in Richtung Handy schielte, das neben dem Spielplan lag und nun auf volle Lautstärke plus Vibrationsalarm gestellt war. »Es kann noch dauern.«

»Bis zu zwei Tage. Ich hab gehört, was du zu Nico gesagt hast.« Er setzte seine Figur auf das Startfeld und streifte dabei ihren Arm. Die zufällige Berührung brachte ihre Haut zum Kribbeln. »Schlägst du dieses Mal den Akademikerweg ein oder machst du wieder eine Ausbildung?«

»Vielleicht studiere ich mal zur Abwechslung und werde Arzt oder Anwalt – je nach Kartenglück.« Sie drehte am Rad und zog ihre Figur um die entsprechenden Felder vor. Dabei spürte sie Martens Gegenwart beinahe überdeutlich. Ein wenig fühlte es sich so an wie vorhin im Wartezimmer des Krankenhauses – kurz bevor sie die letzte Distanz zwischen ihnen überwunden und sich eng an ihn geschmiegt hatte. Sie räusperte sich, weil ihre Kehle plötzlich trocken war. »Was denkst du? Wird Nico im Kreißsaal bis zum Ende durchhalten oder ergreift er vorzeitig die Flucht?«

»Die Frage ist wohl eher, ob Fee es so lange mit ihm aushält oder ihn rauswerfen lässt.« Marten reichte ihr eine Ereigniskarte. »Ich kriege zweitausend Euro von dir.«

»Freu dich nicht zu früh.« Sie schob ihm die Scheine zu. »Was tust du eigentlich, falls die beiden sich doch noch zusammenraufen? Ich vermute mal, bei Nico bist du unten durch.«

»Er bei mir auch. Und dass aus Fee und ihm noch ein Paar wird, halte ich für ausgeschlossen.« Marten zog nun selbst einige Felder mit seinem Auto vor und durfte einen Mitfahrer hinzufügen. »Sie bemüht sich nur um ihn, damit ihr Kind seinen Vater kennenlernt. Aber nach seinem bisherigen Verhalten würde sie Nico unter keinen Umständen zurücknehmen. Dafür hat sie zu viel Selbstachtung.«

»Hoffentlich.« Sarah drehte erneut am Rad. Dieses Mal hatte sie Glück und durfte bis zum Berufsfeld vorziehen. »Wie viele Punkte brauche ich noch mal, um das Examen zu bestehen?«, fragte sie und merkte dabei selbst, wie sich ihre Konzentration immer mehr vom Spiel weg und auf Marten verlagerte. Der

Wunsch, ihn zu berühren, wurde immer stärker. Gleichzeitig nahm aber auch ihre Angst zu, dass sie zu weit gehen und es später bereuen könnte.

»Mindestens eine Drei.«

Es wurde eine Acht und Sarah durfte sich aus drei Berufskarten eine aussuchen. »Ich werde Wissenschaftler.« Sie gähnte und hielt sich rasch die Hand vor den Mund.

Marten musterte sie mit einem leichten Stirnrunzeln. »Du solltest schlafen gehen. Es ist schon nach elf und du stehst morgen wann auf?«

»Um sechs.« Was er sagte, klang einleuchtend. Dennoch zögerte sie, weil sie sich in seiner Gegenwart so wohlfühlte und ihn noch nicht verlassen wollte. »Und was, wenn Fee sich meldet?«

»Dann rufe ich dich an. Vorausgesetzt, du möchtest tatsächlich geweckt werden. Ich hätte ein schlechtes Gewissen, aber ich würde es tun. Also, was sagst du? Willst du wirklich noch eine Runde spielen oder lassen wir die Figuren fürs nächste Mal stehen?«

Ein Teil von ihr wäre gern länger geblieben, doch die Vernunft siegte. »Wenn ich morgen früh keine Gefahr für den Straßenverkehr sein möchte, sollte ich wohl etwas Schlaf tanken.«

»Das denke ich auch.« Er stand auf. »Falls du was von Nico hörst, rufst du mich an, okay? Selbst wenn es mitten in der Nacht ist.«

»Natürlich.«

Marten begleitete Sarah die Treppe hinunter und durch den Flur bis an die Haustür. Die Praxis hinter ihnen lag in völliger Dunkelheit und wirkte beinahe unheimlich.

»Gute Nacht!«, sagte er leise. Seine Stimme klang ein wenig traurig.

»Versuch du auch, etwas Schlaf zu kriegen.« Leicht unbeholfen stand sie im offenen Türrahmen. Sollte sie Marten zum Abschied umarmen? Ihm einen Kuss auf die Wange geben? Oder wäre das zu viel?

Ihr Zögern dauerte bereits zu lange. Langsam ging sie rückwärts in Richtung Straße und hob den rechten Arm zu einem lässigen Winken.

Er winkte zurück und schloss die Tür. Sperrte das warme Licht vom Flur aus und ließ sie im Halbdunkel der Straßenbeleuchtung zurück.

Langsam ging Sarah zu ihrem Wagen, schloss auf und ließ sich auf den Fahrersitz sinken. Auf einmal holten die Ereignisse der vergangenen Stunden sie ein und eine bleierne Erschöpfung überfiel sie. Was sie heute gesagt und erlebt hatte, war zu viel für einen einzelnen Tag gewesen. Sie wünschte sich nur noch ins Bett.

Auf der Fahrt nach Hause ließ sie den heutigen Tag noch einmal Revue passieren, dachte an ihre Gespräche mit Marten zurück und an das Schweigen zwischen ihnen, das ihr nicht unangenehm gewesen war. Noch einmal sah sie seine Augen vor sich, sein Lächeln und spürte seine Hand auf ihrer.

Der Drang, auf der Straße zu wenden und zu ihm zurückzukehren, wurde mit jeder Sekunde stärker. Trotzdem fuhr sie weiter. Alles hatte seine Zeit, und für mehr zwischen Marten und ihr war es noch zu früh. Aber sie hoffte fest darauf, dass ihre gemeinsame Zeit noch kommen würde.

* * *

Dieser Samstagmorgen hatte es in sich. Sarah gähnte zum wiederholten Mal hinter dem Lenkrad ihres DHL-Fahrzeugs – trotz der Koffeintablette, die sie vorhin eingenommen hatte.

Doch obwohl sie sich total erschöpft fühlte, war sie gleichzeitig seltsam aufgedreht.

Die Erinnerung an die kurze Textnachricht von Marten brachte sie zum Lächeln. Das Baby war immer noch nicht da, aber Nico hielt weiterhin die Stellung. Mittlerweile tat er Sarah fast ein wenig leid.

Sie parkte vor Svens Atelier und suchte seine Post heraus: zwei Briefe und ein großes Paket mit dem Adressaufkleber eines Händlers für Künstlerbedarf. Ihr Hochgefühl bekam einen Dämpfer. Nach dem Grillabend hatte sie sich sehr auf ein Wiedersehen mit Sven gefreut. Aber nun fühlte sie sich beinahe so, als hätte sie ihn hintergangen.

Ihm deshalb aus dem Weg zu gehen war allerdings keine Option. Mit der Post im Arm klingelte Sarah an der Tür. Vielleicht war Sven ja gar nicht zu Hause, sondern besuchte wieder einen Kunsthandwerkermarkt.

Im nächsten Moment wurde ihr die Tür geöffnet – von Robert. »Hi, Sarah. Das ist ja eine nette Überraschung.«

»Eigentlich bin ich nur ganz normal auf meiner Tour. Darf ich dir das hier geben?« Sie hielt ihm das Paket und die beiden Umschläge hin.

Bevor er Gelegenheit hatte, etwas zu erwidern, tauchte Sven neben ihm im Türrahmen auf. »Ich nehme dir das mal ab.«

Sarah reichte ihm die Post. »Guten Morgen!«

»Das wünsche ich dir auch.« Svens Lächeln wirkte traurig. »Robert hat mir alles erzählt.« Das Wort *alles* betonte er ziemlich merkwürdig. »Ist das Baby inzwischen auf der Welt?«

»Nicht, dass ich wüsste.« Sarah kramte ihr Smartphone aus der Jackentasche und kontrollierte, ob sie womöglich einen Anruf verpasst hatte. »Nein. Immer noch nichts.«

»Nico ist die ganze Nacht nicht ins Hotel gekommen«, bemerkte Robert. »Ich frage mich, ob er heute Morgen die erste

Fähre nach Dagebüll genommen hat und klammheimlich verschwunden ist.«

Sarah schüttelte den Kopf. »Anscheinend hat er seine Meinung geändert und bleibt nun doch bis zur Geburt, um sein Kind zu sehen.«

»Wer hätte das gedacht?« Robert hob die Hand zum Abschiedsgruß. »Ich geh dann mal wieder rein zum Frühstück. Mein Kaffee wird sonst kalt. Falls wir uns nicht mehr sehen sollten: Mach's gut.« Er nickte ihr zu, wandte sich ab, drehte sich dann aber noch einmal um. »Du bist echt in Ordnung. Auch wenn ich anfangs ja meine Bedenken hatte.«

»Danke.« Sie lächelte. »Wie du Nico da reingeschoben hast, alle Achtung!«

Doch gleich darauf wurde sie wieder ernst, als sie Sven allein von Angesicht zu Angesicht gegenüberstand.

Er hielt das Paket wie einen Schutzschild vor sich und bat sie auch nicht herein. Stattdessen musterte er sie prüfend. »Du und Marten also? Damit hatte ich nicht gerechnet.«

»Ich auch nicht.« Nervös verschränkte sie die Arme vor der Brust. »Schließlich bin ich hier praktisch nur auf der Durchreise.«

»Ich habe dir doch gesagt, dass du deine Meinung ändern wirst. Gleich bei unserem ersten Treffen auf der Fähre. Ich kann's spüren, wenn jemand hierhergehört.«

Sarah atmete tief durch. Die nächsten Worte kosteten einiges an Überwindung, aber sie mussten dennoch heraus. »Das mit Marten ist ganz frisch. Bei unserem Grillabend neulich hatte ich noch keine Ahnung, wohin das mit ihm führen würde. Ich möchte nur, dass du das weißt.«

Sven nickte. »Es gab da diesen besonderen Moment, in dem ich dir beinahe von Vanessa erzählt habe. Ich konnte spüren, was es dir bedeutet hätte – und was mir –, und dann habe ich dichtgemacht. Erinnerst du dich?«

Vanessa hieß sie also. »Wie könnte ich das vergessen?« Sarah steckte ein Kloß im Hals, der sich nicht wegschlucken ließ. »Damals hatte ich das Gefühl, du würdest dich mir zum ersten Mal öffnen.«

»Erst wollte ich es auch. Aber dann habe ich in allerletzter Sekunde einen Rückzieher gemacht. Und ahnst du auch, warum?«

Sie zögerte. »Weil du wissen wolltest, ob es Schicksal ist?«

Er nickte. »Damit liegst du gar nicht so falsch. Ich hab dir ja mal gesagt: Was geschehen soll, geschieht. Und unsere Wege hatten sich schließlich schon so oft gekreuzt, dass ich inzwischen darauf vertraute. Also tat ich das, was ich immer mache. Ich habe abgewartet.« Er verlagerte das Gewicht des Pakets in seinen Armen, doch er stellte es noch immer nicht ab. »Anscheinend war es das eine Mal zu viel, dass ich das Schicksal herausgefordert habe.«

»Es tut mir leid«, erwiderte Sarah leise.

»Das sollte es nicht.« Der Hauch eines Lächelns erschien auf Svens Lippen. »Du hast deine Entscheidung getroffen. Nun vertrau auch darauf, dass sie richtig ist. Ich wünsche euch beiden alles Gute.«

»Danke.« Sie blinzelte ihre Rührung weg und räusperte sich. »Das wünsche ich dir auch. Und danke, dass du das alles so gut aufnimmst.«

»Da gibt es nichts zu danken.« Er wiegte das Paket in seinem Arm wie ein Baby. Doch vielleicht spielte ihr auch nur ihre Einbildung einen Streich.

»Bis bald!« Halb wehmütig, halb erleichtert machte sie sich auf den Rückweg zu ihrem Transporter.

»Grüß Fee von mir, wenn du sie siehst«, rief Sven ihr hinterher. Doch bevor sie darauf etwas erwidern konnte, zog er seine Tür hinter sich zu.

Kapitel 29

Auf ihrer Runde durch Süderende sparte Sarah sich das Haus von Gretje bis zum Schluss auf. Sie hoffte, dass ihre Freundin – denn als solche betrachtete sie Gretje mittlerweile – sich inzwischen auf dem Weg der Besserung befand. Außerdem freute sie sich darauf, den kleinen Matthias wiederzusehen.

Sie parkte ihren E-Transporter so am Straßenrand, dass er den Verkehr nicht behinderte, nahm den letzten Brief aus ihrer gelben Kunststoffbox und klingelte an Gretjes Haustür.

Überraschend schnell wurde ihr geöffnet. Gretje trug einen hellen Pullover, auf dem sich deutlich einige dunkle Katzenhaare abzeichneten, und strahlte Sarah an. »Komm doch rein.« Sie machte ihr Platz. »Ich hab gerade einen Tee aufgesetzt.«

Auch Sarah lächelte. »Eigentlich bräuchte ich wohl eher einen doppelten Espresso. Aber der verträgt sich vermutlich nicht mit der Koffeintablette, die ich schon genommen habe.«

»Du meine Güte! Das klingt nach einer harten Nacht. Was ist denn passiert?«

Sarah begleitete Gretje in die Küche und brachte sie auf den aktuellen Stand. Lediglich, was Marten und sie betraf, blieb sie vage.

»Dann warten jetzt also alle auf das Baby. Die arme Fee! Dass es sich bei ihr auch so hinziehen muss.«

Sarah lehnte sich gegen die Küchenzeile. »Wie geht es dir?«

Gretje winkte ab. »Unkraut vergeht nicht. Außerdem hält mich mein neuer Mitbewohner ganz schön auf Trab.«

Wie aufs Stichwort tauchte maunzend der Kater in der Küche auf und strich Gretje um die Beine.

»Jedes Mal, wenn ich diesen Raum betrete, glaubt er, es sei Fütterungszeit.«

Sarah ging in die Hocke und streckte langsam ihre Hand aus. Als Matthias sie gewähren ließ, streichelte sie sein seidiges Fell. »So einen kleinen Kerl wie dich hätte ich auch gern. Allerdings wäre das mit meiner Allergie wohl keine gute Idee.«

»Es gibt doch auch Allergikerkatzen«, bemerkte Gretje. »Und ich habe den Eindruck, dein Heuschnupfen ist so gut wie verschwunden.«

»Das stimmt. Die Nordseeluft wirkt Wunder – oder wohl eher der Wind.« Sie kraulte Matthias zwischen den Ohren. »Vermutlich sollte ich hierbleiben«, scherzte sie.

»Vermutlich solltest du das.«

Der Ernst in Gretjes Stimme brachte Sarah dazu, sich wieder aufzurichten und ihr ins Gesicht zu sehen. »Aber das hier war doch immer nur als Übergang zu einem Neuanfang gedacht.«

»Und wäre es so schlimm, wenn dieser Neuanfang hier stattfände?«, fragte Gretje sanft.

»Ich … ich weiß es nicht.« Zahlreiche Gründe schossen ihr durch den Kopf, die dagegensprachen. Aber auf einmal schienen viele von ihnen nicht mehr so wichtig zu sein. Ein paar wenige allerdings schon. »Selbst wenn das mit der unbefristeten Stelle klappen sollte, würde es Isabel das Herz brechen, wenn ich dauerhaft wegziehe.«

»Was ist mit deinem Herzen?« Gretje fischte den Filter mit dem losen Tee aus der dampfenden Kanne und entsorgte ihn im Mülleimer. »Wie wäre es für dich, diese Insel wieder zu verlassen?«

»Nicht ganz einfach«, räumte Sarah ein. Der Gedanke, sich in fünf Monaten wieder von Gretje und Fee zu verabschieden, versetzte ihr einen Stich. An Marten mochte sie gar nicht erst denken.

Ihre Gefühle mussten sich deutlich auf ihrem Gesicht widerspiegeln, denn Gretje nickte wissend. »Das habe ich vermutet. Wer sich einmal mit Herz und Seele auf Föhr eingelassen hat, findet hier ein neues Zuhause. Wenn du mich fragst, solltest du bleiben.«

»Und Isabel?«

»Sie ist deine Freundin. Gerade sie wird es verstehen.« Gretje musterte Sarah eindringlich. »Du willst doch deine Vergangenheit endgültig abschütteln, nicht wahr?«

»Nichts lieber als das.«

»Dann kehr auch nicht dorthin zurück, wo alles passiert ist. Das tut dir nicht gut.« Gretje räumte die Kanne und ein Stövchen auf das Tablett.

Sarah holte Tassen und Untertassen aus dem Geschirrschrank. »Selbst wenn ich es wollte – und ich sage nicht, dass es so ist –, kann ich nicht hierbleiben. Mein Mietvertrag läuft Ende Oktober aus und der Eigentümer hat mir von vornherein zu verstehen gegeben, dass die Wohnung im Winter renoviert werden soll und dafür geräumt sein muss.«

Gretje stellte eine Schale mit Kandiszucker und einen kleinen Sahnetopf auf das Tablett. »Im November ist die Insel praktisch leer. Da findest du schon etwas. Und wenn nicht, könntest du auch für ein paar Monate bei mir unterkommen.«

»Das kann ich doch nicht annehmen.«

»Selbstverständlich kannst du das. Für mich allein ist das Haus ohnehin zu groß. Ich freue mich über ein wenig Gesellschaft – besonders in der dunklen Jahreszeit. Es sei denn, jemand anderes bietet dir bis dahin eine Unterkunft.«

Sarah griff nach dem vollen Tablett und machte sich damit auf in Richtung Wohnzimmer. »Wen meinst du?«

»Niemand Bestimmtes«, behauptete Gretje mit völlig übertriebener Unschuldsmiene. »Wer weiß schon, was sich in den nächsten fünf Monaten noch so entwickelt? Wenn man bedenkt, wie viel allein in den vergangenen vier Wochen passiert ist, erscheint doch fast alles möglich.«

Schmunzelnd stellte Sarah das Tablett auf dem Couchtisch ab, während der kleine Kater maunzend zwischen ihren Beinen hindurchstreifte. »Damit hast du wohl recht.«

»Bedeutet das, dass du bleibst?«, fragte Gretje.

Sie zögerte. »Ich denke zumindest ernsthaft darüber nach. Aber ich muss vorher noch mit jemandem sprechen.«

Gretje deckte den Tisch mit geübten Handgriffen, auch wenn sie wegen ihrer Rückenprobleme dabei ein wenig steif wirkte. »Du meinst Isabel, nicht wahr?«

Sarah nickte. »Die auch.«

* * *

An ihrer Wohnungstür stieß Sarah beinahe mit Miri zusammen, die einen prall gefüllten Backpacker-Rucksack auf dem Rücken trug.

»Wo willst du denn hin?«, fragte Sarah verblüfft.

»Nach Mallorca. Robert kennt jemanden, der dort eine Tauchschule hat und dringend eine deutschsprachige Kraft sucht. Die Bezahlung ist top und das Wetter ein Traum.«

»Aber was wird dann aus deinem Job in der Strandbar? Kannst du da so einfach von heute auf morgen kündigen?«

Miri zuckte mit den Schultern. »Sonderlich happy waren die nicht. Allerdings fängt die Saison gerade erst an. Da finden sie noch jemand Neues. Besser jetzt als mitten im Sommer.«

Sie kramte einen Schlüsselbund hervor, an dem zwei Schlüssel und ein pinker Plüschseestern hingen. »Eigentlich wollte ich den in den Briefkasten werfen. Aber es ist besser, wenn du ihn in Verwahrung nimmst. Mit dem Vermieter ist schon alles geregelt. Wenn du Glück hast, hast du die Wohnung erst mal für dich allein.«

»Danke.« Sarah steckte den Schlüsselbund ein. Kaum konnte sie fassen, wie beiläufig ihre Mitbewohnerin ihre Zelte abbrach. »Was hättest du denn gemacht, wenn wir uns nicht zufällig noch begegnet wären?«

»Eine Nachricht auf deine Mailbox gesprochen.« Miri zog die schmal gezupften Augenbrauen hoch. »Dir geht das Ganze ziemlich nahe, oder?«

Sarah zuckte überfordert mit den Schultern. »Ich habe wohl einfach damit gerechnet, dass wir den Sommer hier zusammen verbringen.«

»Ich doch auch. Aber manchmal kommt eben das Leben dazwischen.« Miri knuffte sie in die Seite. »Nimm dir das nicht so zu Herzen. Du weißt doch, ich reise mit leichtem Gepäck.«

»Ja, daran erinnere ich mich. Mich wundert allerdings, dass ausgerechnet Robert dir einen Job im Ausland verschafft hat. Und jetzt reist du sogar vor ihm ab.«

»Ach, Süße!« Miri schüttelte den Kopf. »Robert hat kein Problem damit. Wir haben uns nicht mal voneinander verabschiedet, weil er heute Morgen mit Sven frühstücken wollte.«

»Aber beim Grillabend habt ihr so verliebt gewirkt. Wird er dir denn gar nicht fehlen?«

»Jedenfalls nicht genug, um seinetwegen auf die Mallorca-Sonne zu verzichten.« Miri zwinkerte ihr zu. »Das mit Robert und mir ist eine Freundschaft plus, aber keine echte Beziehung.

Wir genießen die gemeinsame Zeit, wann immer unsere Wege sich kreuzen. Aber es gibt weder Treue noch Eifersucht zwischen uns.«

»Jetzt klingst du beinahe wie Sven«, bemerkte Sarah.

»Ach der.« Miris Lächeln wirkte wehmütig. »Er hat das Konzept vermutlich erfunden. Nun, da du was mit Marten am Laufen hast, kann ich es dir ja sagen …«

Sarah warf ihr einen erstaunten Blick zu. »Woher weißt du von Marten und mir?«

»Natürlich von Robert.« Miri verlagerte das Gewicht von einem Fuß auf den anderen. »Dieser Rucksack wird auf die Dauer ganz schön schwer. Ich sollte gehen.«

»Willst du zum Hafen?«, fragte Sarah.

Miri nickte. »Die nächste Fähre ist meine.«

»Dann begleite ich dich.« Sarah hielt ihr die Tür auf. Zwar war sie nach der gestrigen Aufregung, der kurzen Nacht und ihrer langen Tour ganz schön geschafft, aber sie fand die Vorstellung traurig, dass Miri die Insel verließ, ohne von jemandem verabschiedet zu werden.

Gemeinsam traten sie ins Treppenhaus, wo es heute nach einem Reiniger mit Fliederduft roch, und nahmen die Treppe ins Erdgeschoss. Gern hätte Sarah Miri beim Tragen geholfen, so wie diese es damals bei ihrem Einzug getan hatte, aber der große Rucksack auf Miris Rücken war ihr einziges Gepäckstück.

Draußen empfingen sie strahlender Sonnenschein und eine leichte Brise. Eine Haarsträhne wehte Sarah ins Gesicht. Sie schob sie sich hinters Ohr und passte ihre Schritte dem flotten Gang von Miri an. »Was wolltest du mir vorhin noch sagen?«

»Ach das.« Miri musterte sie im Gehen von der Seite. »Vor Robert hatte ich hier auf Föhr schon eine Freundschaft plus.«

Sarah ahnte, was kommen würde. »Mit Sven, nehme ich an.«

»Da liegst du richtig.« Miri zögerte. »Er war der einzige Mann, mit dem ich mir je mehr hätte vorstellen können. Aber ich habe schnell gemerkt, dass es nie dazu kommen würde.«

»Weil er das Schicksal entscheiden lässt und keine Pläne macht?«

»Nein. Weil er nie darüber hinweggekommen ist, dass seine Freundin sich das Leben genommen hat.«

»Er hat dir von Vanessa erzählt?« Sarah konnte es kaum glauben. Dieser Moment zwischen Sven und ihr hatte sich so besonders angefühlt – und wie ein großer Vertrauensbeweis.

»Wo denkst du hin?« Miri wich einer Familie mit Bollerwagen aus, die ihnen entgegenkam. »Robert, der Sven noch von früher kennt, hat es mal erwähnt. Eine traurige Geschichte. Vanessa war wohl depressiv, hatte aber ihre Krankheit ganz gut im Griff. Bis sie dann schwanger wurde und ihre Medikamente abgesetzt hat.«

»Sie war schwanger bei ihrem Selbstmord?«, fragte Sarah entsetzt.

»Nicht mehr. Sie hatte eine Fehlgeburt. Robert sagt, dass Sven dachte, sie hätte es gut verkraftet. Aber dann kam er eines Abends nach Hause und hat sie tot aufgefunden. Robert behauptet, er weiß nicht, wie sie's getan hat. Aber ich merke es, wenn jemand mir etwas vormacht.«

»Wie grauenvoll!« Sarah überholte eine ältere Fußgängerin, die ihren Shih Tzu an der Leine führte. »Kein Wunder, dass Sven ein Problem mit Bindungen hat.«

»Ja, die Sache hat ihn ganz schön verkorkst«, stimmte Miri zu. »Deswegen habe ich auch meine Hoffnungen begraben und bin zu Robert weitergezogen.«

Nachdenklich wandte Sarah den Kopf und blickte aufs Meer. Das Sonnenlicht funkelte verheißungsvoll auf der Wasseroberfläche und Möwen zogen kreischend ihre Kreise.

Von ferne näherte sich eine Fähre. Vermutlich handelte es sich um das Schiff, mit dem Miri die Insel verlassen würde.

»Vielleicht hättest du Sven nicht so schnell aufgeben sollen«, meinte Sarah. »Womöglich braucht er nur einen Menschen, der an ihn glaubt, um wieder Vertrauen zu fassen.«

»Mag sein.« Miri musterte sie aus schmalen Augen. »Aber so etwas liegt mir nicht. Ich bin keine von diesen Frauen, die sich für einen Mann völlig aufgeben. Ich gehe meinen eigenen Weg und zwar allein. Ein Mann darf mich gern ein Stück weit begleiten, aber er wird mir nie die Richtung diktieren.«

»Schon klar.« Sarahs Handy meldete sich mit einem Klingeln. Hastig riss sie den Reißverschluss ihrer Handtasche auf.

»Robert besucht mich vielleicht im August auf Mallorca – falls es uns beiden dann noch in den Kram passt.«

Endlich bekam Sarah ihr Smartphone zu fassen. Eine Nachricht von Marten erschien auf dem Display.

»Tut mir leid«, sagte Sarah und blieb einfach stehen. »Aber das letzte Stück musst du allein gehen.«

»Ist was passiert?«

Sie nickte. »Ich muss dringend ins Krankenhaus.«

Kapitel 30

Das Baby wirkte winzig in Fees Armen und hatte ein zerknautschtes Gesicht. Mit geschlossenen Augen und geballten Fäustchen lag es auf der Brust seiner Mutter und schien zu schlafen. Fee selbst lehnte gegen das aufgerichtete Kopfteil des Krankenhausbetts – blass, aber mit einem Lächeln auf den rissigen Lippen.

Neben ihr auf einem Stuhl saß Nico. Er hatte dunkle Ringe unter den Augen und seine Haut wirkte beinahe so blass wie die Krankenhausbettwäsche. Aber er war immer noch da. Ganz langsam streckte er die Hand nach dem Baby aus und streichelte ihm über den Kopf.

Bei Sarahs Eintreten sah er kurz auf, richtete den Blick aber gleich wieder auf das rosige Bündel im Bett.

»Sarah!«, grüßte Fee matt. »Wie lieb von dir, dass du vorbeischaust. Ich möchte dir jemanden vorstellen. Das ist Ida.«

»Eine kleine Tochter also.« Sarah schluckte, um die Enge in ihrer Kehle zu vertreiben. Zögernd näherte sie sich dem schlafenden Kind. »Sie ist wunderschön. Herzlichen Glückwunsch!«

»Danke.« Fee lächelte sie an. »Den Namen haben wir übrigens zusammen ausgesucht.« Sie nickte in Nicos Richtung.

Der rieb sich sichtlich verlegen die Nase. »Na ja. Hat sich rausgestellt, dass wir beide früher gern Astrid Lindgren gelesen haben. Klein Ida war immer meine Lieblingsfigur.«

Es fiel Sarah schwer zu glauben, was sie da hörte. »Bedeutet das, du willst jetzt doch ihr Vater sein?«

»Ja, natürlich«, erwiderte Nico. »Ich bin so dumm gewesen. Mein Gott, was war ich für ein Idiot!«

Mit einer Vorsicht, die Sarah ihm gar nicht zugetraut hätte, hob er seine Tochter hoch und stützte dabei ihren Kopf mit der Hand ab. Das Baby schlummerte in seinen Armen friedlich weiter. »Sie ist noch keine Stunde auf der Welt und ich bin schon völlig in sie verschossen. Ist das zu fassen?«

Nico klang so ungläubig, wie Sarah sich fühlte. Ausgerechnet Nico, der sich bisher benommen hatte, als besäße er die Empathie einer Miesmuschel, konnte seine Tochter trotz der widrigen Umstände lieben. Etwas, wozu Sarah bei ihrem eigenen Kind nie die Chance gehabt hatte. Hätte sie mutiger sein müssen, trotz all der widrigen Umstände? Hätte sie sich gegen eine Adoption entscheiden sollen, obwohl sie panische Angst vor dem gehabt hatte, was auf sie zukommen könnte? Plötzlich spürte Sarah einen bitteren Geschmack auf der Zunge und ihre Beine fühlten sich zittrig an. All die Jahre hatte sie sich einzureden versucht, dass sie die richtige Entscheidung getroffen hatte für das Kind und auch für sich. Dass sie nie in der Lage gewesen wäre, ihr Baby zu lieben. Beim Anblick von Fee und Nico zusammen mit Ida war sie sich nicht mehr so sicher. Schwindel erfasste Sarah und sie schloss einen Moment lang die Augen.

»Ich möchte dir danken.« Fees Stimme drang wie aus weiter Ferne an Sarahs Ohr. »Ohne dich wäre Nico niemals hergekommen und hier im Krankenhaus geblieben. Dir verdankt Ida, dass sie mit einem Vater aufwachsen wird.«

»Ja, das wird sie.« Zum ersten Mal, seitdem Sarah ihn kannte, hörte Nico sich entschlossen an. »Ich weiß zwar noch nicht, wie genau wir es anstellen. Aber ich will auf jeden Fall regelmäßig Kontakt zu ihr haben.« Er schluckte. »Damit wird Jennifer sich eben abfinden müssen.« Bei seinen letzten Worten verzog er leicht das Gesicht. So als ahnte er, dass ihm eine äußerst schwierige Unterredung mit seiner Freundin bevorstand.

Fee betrachtete Ida in Nicos Armen mit verzücktem Gesichtsausdruck.

Sarah schluckte. Alles schien so perfekt, nur sie selbst war hier fehl am Platz. Sie trat an Fees Bett. »Du brauchst Ruhe. Ich sollte gehen.«

»Warte noch.« Blitzschnell schoss Fees Hand hervor und umfasste ihr Handgelenk. »Ich weiß, wir kennen uns erst seit Kurzem. Aber du hast so viel Anteil an meiner Schwangerschaft genommen und mir mit Nico geholfen. Und das werde ich dir nie vergessen.«

»Schon gut.« Sarah wollte nur noch weg. Tränen prickelten ihr hinter den Augen und zum ersten Mal seit Wochen kitzelte die Allergie in ihrer Nase.

»Deswegen möchte ich dich fragen, ob du Idas Taufpatin wirst.«

»Gern«, brachte Sarah mit letzter Kraft heraus. Dann flüchtete sie aus dem Zimmer.

Niesend und mit tränenden Augen hastete sie den Flur entlang und hinaus aus dem Klinikgebäude.

Der Rotklinkerbau wurde von einigen Bäumen und einem Rasenstück umgeben. Dort hielt Sarah inne und versuchte, den Schmerz in ihrem Inneren wegzuatmen. Tränen flossen ihr die Wangen hinab und ihre Sicht verschwamm. Sie biss sich auf die Unterlippe und weinte lautlos, wobei sie sich mit dem Rücken zum Gehweg drehte, damit niemand sah, was mit ihr los war.

Das Geräusch von Schritten und leisen Stimmen ließ sie erstarren. Hoffentlich gingen die Leute an ihr vorbei und bogen nicht auf den Weg zur Eingangstür ab. Hastig wischte sie sich mit dem Ärmel ihrer Jacke über das Gesicht.

Gerade noch rechtzeitig, bevor ein älteres Paar und Marten in ihr Sichtfeld traten. Marten trug ein Geschenk, an dem eine Traube Luftballons baumelte. Er blieb stehen, raunte seinen Eltern – denn um sie musste es sich bei dem älteren Paar handeln – etwas zu und drückte seiner Mutter das Geschenk in die Hände.

Martens Vater, dessen Haar genauso weißblond aussah wie das von Fee und Marten, musterte Sarah einen Moment lang, bevor seine Frau ihn am Arm fasste und ihn mit sich in Richtung Eingang zog.

Marten ging langsam und mit einem besorgten Stirnrunzeln auf Sarah zu. »Was ist passiert?«

»Gar nichts.« Sie suchte in ihrer Handtasche nach einem Taschentuch. Doch ausgerechnet heute hatte sie keins dabei.

»Warte.« Marten griff in seine Jackentasche und reichte ihr eine volle Packung Tempos.

»Danke.« Sie schnäuzte sich geräuschvoll und warf das benutzte Taschentuch in einen Mülleimer. »Geh ruhig rein zu den anderen. Du musst meinetwegen nicht hier draußen bleiben. Ich komme schon zurecht.«

»So sieht es aber nicht aus.« Zögernd, so als würde er auf ihre Erlaubnis warten, streckte Marten die Hand nach ihrem Gesicht aus. Ganz ruhig blieb sie stehen und sah ihm in die blauen Augen. Schließlich überwand er die letzten Zentimeter zwischen ihnen und strich ihr mit den Fingerspitzen über die feuchte Wange. »Möchtest du mir nicht sagen, warum du so traurig bist?«

»Nein, lieber nicht. Kannst du mich einfach nur einen Moment festhalten, ohne Fragen zu stellen?«

Wortlos zog Marten sie in seine Arme und drückte sie an sich. Sein ganz eigener Duft, der sie immer ein wenig an die Nordsee erinnerte, hüllte sie tröstend ein.

Sarah vergrub die Nase in seiner Halsbeuge, schloss die Augen und fühlte sich geborgen. In einer perfekten Welt hätte sie Marten nun von ihrer Tochter erzählt, die sie nie im Arm gehalten und der sie nicht einmal einen Namen gegeben hatte. Er hätte ihr zugehört, ihr versichert, dass all das nichts an seinen Gefühlen für sie änderte, und Hand in Hand wären sie zu Fee ins Krankenhaus spaziert.

Aber Sarah hatte schon genug verloren, um zu wissen, dass diese gerade aufkeimende Liebe zwischen Marten und ihr eine solche Wahrheit nicht vertrug. Deshalb schloss sie ihren Kummer fest in sich ein und entschied sich, dass die verlorene Tochter eine Bürde war, die sie allein tragen würde.

Mit leisem Bedauern löste sie sich von Marten und zwang sich zu einem Lächeln. »Es geht mir jetzt wieder besser. Hoffentlich haben deine Eltern keinen völlig falschen Eindruck von mir gewonnen.«

»Bestimmt nicht. Bei Geburten kommt es schon mal vor, dass jemand vor Rührung weint. Auch wenn das auf dich wohl nicht zutrifft.«

»Nein.« Sie presste die Lippen zusammen. Etwas musste sie Marten sagen, um sein Gedankenkarussell zum Stehen zu bringen. Und auf einmal wusste sie auch genau, was es war.

»Es ist gerade ein wenig zu viel auf einmal. Eben habe ich mich von meiner Mitbewohnerin verabschiedet, die spontan nach Mallorca umzieht. Und vorhin hat Gretje mir angeboten, dass ich zu ihr ziehen kann, wenn meine Wohnung im Winter renoviert wird, und …«

»Moment mal! Hast du gerade gesagt, dass du im Winter noch hier bist?«

»Es ist noch nicht endgültig entschieden.« Nervös rieb Sarah sich die Nase. »Aber Gretje wird nach ihrem Bandscheibenvorfall wohl nur in Teilzeit zurückkehren. Und da Fee vermutlich auch nicht gleich wieder in Vollzeit arbeitet, wird hier eine Stelle frei. Ich wollte aber erst mal dich fragen, was du dazu sagst.«

»Bleib.« Er sah sie ernst an. »Wenn es nach mir geht, dann ist es schon entschieden.«

Sie zögerte. Kurz flackerte die alte Furcht wieder in ihr auf, doch sie drängte sie entschlossen zurück. Föhr war ihr Neuanfang und den würde sie sich von niemandem ruinieren lassen. Nicht einmal von sich selbst.

»Einverstanden.« Sie lächelte ihn an.

Er drückte sie so fest an sich, dass ihr kurz die Luft wegblieb. Dann trat er einen halben Schritt zurück und streifte ihre Wange mit seinen Lippen. »Du hast mich gerade zum glücklichsten Mann auf der ganzen Insel gemacht.«

»Sicher? Denn ich glaube, das ist schon Nico. Obwohl ich das nie für möglich gehalten hätte.«

»Nicht dein Ernst! Davon muss ich mich mit eigenen Augen überzeugen. Wollen wir rein?« Er nickte in Richtung der Klinik.

»Geh du schon vor. Ich komme gleich nach.« Als er die Stirn runzelte, fügte sie hinzu: »Keine Sorge. Ich habe nicht vor, noch einmal in Tränen auszubrechen. Aber ich muss Isabel sagen, dass ich hierbleibe. Sie versucht bereits seit gestern, mich zu erreichen. Es wäre nicht fair, sie noch länger im Unklaren zu lassen.«

»Ihr beide steht euch sehr nahe, nicht wahr?«

Sarah nickte. »Es wird sie hart treffen, dass ich nicht zurückkomme. Ich hatte es ihr versprochen.«

»Dann solltest du sie nicht länger warten lassen.« Er strich ihr mit der Hand über die Schulter. »Bis gleich!«

Versonnen blickte Sarah Marten nach. Er drehte sich auf seinem Weg zur Eingangstür noch einmal wie ein Frischverliebter zu ihr um, der es kaum ertragen konnte, sich auch nur für wenige Minuten von ihr zu trennen.

Aber waren sie nicht genau das? Frisch verliebt? Der Gedanke entlockte ihr ein weiteres Lächeln. Dabei war es gar nicht lange her, dass sie hierher geflüchtet war, um ungestört zu weinen. Schon verrückt, wie wenige Worte alles verändern konnten, wenn es nur die richtigen waren. Hoffentlich fand sie genau die jetzt auch für Isabel.

Sie wählte die Nummer und wartete angespannt auf das Freizeichen. Lange brauchte sie sich nicht zu gedulden. Isabel nahm gleich nach dem zweiten Klingeln ab.

»Gott sei Dank! Ich hab mir schon Sorgen gemacht. Ist alles in Ordnung bei dir?« Ihre Freundin redete viel zu schnell, wie immer, wenn sie aufgeregt war.

»Hier ist eine Menge passiert. Deswegen konnte ich mich auch nicht früher melden. Aber mir geht es gut. Sogar mehr als das.«

»Wirklich? Denn du klingst, als hättest du gerade geweint.«

»Das merkt wirklich niemand außer dir.« Sarah wanderte auf dem gepflasterten Weg vor der Klinik auf und ab. »Es ist etwas Gutes passiert. Etwas wirklich Gutes. Aber jetzt …«

»Ich werd verrückt! Du hast dich verliebt. Stimmt's?«

Sarah schwieg.

»Jetzt sag schon. Habe ich recht?«

»Woher weißt du das?«

»Das liegt doch auf der Hand. Die Zeit war einfach reif dafür. Die Sache mit Christopher damals hat nie so richtig funktioniert, weil du dich nicht wirklich auf ihn eingelassen hast. Aber ich glaube, jetzt bist du so weit. Du hast dich verändert.«

»Eigentlich nicht.« Sarah musterte die Wolken, die am blauen Himmel vorüberzogen. »Ich bin nur endlich wieder die Alte. Stell dir vor: Ich habe Göhler bei der Personalabteilung gemeldet. Und anzeigen werde ich ihn auch noch. Es ist schon alles dafür vorbereitet.«

»Das ist ja großartig! Ich bin so stolz auf dich. Wenn wir uns das nächste Mal sehen, müssen wir unbedingt darauf anstoßen.«

»Was das angeht …« Sarah wappnete sich. »Ich habe mich entschieden, hierzubleiben.«

Plötzlich war es völlig still. Sarah blieb stehen und lauschte angespannt auf Geräusche vom anderen Ende der Verbindung. Aber Isabel gab keinen einzigen Laut von sich. Schließlich hielt Sarah es nicht mehr aus. »Nun sag doch was dazu.«

»Wow. Ich … Das mit der neuen Liebe habe ich ja geahnt. Aber dass du es gleich so ernst meinst, damit habe ich nicht gerechnet. Es ist Marten, nicht wahr?«

»Ja. Er hat mich gebeten zu bleiben, und es wird wohl eine unbefristete Stelle frei. Das mit meiner Unterkunft ist auch schon geregelt.« Sarah räusperte sich. »Ich weiß, dass wir uns versprochen haben, dass nichts jemals zwischen uns kommen wird. Und jetzt breche ich mein Versprechen, nach NRW zurückzukehren. Es tut mir leid.«

»Sag das bitte nicht«, bat Isabel. »Es gibt keinen Grund, sich zu entschuldigen. Ja, ich bin traurig, dass du nicht zurückkommst. Und wie. Und vermutlich werde ich deswegen noch die eine oder andere Träne vergießen. Aber ändert das irgendwas daran, dass wir beste Freundinnen sind? Auf gar keinen Fall! Wir können jederzeit telefonieren oder skypen. Und wir besuchen uns so oft wie möglich, okay?«

»Versprochen.« Sarah bekam schon wieder feuchte Augen. »Du wirst mir fehlen.«

»Du mir auch. Aber ich freue mich so für dich. Endlich hast du einen Mann gefunden, mit dem du hoffentlich nach vorn blicken kannst. Grüß ihn von mir, wenn du ihn das nächste Mal siehst.«

»Er ist gerade ganz in der Nähe. Ich stehe hier vor dem Wyker Krankenhaus. Fee hat vorhin ihr Baby bekommen und die ganze Familie ist versammelt. Also werde ich heute schon Martens Eltern kennenlernen.« Bei dem Gedanken wurde ihr doch ein wenig mulmig.

»Und das sagst du erst jetzt?« Isabel hob die Stimme. »Was stehst du noch hier herum? Los, los! Den Rest kannst du mir auch nachher erzählen. Dann aber mit allen Details.«

Sarah schmunzelte. »Fordernd wie immer. Bis später!«

Sie beendete das Telefonat und verstaute das Smartphone in ihrer Tasche. Der Wind nahm zu. Er rauschte in den Blättern des Baumes, unter dem sie stand, und wirbelte ihr die Haare ins Gesicht. Tief sog sie die frische Inselluft in sich auf, die sie von ihrer Allergie und von so viel mehr befreit hatte.

Dann straffte sie die Schultern, marschierte auf den Eingang zu und betrat die Klinik. An den Weg zu Fees Zimmer erinnerte sie sich noch genau und so stand sie nur wenige Augenblicke später vor deren Tür. Auf ihr Klopfen wurde mit einem überraschend kraftvollen »Herein!« von Fee geantwortet.

Sarah öffnete die Tür, verharrte aber im Türrahmen und nahm das Bild vor sich auf. Das Baby ruhte nun in Martens Armen, der von seinen Eltern und Nico umringt wurde. Fee saß aufrecht in ihrem Bett, an dessen Kopfteil die Ballons festgeknotet worden waren. Auf der Decke vor ihr ausgebreitet lagen zwischen Fetzen von Geschenkpapier ein gelber Strampler, ein blaues Kuscheltuch und eine rote Stoffkrabbe.

Genauso sollte es sein, wenn ein Baby geboren worden war. Sarah verdrängte die düsteren Bilder, die ungefragt vor ihr auftauchten. Sie würde diese Erinnerungen nie ganz loswerden, aber sie konnte neue schaffen, die besser waren.

Alle sahen sie an. Zu ihrer Erleichterung erkannte Sarah in den Blicken von Martens Eltern nichts anderes als Freundlichkeit.

Marten selbst lächelte sie so liebevoll an, dass ihr augenblicklich warm wurde. Wie von selbst lächelte sie zurück.

»Möchtest du sie mal halten?«, fragte er und nickte in Richtung des rosigen Babys, das sich in seine Armbeuge kuschelte.

Sie konnte nicht sprechen, weil ihr plötzlich die Stimme versagte. Also nickte sie stumm. Und dann, ganz langsam, machte sie die ersten Schritte in ihr neues Leben.

FSC
www.fsc.org
MIX
Papier | Fördert
gute Waldnutzung
FSC® C083411